中国新锐派作家作品文库

乡音不老

屈绍龙◎著

中国财富出版社

图书在版编目(CIP)数据

乡音不老 / 屈绍龙著. —北京:中国财富出版社,2020.1
(中国新锐派作家作品文库)
ISBN 978-7-5047-6769-1

Ⅰ.①乡… Ⅱ.①屈… Ⅲ.①散文集-中国-当代 Ⅳ.①I267

中国版本图书馆 CIP 数据核字(2018)第 239970 号

策划编辑	张彩霞	责任编辑	齐惠民 李小红		
责任印制	梁 凡	责任校对	张营营	责任发行	董 倩

出版发行 中国财富出版社
社 址 北京市丰台区南四环西路 188 号 5 区 20 楼 邮政编码 100070
电 话 010-52227588 转 2098(发行部) 010-52227588 转 321(总编室)
010-52227588 转 100(读者服务部) 010-52227588 转 305(质检部)
网 址 http://www.cfpress.com.cn
经 销 新华书店
印 刷 三河市嵩川印刷有限公司
书 号 ISBN 978-7-5047-6769-1/I·0283
开 本 710mm × 1000mm 1/16 版 次 2020 年 1 月第 1 版
印 张 15 印 次 2020 年 1 月第 1 次印刷
字 数 213 千字 定 价 48.00 元

序

邹城方面给我打来一个电话，对方称是我的文友：屈绍龙，一个似曾相识或者熟视无睹的名字。但文友近期要访，我答应了，他就突然到了，要我为他的一个散文集子作序。在我考虑怎样回绝的时候，他说："我刚读过你的几篇散文，那篇写母亲的，使我感动。"

我的心抖了一下，被他点中了麻穴。在我为文的几十年里，出版或发表的各类文字中，蘸着心血写出的，只此一篇。这就是说，他从我成筐的土豆里抓出了生芽的一颗，我愿意为他写序，并开始读他的一摞文稿。

我发现他能点中我的麻穴不是误撞，不是蒙的。他所体验的生活以及他自身的感受里，都有我十分熟悉的东西。在浓烈地气的熏染中，那一方水土养育的这人，带有我们那一带人的浓浓"窝味儿"。正像喝酒的人有酒味儿，吃地瓜干长大的人有地瓜干味儿一样。我与他"乡味相投"。

在屈绍龙的文章里，我闻到了更浓的地气与"窝味儿"。他的山水、田园、草木、稼穑和鸟虫，无不体现着邹鲁特色，充满着生命的热烈，潮湿而又温润。那是一种有色的热烈，姹紫嫣红，生机盎然，充满着生命的激情。"情"是这位"窝味儿"作者为文的真魂。一个被称为"豪爽、洒脱、率真、诚恳而又重情重意的人"，是怎样细腻地感受着生活的？微妙的审美心理再加上简单细腻的叙述文笔，又会流淌出怎样的艺术色味？

在屈绍龙的《乡村的心脏》中，有溪水出山般的描述："梧桐花还散发着独特的芬芳……让人心弥漫着一种温柔怅惘……而是带着乡间的味儿，令人联想起森林、草原、山野……雪花般的玉树琼枝……槐花的香早就涌遍我的全身……楝子花是伴着阵阵稚嫩的麦香送来的……羽状的复叶是苦的，粗糙的树皮是苦的，椭圆的果实是苦的，深埋的根须也是苦的，苦心的楝子树，淡紫色的小花朵浓郁地开满整个初夏，一种独特的苦香四处弥漫……石榴花是夏天的心脏，火红的花朵……随风透着跳动的节奏感……那是火红的日子，那是新的开端……饱满的麦粒，堆满各家的院落……"

麦香结束了人们对于花香的品赏，聪明的作者明白，乡村里不只有花香，他的描述转入了冬日的黎明：一声声"喝——粥——"的吆喝声，粥的香味儿，香喷喷的油条味儿，连同羊肉汤的膻腥味儿在乡村的天空袅袅升起。一个健壮的胃口极好的汉子，食欲里便出现了"香甜的月饼""馋人的辣椒""煎饼大葱""浓郁的美酒"的乡味。

作者的欲望似乎提高了，终于提高到脱离五俗之香，开始闻到了青草的味道、山石的味道和"从山中带来了清冽的雾气"的味道。山中的奇石千奇百怪、千姿百态、千年一得、千金难买……他从捡石头中悟得了哲理：一双慧眼和一千双凡常眼睛的区别……

在播种棉籽、黄豆、玉米、高粱和油菜，并闻够它们各自不同的味道之后，他闻到了新房子的香味。在新房子成型之前，他闻到了水泥、沙子、石头、木头、钢筋和各种建筑材料的味道。而这些味道也是我人生经历中甜甜地闻过、苦苦地闻够的东西。庄户人盖那么一栋屋子，要拥抱、亲吻所有的建筑材料：苦味的石灰、甜味的水泥、泥腥味的沙子……因含铁量过高而坚固的石灰石，它不仅有铁的腥甜，还有石灰的苦辣。屈绍龙知道这一切的味道，还拟人化地心疼五棵被砍杀的树，它们是有生命的伙伴，梧桐树会流淌出绿汁，楝子树流淌苦汁，桃树则流出了血水，味道亦有血的腥甜……还有其他作品中更多的味道与感受，屈绍龙竟和我一一吻合。他踩着我的脚印赶来，同行于文途，真有路友之慨！

文友秦君评论绍龙为“乡村的歌者”，十分达意。我以乡人的俚语，称其为“带有窝味儿的作者”，不知当否？

般允岭

般允岭：现任山东省政协常委，济宁市人大常委会副主任，九三学社济宁市委员会主任委员，中国作家协会会员。主要作品有《焦裕禄传》《大船浜》《湖人琐事》《“雪龙”纪实》等，且多次获奖。

目　录

辑一　乡村如画

乡音不老

乡音四季轮转。清晨，大地上还残留着寒气，是那一块块像白麻布一样的冰霜，深秋的田间，夏日的踪迹，在那些色彩斑斓的土地上悄然隐退，湿漉漉、亮晶晶的露珠，停留在童话寓言的书页上。一大早，人们推门就发现昨晚新雪的杰作，它对大地的每一片土地都照顾有加，给大地盖上一层薄薄的雪被。漫步在雪地上，不时发出吱吱的声响，突然皮鞋底一打滑儿，春天就开始行走在脚下的路上了……

在四季的轮转中，每个季节对我们来说都是最好的，所以春天的光临，就像是混沌初开和黄金时代的到来。

乡下的春天，与童话寓言书上讲的不相同，但也不会突然就到来。春风拂面和寒风料峭交替而至，即使羊群感到暖和已经上山了，天气还是会保持一段时间。偶尔，冰雪和春雨倾泻而下，覆盖在灰褐色山地草坪上，零零散散可以看到温驯的母羊和跪乳的小羊羔。我曾亲眼见过这样温馨的画面，春季的细雨带来了沉静多日的欢乐，平时兴高采烈的乌鸦都弓起了它们的脊背。

一天又一天，灰褐色的山坡绿了，树也跟着绿了。野兔吃饱了，躲在树荫下睡大觉，我悄悄地接近它，它躺在一棵杨树荫下，杨树的根盘绕在古老的岩石上，野兔和躲在远处金黄色的蒲公英，现出明显的轮廓，蒲公英丛中长着绿色的苦苣菜。整个场景被布置得恰到好处，如餐桌上的摆饰。

野兔睡醒了，跳下山去了，舞动着它那黄褐色的尾巴向我告别时，我才意识到，它和我不过是一则寓言里的两个角色罢了。尘归于尘，土归于土，石器时代归于石器时代，新生代归于新生代，但是我们总是在不断追逐着！

此时在远处森林的上空，火车声揉进了某种嗡嗡的颤动，仿佛地平线处的松针是拂动的竖琴的琴弦。一切声音在传到可能听到的最远处时都产生一个同样的效果，那是宇宙竖琴的颤动声；仿佛远处的山脉，由于介于其间的大气的作用，被涂上了一抹天蓝色，看上去极富情趣。

这一次传到我这儿的，是被空气过滤后的旋律和森林中每一片树叶、每一根松针交流过的旋律，被大自然的力量接纳了的这部分声音，在经过调整后回荡在山谷之间。在一定程度上，这回声是独特的声音，这正是它的魅力和迷人之处。它不仅仅重复了钟声中值得重复的，而且重复了部分林中之音；林中美妙仙女所唱的也是这样平凡的歌词和曲调。

有时，在我听来，青年人的歌声近似牛叫，我并不是讽刺，对于他们的歌喉我是很欣赏的，这两种声音，说到最后，都是天籁。很准时，在夏天的某一部分日子里，七点半，火车经过后，青蛙要唱两个小时的歌曲，就在我门前的池塘里，或是村后的小溪边，准时得跟时钟一样，每天晚上，日落以后，一个特定时间的五分钟之内，它们一定开始歌唱。真是机会难得，我摸清了它们的习惯。

有时，我听到四五只，在水中的不同地点唱起来，音调的先后偶然相差一小节。它们跟我实在靠近，我还听到每个音后面的咂舌之声。时常还听到一种独特的嗡嗡声，像一只苍蝇投入了蜘蛛网，只是那声音较响，时间久了，我也感到极富有音乐声了。

深秋，黎明时分，一阵大风从黄褐色的田野边吹来，雾悄悄地爬了上来，缓慢地从宽广的田野边上拂过。浓雾如同白色的幔帐，穿过了排列整齐的松林，越过沾满露水的草地。四下里依旧寂静无声，一阵叮当声从遥远的天边传来，像有人在轻摇小铃铛。叮当声断断续续，若有若无，四周喧闹了片刻，又逐渐沉寂。突然，一阵悠扬美妙的犬吠声响起，顷刻间，群犬齐吠，遥相呼应。接着，一阵嘹亮的号角声从远处传来，刺破云雾，直冲高空。

号角声时而高亢，时而低沉，时而突然，又变得寂静无声，终于，喇叭声、嘎嘎声、哇哇的叫声等各种各样的声音都响了起来，让乡村都为之震动。这些声音都是从何而来，无从知晓，最后，一道耀眼的阳光，划破苍穹，一大队鸟儿穿过浓雾出现了，不过，它们的翅膀好像静止了。它们在天空中划出一道道优美的弧线，轻巧地落在地上，四散开觅食。在优雅、高贵的雁群光顾下，乡村也就开始了新一天的生活。

我时常独自一人，散步在这一种禽鸟众多的林中，在它们的老林中，听野鸡在树上啼叫出嘹亮而尖锐的声音，数里之外都能听到，大地为之震荡，一切鸟雀的微弱声音都被压倒。

在冬天的夜里有，在白天也常有，我听到从不知多远的地方传来猫头鹰的鸣叫，就像用适当的拨子触碰冰冻的大地所发出的声音，这正是乡村森林的本地语言，虽然我从没见过发出这声音时的猫头鹰，但我对这声音已经非常熟悉了。

一个冬天的午后，地面上的积雪还有一定的厚度。我饶有兴趣地观察一只横斑纹的猫头鹰，在光天化日之下，它栖息在一棵松树下部的枯枝上，我站在离它三四米远的地方。它可以听到我移步踏雪的声音，但没法看清我，我发出的声音最响时，它会伸伸脖子，竖起颈上的羽毛，睁大眼睛，但它的眼皮很快又垂下来，而且开始有点打瞌睡了。观察它半小时后，我自己也感到昏昏欲睡，它就这样双眼半开栖着，就像一只猫，可谓猫的有翼的兄弟。眼皮之间只留一条细小的缝，通过这个小缝和我保持一种若即若离的关系，它就这样半闭着眼从梦乡向外看，极力想认识我这个模糊的物体，或者是妨碍它视线的尘粒。最后，由于声音更大了，或者我靠得更近了，它渐渐感到不安，在栖枝上懒洋洋地转了个身，似乎因美梦被打断感到很不耐烦，当它展翅在松林中翱翔时，翅膀展开非常宽，我一点也听不到翅膀拍动的声音。

此时，乡村的街道上，也传来家禽的声音、搅拌牛奶的声音、电视剧的歌声、沸水声、咖啡壶的嗞嗞声……

寒冷的冰雪过后，迎来的就是冰融时刻，也许在一个寒冷的夜晚，我就可以听到融化的雪水掉落在岩石上的声音。这声音与山坡上松树针叶掉落的声音相呼应，这些针叶像是一张正在编织中的暗金色地毯；而在每一个枝丫的顶端都孕育着预先形成的萌芽，静静地，等待着下一个春天的到来，好像就在明天。

就是这样，四季在不停地轮回着，演唱着永不衰老的乡音。

不只是一幅画

玉米，一次又一次俯下身躯，亲吻大地，它是在与土地亲密。

秋日的斜阳，依旧在炙烤着大地。大雁们每经过一片草地、池塘和河流，在远处灰色山丘的映衬下，它们的羽毛，像灰色的山丘一样。落到水面上，它们就高兴得不得了，扯着嗓子大声喊叫，你追我赶，打闹嬉戏，溅起大片大片的水花，氤氲的气味，弥漫、扩散在空中，好像是在催玉米赶紧成熟。

此时，玉米日渐成熟，穗头也在长身体，扩展胸围。大雁们会跑到玉米地里寻找食物。饱餐之后，又回到河流上空盘旋。这次，它们像落叶一样不断地翻滚，忽而向左，忽而向右，忽而上升，忽而下降，在一片欢呼声中，叉开双脚落在地上。

秋风快速地吹过玉米田，玉米秆一边摇摆着身体，一边哼着歌儿，松散的玉米叶被风儿吹到了空中，翻滚着朝远方飞去……

风儿快速地吹过河流，一个个风浪在水草中滚动，不一会儿，就跑到岸边的柳树上，拍打着细长的柳条。柳树想留住风儿，于是拼命地摇动着树干，但是风儿不搭理它，很快就走了。

风儿快速地来到田边，看见一条小河正朝着大海的方向奔流着。田边上的每一簇草都在画着圈圈。

我在田边悠闲地散步，走过好一段路，坐了下来，静静地聆听风的呼喊，聆听流水拍打岸边的声响。我眼前的这条河流显得死气沉沉，因为它上面及岸边没有任何动物，连一只鸭子、苍鹭、燕子、鸽子之类的鸟儿都没有，它们跑哪里去啦？都去寻找避风港了吗？

田鼠全家出动，兴高采烈地跑到草地上，像赶集一样热闹。它们在草地上一住就是好几个晚上，天鹅绒般的青草抚摸它们的身体。不多久，田鼠们的足迹就在青草地上，绘制出了一个迷人的宫殿。

大雁们也赶过来了，它们欢快地跑来跑去，细长的双腿显得那么迅速，那么快捷，那么利索，它们享受着青草的柔软和芬芳。就连平时不爱出门的狗獾，也在湿润的坟地边沿挖了一条地道，偷偷地来到青草地。青草地上隆起的土堆和草屑，就是狗獾的作品。

野兔也耐不住性子，跑到草地上，啃几口青草，又到草地边沿撒野了。野鸡也跑下山凑热闹，雄野鸡的羽毛色彩斑斓，高昂着头，一副趾高气扬的样子；雌野鸡温驯无比，低头在草间寻找草籽、虫子，过上好一会儿，才咯咯地叫上几声，去河边饮水了。或许此时，一只雄野鸡正沉浸在对往昔风流韵事的回忆中，它在空中拍打着有力的翅膀，似乎在用沙哑的声音告诉这个世界，那片田地里所有的雌野鸡都归它所有。

不知名的河流，就在此时，慢慢地作画，那时候，河流已经把所有的颜色都涂在了画面上，并且把透明的露水喷洒在五彩缤纷的颜色上。它时而伸手，时而曲臂，忽而向左，忽而向右，细心地涂色、点缀。此时，青草更加翠绿，茅草竖立起来，像一把把长矛朝四面延伸。野葡萄花，挂在枝条上绚丽多姿；垂柳的枝条，柔软得像少女的腰肢。我怀着一颗虔诚的心，安安静静地欣赏着河流大师的杰作。

雁群在河岸边安顿下来，狗躺在一旁，兴奋得全身发抖，我从隐蔽处窥视着雁群，听它们闲聊，看它们吞食沙砾。一群吃饱了离开，另一群又来了，它们迫不及待地吞它们喜爱的石头。雁群悠闲地盘旋着，争论着，犹豫着，最后飞向远方……

河流上四处弥漫着历史的厚重感，早在遥远的冰河时期，雁的祖先就养成了习惯，在每年的春天归来，用欢歌将沉睡的河流唤醒。山涧也在夏季的三个月里，构成河流的一部分，并且深深地延伸开来，况且，年年如此，开枝散叶，添丁增户，家族兴旺。

与其说雁群站在河岸边，不如说它们正站在属于自己的被浸湿的历史页面上。厚厚的页面，是由无数的残骸堆积而成。因而，单从这一方面看，雁不仅活在当下，活在我们的眼前，更活在缓慢演变的历史进程之中。它们每年都极准时地归来一次，如同精准的时钟又走了一个轮回，那是标志地质年龄的时钟。它们的归来，也为这段广阔的河流带来了莫大的荣耀。

但近二十多年以来，我发现：这段河流的荣耀次数越来越少。庄稼的收成也越来越差，火灾也越来越多，空地也越来越多，雁群美丽的身影、婉转的歌声，也越来越难以见到，难以听到。

在青草时代，在河流汩汩流淌的时代，人类和动物、植物、土地，在相互包容、理解中生存、生活，当然心中都是为了一个共同的目标而努力。

我知道，近几十年来，有一幅正在迅速消失的画，那是一条河流，是一条挥动画笔的河。也正是这条河，在我还没有来得及带着朋友去欣赏它的画作之前，就把画从人类的视线中抹去了。

从此，这幅画就只存在于我的脑海之中。

有些画之所以闻名当今，且广为流传，是因为它们都经受了时间的考验，况且，在每一个时期，都具有一大批懂得欣赏的群体。而我眼前的这幅画，它既有莫奈《日出·印象》的价值意义，也具有达·芬奇《蒙娜丽莎》的审美情趣，更具备梵高《向日葵》的典雅之美。

幸好国家颁布了保护法，虽然迟了一些时日，但还是颁布了，对于这幅画来说，无论如何也是一个最大的福音。

我想：终究会有一天，福音会发散最大音量，我脑海中的这幅画，也会复制、粘贴、还原出来，因为它不是一幅普通的画，而是人类生存的河流。

月光不锈

在乡村，月光不锈。

在乡村，月光是温柔的，月光是多情的，月光是无私的，月光是温馨的，月光是有光泽的，月光是不锈的。

冬日的月光，照射大地，落光叶子的树木，在月光的照射下，在地面上留下斑驳的影子。

在冬日，月光显得格外皎洁，也显得格外明亮。树木在秋天时落光了头发，田野在秋天时褪去了青绿的衣裳，河流已经冰封，山丘冷得发黑。大雪飘飞的时候，它们都高兴了。树木的枝干白白胖胖，田野成了纯净的地毯，河水盖着被子偷偷地流动，山丘有了神秘的盖头，偏远的村庄也欢迎大雪之夜，每一片雪花的落地，都是一个音符，连同遥远的犬吠声、树木折枝声、容器冻裂声，合成一段深远的音乐。古代的寺庙是一个容纳游子过客的驿站，大雪之日，这些漂泊的人们终于停下来，开始想念故乡和母亲，写一些伤感的诗歌，狂欢地饮酒，然后醉醺醺地将诗句题于壁上……这是冬天里最悲凉、最令人伤感的事情。此时，在那里，“大地也睡着了——这不是长眠，这似乎是它辛勤一年以来的第一次安睡”（梭罗《冬日漫步》）。此时，雪花不肯落地了，随风飞卷，催促老梅们开出鲜艳的花朵，像燃烧的火把，为伤心的人们增添暖意。

一场大雪过后，淡淡的月光下，孩子们不怕寒冷，三五成群，在雪地上，有的堆雪人，有的打雪仗，树枝上挂满雪花，成为琼树玉枝，北风吹过，雪花从枝头纷纷落下，成为另一种雪景。

秋天的月光，透过庄稼射下，地面上就有黑白相间的景色。在秋风的吹拂下，月光在晃动，月光在摇曳，月光在沙沙作响。

中秋之月，庄稼成熟，月光送来阵阵成熟的香味儿，香味儿伴随着月光，月光掺和着香味儿，在乡村的上空弥漫、扩散、升腾……

在月光下，我们将收获的玉米堆放好，而后，将玉米皮剥净，一堆堆黄澄澄的景色就呈现在我们的眼前。大豆、高粱、芝麻、棉花也在此时纷纷登场，走进农家小院。

月色朦胧的夜晚，我站在院中看着金黄的落叶，月光渐渐昏暗，树隙间哗哗落下两三点水滴，一场小阵雨来临，忽而，雨已经停下，月亮又出场了，月亮就是这样，和我们在玩捉迷藏的游戏，此种情感，向谁诉说呢？谁能理解呢？

月亮忽而躲藏在云层里，繁星点点，我伫立在院中的树下，夜色凝聚不动了，树上的枯枝有声响，脚下的落叶也沙沙作响，片刻，静止。月光如霜，布满地面，秋风，在天空有响动，夜里，人声寂静，仿佛可以听到一种至高无上的音响。

秋虫，在月光下，唧唧有声，忽高忽低，时长时短；萤火虫，在月光里，提着灯笼飞来飞去，和孩童们嬉戏，给他们的捕捉增加难度。

回想夏日的月光，在乡村，是温柔的景象。

乡村的上空，炊烟慢慢升起时，月光也悄悄地爬上树梢。

此时，月亮一点一点地放大光芒。乡村的景物也在月光里呈现出原貌，树木拖着长长的影子，斜射在大地之上。庄稼的影子，在月光的照射下，依次投射在田埂、堤堰、山岗之上，凉风袭来，舞动的庄稼，在月光下成为影影绰绰的各种景物。

如水的月光泻下，乡村披上一层薄薄的纱巾，呈现出一种朦胧的意境美。转动了一天的石碾，在月光里停下歇息；麻雀、鸽子、燕子、斑鸠、喜鹊，归巢与家人团聚，寂静无声；归家的山羊，在羊圈静卧反刍；乡村人的晚餐，也在月光下慢条斯理地进行着……白日的喧嚣，夏日的燥热，忽而融入月光的海洋世界，一切回归祥和与宁静。

夏夜，是静谧的；夏夜，是喧嚣的。

在我们童年时，夏夜里，月光下，是最美好的时光。三五一群，女孩儿们踢毽子，男孩们打瓦，为了争当大堂、争当二堂、争当衙役，而面红耳赤。

在皎洁的月光下，忘记回家的时间，等待母亲的声声呼唤。

村头的池塘，在月光下，荷叶显得无比宽阔，明亮的月光下，似乎能看到水珠在荷叶上滚动，晶莹剔透，富有特别的光泽。此时此刻，朱自清先生《荷塘月色》的景象，顿时浮现在我的眼前，洁白的莲花浮出水面，荷叶田田。汉乐府诗《江南》在我的脑海里有了鲜明的画面，“江南可采莲，莲叶何田田。鱼戏莲叶间。鱼戏莲叶东，鱼戏莲叶西，鱼戏莲叶南，鱼戏莲叶北。”虽然在江北的乡村，但是有了仿佛置身江南的感觉。

月光下，我曾多次徘徊在池塘边，欣赏月光下的美景。季老《清塘荷韵》的场景，立刻进入我的视野。这里的池塘，这里的月光，荷叶田田，荷香悠悠。

青蛙，在月光初上的时候，在村头或村中央的池塘里，早就憋不住嗓子，开始鸣叫，一只、两只、三只，继而，一个合唱会就开始上演了。我们不喜欢去城里听什么音乐会，我们也不愿意浪费那样的开支，在乡村静听青蛙的鸣叫，就是最好的享受。

如果是初夏，在月光下，在庭院里，一家人支起一张圆桌，凉拌几个小菜，在月光下畅饮，乡村人不像李白那样，常常对月吟唱，“举杯邀明月，对影成三人”，酒桌上，刚满上酒，月亮就立刻融入酒杯，酒杯静止不动时，月亮在酒杯中散发出光芒。乡村人不懂诗情画意，只是感受良辰美景。

夏日的树上，蝉的鸣叫，给乡村的夏夜带来音响。高大的杨树上，一只蝉，爬在高高的树干上，高声唱歌，树木在此刻有了声音。

月光，在夏夜，是行路人的明灯。乡村人，如果行走在夜路上，有月光的陪伴，寂寞、孤单、害怕的念头，便会烟消云散，有月光的陪伴，人在月光里行走，就好像自己的同伴，跟随左右，不离不弃。即使打扰了蜷曲在路边歇息的刺猬，行人也没有丝毫的恐惧感；野兔偶尔也会从田埂间蹿出来，它们也在享受月光的温柔，山鸡扑棱一声飞起，给行人一个惊喜，哦，这些小动物，也在月光下，田野间，或觅食，或活动，或散步，夏夜的月光下，是乡村动物的天地，是它们活动的最佳场所。

夏夜的月光，似乎格外明亮，人的影子也格外清晰，山上的树木，托着长长的衣裙，好像在山坡上起舞；近处的树木，投下斑驳的画面，或大或小，或密或稀，或几何图案，或黑色阴影，人们看着，谈论着，庄稼的生长，家庭的和睦，他们送走一个个夏夜，迎来一个又一个殷实的秋天。

田野间，小麦渐渐成熟。麦粒开始涨起来，月光下，微风吹拂，一股股麦香味儿阵阵钻入鼻孔，妙不可言。

春天的月光，在山岗上，坑坑洼洼地闪现。偶尔，远处传来布谷鸟的叫声，打破春夜的宁静。

我在柔和的春夜，漫步田间，微朦的月光下，小麦，在风中摇曳，显示出努力生长的模样，土地是软绵绵的，踏上去有一种舒服的感觉，新翻的泥土散发着一种特有的气息，与小麦散发的清香糅合在一起，给人一种向上的力量。夜，在滋长着，春夜，在我们的生命中延续着，在乡村的血管里流动着，在乡村的生命中升腾着、发展着……

春夜，月光如水，静静地泻在田野作物的叶面之上，像洁白的乳汁。作物在春的时节，努力地拔节生长，似乎能听到生长的声音，一种向上的音响。

野草，在月光下，暗暗地生长；野花被打扰得睡不安稳，在月光下，也悄然绽放，招引来蝴蝶、蜜蜂不停盘旋。

夜深人静，乡村就像一个熟睡的孩子，在月光里安详地睡着，春天的月光下，乡村有萌动的梦；夏日的月光下，乡村有成长的梦；秋日的月光下，乡村有成熟的梦；冬日的月光下，乡村有温馨的梦。

月光，是乡村古老的见证人。从三五户的小村落，到三五百户的乡村，几百年的发展史，月光，就是一个活生生的见证人。乡村的历史，乡村的当今，乡村的未来，甚至乡村有一天被社区所取代，月光，都在时时刻刻关注着它。

乡村的贫穷，乡村的落后；乡村的愚昧，乡村的文明；乡村的荣辱，乡村的兴旺。乡村的一切，都在月光的见证下，发生着细微的变化。

月光，在四季的演变中，是永恒不变的。月光，给乡村镀下闪亮的光泽，无论昼夜如何更替，月光，在乡村大地上镀下的光泽，千古永恒。

在乡村，月光不锈。

乡村味道

乡村，有时候，可以简化成一个坊市，一句乡音，一声乳名的呼唤，一种小吃的吆喝，在不经意间，唤醒一种长久的记忆与思索。

冬日的黎明，一声声“喝——粥——”的吆喝声，打破寒冷的寂静，唤醒温暖。一阵接一阵的吆喝声，粥的香味儿，如丝如缕，弥漫，扩散，飘逸，升腾。偶尔，夹杂着嫩酥的油条味儿，钻入鼻孔、心肺、肠胃，激活人的精神。

粥的香味儿，抵不过浓烈的羊肉膻味儿。羊肉熬汤，是滋补身体的佳品，驱逐寒气的上品。酒精味儿混合着羊肉味儿，在乡村的天空袅袅升起。人们聚在柔和的灯光下，品酒，尝肉，观赏或真或幻的电视剧，时而泪流满面；时而捧腹大笑；时而捶胸顿足；时而手舞足蹈。人们生活在真实的世界里，秉承着特有的生活准则：亦简亦繁，是包容；亦拒亦迎，是气度；亦刚亦柔，是凝练；亦动亦静，是自信；亦张亦弛，是和谐。人们在生活圈延续了一代又一代生命的完美。

火炉旁，人们把玩传家物品，叙述蕴藏几千年的故事。物品的渊源，物品的品德，物品的辛酸，物品的悲欢。一块玉佩，是祖传之宝。反复把玩，感受其温润，品赏其质地。玉者，石之美也，兼有五德：润泽以温，仁之方也；鰓理自外，可以知中，义之方也；其声舒扬，专以远闻，智之方也；不挠而折，勇之方也；锐廉而不忮，洁之方也。乡村之人常佩玉，是时刻提醒自己，要向着那些崇高的品质而努力。

冬月之初，多雾的季节，雾里蕴含着尘埃和水汽，在乡村的大街上，涌过来，又涌过去，雾中的脸，雾中的车，雾中的民房，雾中的树林……似乎是紧闭着呼吸器官的，他们嗅不到雾的真味。

金黄的玉米，透着成熟；摇铃的大豆，透着内敛；沉甸的稻谷，透着容颜；剔透的葡萄，透着晶莹。

香甜的月饼，让人们期盼。

浓郁的美酒，让人们酣畅。

明亮的露珠，是人们的项链。

蟋蟀的鸣叫，是人们的乐曲。

播种的季节，一只鸟，一根草，一株禾苗，都是那么庄严的事情。

英国哲人查尔斯·里德曾这样说："播下一种思想，收获一种行为；播下一种行为，收获一种习惯；播下一种习惯，收获一种性格；播下一种性格，收获一种命运。"

播种一粒棉种，人们收获一个雪白白的秋天。

播种一粒黄豆，人们收获一个金灿灿的秋天。

播种一粒玉米，人们收获一个沉甸甸的秋天。

播种一粒稻谷，人们收获一个香喷喷的秋天。

播种一粒高粱，人们收获一个红彤彤的秋天。

播种一粒油菜，人们收获一个绿油油的秋天。

…………

在乡村，不管任何季节，走进树林，就会发现到处充满了勃勃生机，草木吸收露珠，沐浴阳光，努力地生长；花朵握紧拳头，在风中奋斗，然后伸展开放；蝉在地下长期地蛰伏，用几年乃至十几年的时光隐忍，成就了夏天那短暂悠扬的歌声，从一个乡村传向另一个乡村。

钻出地面的青草，感谢春风，将淡淡的青草味儿送向远方，送到乡村的每一条街道，每一家农舍，每一片树林，每一个角落。

四月的梧桐花，紫里透红，香中有甜，甜中带香；五月的洋槐花，洁白耀眼，味纯香浓；六月的楝子花，色浅味淡，淡中有味，味美醇厚。

一株月季，一幅画；一丛兰草，一张图；一碟水仙，一位凌波美人。

乡村是蔬菜的王国。浓香的芫荽，青青的菠菜，荤辛的韭菜，翠嫩的芹菜……充实着人们有色有味的生活。

一碟辣椒，激活一个个味蕾。

一张煎饼卷大葱，豪爽一个个人生。

一杯清茶，演绎一个个思考。

乡村的炊烟，是无根的树，是载不动的情。

炊烟袅袅，是一道风景，是一道彩虹，是一朵飘逸的白云，是一个温馨的家庭，是一个祥和的乡村。

人们看见炊烟，就有歇息的释然，有了炊烟，家就不再遥远。

面对炊烟，凝望云一样的升腾，雾一样的飘散，炊烟总是在游子的记忆里飘荡；一种久违的亲情，萦系着终生无法忘却的爱，一种终生无法忘却的母爱，因为母亲终日侍弄炊烟，炊烟就飘荡在游子的记忆里，定格为一种久违的亲情。即使日子久远，相隔万里，也割舍不下这灵魂深处的思念。

人们在爱的庇护下，在炊烟的笼罩下，慢慢长大，恬静地生长，一天天长大，一天天远去，许多时候，人们想起快乐与忧伤；许多时候，人们记起孤独与寂寞；冰封的寒夜，人们孤独地守望他乡的炊烟而神色黯然；灼热的干旱季节，人们寂寞地遥望他乡的炊烟而恐慌不安；阴雨绵绵的季节，人们独守一隅，他乡燃起的炊烟让人们肃穆伫立，心如止水，人们以一种最虔诚的姿态，仰望天空，倾听岁月飘荡在落叶间的余音……

游子回家，第一件事便是升起袅袅炊烟，炊烟融入云端，飘到天际，那是爱的形体，那是爱的原形，那是爱的化身。

乡村，有时候，可以简化为一粒种子，一株禾苗，一块田畴，一段河道，一个塘坝，一杯清茶，一缕炊烟，一个眼神，一个手势。这些，在人们的记忆里，要用一生的时光，回味咀嚼。

那不正是乡村的味道吗？

乡村的夜

乡村的夜，凝聚着单调与复杂，汇集着野蛮与文明，承载着离乱与和谐，夜的主旋律是优美、向上、正气、和谐的。人们的心底是美好和善良的。乡村的夜，就是这样相生、相融地延续开来。

一

乡村的冬夜，总是来得太过匆忙，几乎没有给人准备的余地，人们吃过午饭，天色就开始下沉，人们收拾家具、物件，夜幕就慢慢拉下来。闲不住的人们，忙活手中的活计，拥有拖拉机的人们，在开山取石，搞运输换取金钱，供养一家人的衣、食、住、行……拖拉机的轰响声，是乡村冬夜最大的音响。他们是冬夜里最勤劳的人，天黑很久了，他们还在山上装自己开采下的石块，咚咚的响声震得整个小山都颤动了，悠远的声音，传到家人的耳朵里，在家里，等待下山归来的人们，他们听出自己车的声音，悬着的心才落地。冬夜，火炉是最好的知己，一家人围在火炉旁，看形形色色的电视节目，听明星唱歌。看腻了，他们开始新的花样，在火炉上，烧几颗花生粒、几个玉米粒、几个小小豆粒……弥散着满屋的香味儿，孩子乖了，大人有事做了。有趣的故事、笑话……溢满小小的空间。一家人念不出“绿蚁新醅酒，红泥小火炉，晚来天欲雪，能饮一杯无”的诗句，却滋润在这样的诗句中，他们的生活也在滋润中延续绵长。

雪是难寻的，要有耐心去等，每年总会有大雪光临的。雪是午后开始下的，一片、两片、三片……下着下着，地上的积雪就多了起来，夜里，雪就有了模样。不安分的野猫，夜里总光顾农家，它不知好歹，在洁白的宣纸上进行它的杰作，弄得满地全是“梅花”，寒冬里，“梅花”开在农家，印在雪地上，是一种清新的图案，也是一件美妙的事情。野生的动物是很少见的，偶尔，有黄鼠狼、狐狸光顾，那也是几年有一回，不巧，也被精明的人，放了夹子捉住，卖上几十元钱，算是意外之财。这些又能怪谁呢？动物？人？

往昔的冬夜，人们多集中在牛屋里，那里暖和，那里有温暖的火堆，那里有喂牛剩下的草屑，可以用来烤火，围在火堆旁听老人讲古老而又生动的故事、传说、神话，入迷得忘记了烟火的熏烤听腻了，熏够了，心里就想着白日见的冰凌，长长的冰凌，从茅草屋上垂下，它们在屋檐下悬挂着，当大风来时，它们就发出叮叮咚咚的声音，每有冰凌掉落，伙伴们就箭一般飞跑过去，拣到手里摇动着。这样的情景也曾无数次出现在梦境里，又无数次被惊醒，继而，又回到现实。冰凌晶莹得如玻璃一样，我们伸手就可以触及，弄下一截，攥在手里，也不知道冷，冰凌攥出水，手面冻得红红的，冰冷冰冷的，又回到牛屋的火堆旁，张开小手，靠过去，靠过去。不过，冰凌不见了，茅草屋没有了，冬天也成暖和的了，孩子们也见不到长长的冰凌了，它们哪儿去了呢？

二

春夜，悄悄地就来了，没有感到冬夜的离开，春夜就已降临人间。田野的麦苗苏醒拔节，在夜间发出生长的响声；蒲公英的黄花也闭上眼睛睡去；地下的昆虫，在不停地蠕动，争着、抢着拱出地面，报告春天的到来。

禁不住美景诱惑的人们，在开春白日，一边欣赏春色，一边观察新春的活计，夜里，一家人，盘算着新春的计划，一片土地，一个田埂，一个堤坝……播下希望的种子。几粒瓜种，一把芝麻粒，几粒豇豆，几粒豆角粒……精心收藏好，准备播下希望。秋天，满坡的南瓜、冬瓜卧在山边、地头，红红的豆角挂在嫩绿的枝条上，芝麻在增高，棉花在吐出长长的白棉絮，绿豆在风中摇晃着沉重的身子，显出丰收的景象。春夜是人们最活跃的日子，东家到西家借点种子，西家送东家一碗绿豆，一来一往，邻里间的情谊在往来之间深深地扎下根。

春天的猫叫声，吵得人们不得安生，叫春的声音一声紧似一声，有时像小孩啼哭，有时像在呼朋唤友，凄惨婉转，是欢，是喜，是忧，是愁，人们有时并不清楚。

春夜的风，是柔和的，燕子是春天的信使，夜静静的，燕子的叫声，从远处传来，带着子女，来到故地，筑巢、生息、繁衍。往日里，无论是白天，还是夜间，准能看到燕子的身影，抑或听到燕子的声音，低低鸣叫，婉转而美妙，它们一直飞翔在人们的视线里，从初春到深秋，燕子的身影，在或高或低的天空飞翔，三五成群地飞，带着子女飞，在村边飞，在田野间飞，在低空中飞，它们是人们忠实的朋友。而今，这样的朋友日日少见了。偶尔，天空有鸽子飞翔，它们在空中划出或长或短的弧线，飞累了，它们落在屋顶上，“咕咕咕咕”地叫上两声，就是给家人报上吉祥与平安。那是一个和平的夜，寂静的乡村，充满安静与祥和，偶尔，有一两声犬吠声，是不安分的家犬，听到猫鼠声音发出的叫声，与夜间小孩的啼哭声相呼应。夜，是寂静的春夜。

倘若有月光，一个人，走出家门，呼吸清新的空气。夜色茫茫，远的山，近的树，灯火、月光交融，远处的亮光，是温柔的农家灯光，抑或是拖拉机发出的光，那光是无言的精神，是勤劳的体现，又是精神的升华，也是温馨的语言。树木，在温暖的日子里，长出新叶，长出自己的风貌，长出自己的风格，形成自己的一种力量，一种性格。

春夜，我生命中不能失去的夜。乡村离不开的夜，是人们生活的美妙乐章。

三

夏夜，是伴随着农活降临到乡村的，夏天的白昼，是漫长的，而夜是短暂的。种上棉花，播下瓜果，收割完小麦，夏天急匆匆地来到人间，春天就逐渐失去了地位。

夏夜来得晚，燥热难安的人们忙完手中的活计，就到街上感受夜的凉爽，风从空中吹来，让人感受到丝丝凉意，浑身清爽。人们聚在一起，开始谈论共同的话题，玉米长势喜人，雨水充沛，一天就生出几片叶子，玉米，美化大地，美化环境，美化生活，和谐生活，玉米的风姿显现在人们眼前。棉花长势好于往年，只是锄头不能闲着，李嫂说："我们的棉花锄三遍了。"王婶说："我家的棉花，也该锄了，谷子苗，芝麻苗，高粱苗……要一一查看一番，或剔或栽，闲着地，不是个办法呀。"李嫂接着说："是呀，看刘家东坡的那块地，半天找不到一棵玉米苗，那像过日子的样儿吗？""地耽误了是一季，人误了是一辈子的事，你们见王、孔两家的小孩了吗？学不好好上，整天逃学上网，有时一夜不回家，在网吧包夜，他们俩的娘，又找去了，放学许久了，别人家的孩子都走过去了，你们没有看见这两个孩子吧？"老陈哥生气地说。夏夜的人们，不再只谈论古老的民间传说，那些一代一代传下来的故事，新生代们早就厌倦了。

夏夜，风和月光是人们期盼的。有风的夜，人们手中的蒲扇也能得到片刻的休息，蚊虫，在风的吹拂下藏得无影无踪，人们能安稳小憩一阵子。"沙沙沙"的声音，是悦耳的音乐，蝉的叫声，也似乎低了许多分贝，听起来更加自然，蝙蝠在空中飞来飞去，时高时低，好像在空中画出一个几何图形，供人们破解它们的谜题。昆虫也闲不住地鸣叫，心情烦躁的人们，可没有心情聆听那样的音乐，只想着清爽头脑，放松身心，准备明日的新生活。

四

熬过一个个炎热的夜晚，听够了蝉的高声演唱，蚊虫的叮咬也日日离去，秋夜，慢慢地揭开自己的面纱。

秋夜，是夏夜的尾巴，尤其是初秋的夜，人们的体会更为深刻，蚊蝇抓住最后的机会，向人们发起进攻。伴随着玉米的成熟，棉花的吐絮，绿豆的炸开，真正的秋到了。秋夜，是闲不住的，玉米堆在场院，像小山似的，白天人们忙于田里的农活儿，没有时间理会它们，晚上一家人围坐在玉米堆的四周，“刺啦刺啦”扒玉米皮，一个、两个……一堆黄澄澄的玉米，呈现在人们眼前。那是人们的金子，生活中的银子。丰收的喜悦荡漾在人们的脸上，如同绽放的莲花般美丽。玉米堆满庭院，树上、房上、楼顶上，或挂、或堆、或摆，再一点点地腾出放脚的地方。月光下，玉米亮晶晶的，是闪光的珍珠，盈满农家，盈满乡村。

忙完玉米的活儿，那洁白的棉花也开始被迎进农家院，夜晚，农妇整理摘下的棉絮，放在一起，像银山一样，她们翻弄着白花花的银子，笑容溢在脸上，溢满心房。芝麻的收获，大豆的丰登，瓜果的香甜，溢满农家的庭院。秋虫，在墙角低唱丰收的曲子，蛐蛐卖弄自己的特长，弹奏幸福的乐章。小小的萤火虫，提着灯笼，在院子里，野地上，田埂间，飞来飞去，以自己的光照在晶莹的草叶上，昆虫的翅膀有了光泽，草叶有了光泽，农忙的人们也有了光泽。月光如流水，静静地泻在大地上，秋耕的人们，听着拖拉机的响声，心情惬意，方向盘随着手的转动，灵活自如，翻耕的土地，深厚平整，新的一年，新的丰收，新的希望，新的生活，在升华，在扩展，在沸腾……

播种的人们，在明亮的灯光下，满怀喜悦地观看着匀速运行的播种机缓缓前行，心里满足而又踏实，一种希望之火在心里燃烧，火红的日子在人们的眼中闪烁。

闲暇后的人们，静听秋夜的声音，或喜，或忧，乡村的秋夜，人们静神细听，似乎有些声响，离他们远去。往昔的秋夜，有两种迷人的、令人难忘的声音。一种是天空有大雁飞过的声音：像小孩低语，像婴儿在笑。这声音让他们在心中默念：“一会儿排成‘人’字形，一会儿排成‘一’字形。”在秋夜，大雁从他们生活的乡村飞过，去度过它们的冬天，来年再回来，如此循环往复。另一种是马车在乡村路上走过的声音，马蹄发出的咔嗒声：不脆也不艮，不响也不闷，配着夜色真是好听，真是悦耳。

人们想着，但现在这些声音都很难听到了，真正的幸福，也随着它们的消失而永远地消失了。

如今的乡村：山岭秃头，水塘干涸，河水断流，庄稼生病，水质恶劣……困扰人们，困扰乡村，困扰着乡村的一代又一代人。

乡村的夜，亲眼看着乡村的变化，富裕中蕴含着危机，和平中潜藏着隐患。乡村的夜，人们在心里默默地祈祷着，期盼着，等待着……

乡村的夜，人们梦中的夜，夜夜景色美好。这一夜，我一夜未眠。

乡村的心脏

人，来到世间，来到一个城市或乡村，就扎根在那片深深的土地中，一草一木，一山一水，一砖一石，都让你寄予浓厚的故乡情，即使以后离开那片生你养你的土地，你仍会依依不舍。我是离不开乡村的，从单位回家，妻子总说：“乡村有什么好，世世代代不变的景色，单调而又枯燥的生活，制约着人们走不出那个困境。”我也说不出其中的滋味，就是喜欢回到那片土地，那里牵挂着我的心。

乡村有其独特的景色。春天，我常常伫立在梧桐树下凝望，它高大而出奇，仿佛贯通蓝天，颇有伟岸的男子气。枝繁叶茂，树冠如盖，在半空中流淌着旺盛的生命力。

花朵紫中带白，密密地簇生着，犹如一个个花塔，外层的花朵有点像塔上的风铃，风吹过簌簌作响。也有不少花朵随风而落，在大地上铺就出一小块紫色地毯，既诗意又清丽。仔细端详梧桐花会发现，它们状如喇叭，安详地躺在地上构筑着“此时无声胜有声”的境界。

梧桐花还散发着独特的芬芳。那气味不像玫瑰、百合的香气那样优雅，而是带点粗犷，会出其不意地蹿入人的嗅觉，让人蓦地意识到它的存在。那香味儿并不浓烈，而是恬淡的、辽远的，让人心弥漫着一种温柔怅惘，陷入“什么都想，什么都不想”的空灵境界。那气味不属于精致的城市，而是带着乡间的味儿，令人联想起森林、草原、山野，散发着幽深、潮湿的泥土气息。梧桐花送来一丝丝香甜，夹杂着暖和的风，轻轻地吹拂你，心在荡漾，日子在升华，太阳在增高，整个乡村的空气都弥漫着香甜的气息。一朵朵紫红色的喇叭在不停地吹奏生活的乐章。紫色还没有过足瘾，白色又占据地盘，空气中立刻出现浓浓的香甜，白色的花早就挤满了街头树木的大小枝头，蜜蜂也嘤嘤嗡嗡地占满了所有的空间。男女老少在树下享受生活的芳香，雪花般的玉树琼枝，那是人们期盼的生活底色吧。我是喜欢白色的，喜欢洁净，喜欢素雅，喜欢幽静，喜欢高雅，喜欢精深。槐花的香早就涌遍我的全身，我对它敬仰几十年了。楝子花是伴着阵阵稚嫩的麦香送来的，清爽的气息，香甜的气息，似乎整个乡村都沉浸在花香的海洋，紫色的花，细碎的花，像碎花布一样，随风摇摆，吸引着人们的心。楝子花开，是麦子逐渐成熟的标志。楝子花开，使人们对生活又充满了新的向往。羽状的复叶是苦的，粗糙的树皮是苦的，椭圆的果实是苦的，深埋的根须也是苦的，苦心的楝子树，淡紫色的小花朵浓郁地开满整个初夏，一种独特的苦香四处弥漫。梧桐花，洋槐花，楝子花，乡村人们喜欢的花，他们栽上以后，年年春天就可以享受花的芬芳，鸟的欢唱。我是极其喜欢这些花的，三种花，三种不同的颜色，三种不同的性格，仔细一想又是三种不同性格的女孩，梧桐花，活泼开朗；洋槐花，温柔典雅；楝子花，开朗素雅。我喜欢她们的个性，没有个性，注定普通，人不也一样吗？我们的社会普通的人太多，有个性的人太少，整个社会的快速发展，需要太多有个性的专业人才。

石榴花是夏天的心脏，火红的花朵，生长在繁茂的枝叶间，随风透着跳动的节奏感，我确认那是跳动的心脏，那是乡村人的生活，那是我们的希望，我们的向往，那是火红的日子，那是新的开端，我是这样认为的。麦子的成熟，是和石榴花开相应和的，饱满的麦粒，堆满各家的院落，火红的花朵，摇曳在日子的每时每刻。

乡村人的生活有滋有味地延续着，春耕秋种，春华秋实。他们的生活，也在这样的轮回中得到体验，得到新的感知，他们的生活不再局限在狭小的空间，眼光也放得非常辽阔。绿色食品，也走进他们的生活，每一家，都在自己的所属范围内种上喜欢的蔬菜，浇上清净的地下水，施上自家的农用肥，遇上害虫自己亲手捉上一会儿，通过劳动也能放松身心。满目的劳动成果，在自己的亲力亲为下逐日成长，一种新的喜悦，荡漾在心头，餐桌上那绿油油的食品，会勾起人们的食欲，幸福的微笑溢满脸庞。

乡村人的聪明，是来自一点一滴的小事。麻雀不再是人们心里的“四害”之一，他们不再十分痛恨麻雀，实践证明，麻雀并非十足的害虫，它对人类的益处远远大于它对人类的危害。生活中人们逐渐认识到这一点。野兔的出没，山鸡的鸣叫，刺猬的憨态，杜鹃的鸣啭……都成了乡村生活必不可少的插曲。

我是对乡村生活非常熟悉的人，我从山里来，带来清冽的雾气；我从田野中来，带来禾苗的露珠。我在镇驻地工作，离家不是太远，一种不知名的力量总是吸引着我，下班一定是要回家的。孤身一人，总是难以找到家的感觉，心灵也似乎缺乏一种依靠，一种寄托，一种倾诉，一种交流。孤身一人，总想把工作排得满满的，以免有一种东西不停地干扰我的生活，与人相处，能说上几句知心话的不多，有时仔细想想，活得实在太累，太乏，真想躺下休息一会儿，哪怕是一瞬间也行；又一想躺下不行，四十岁的男人，肩上的担子沉重，上有老人，下有孩子，中间的日子要两头兼顾，自己喜欢的事业，也不想轻易放下。人啊！一投入想自拔又是那样的艰难。四十岁，各种生活疾病开始寻找你，你躲不过，就会缠绕你的余生。

乡村人有自己的生活方式，农忙时，播种机，收割机，大型的机械应有尽有，停留在田间地头，等待播种或收割的人，显得轻松自在，没有一点儿紧张的感觉和气氛，日子紧紧手轻松而过；农闲时，外出打工自由自在，挣钱贴补家用，实在充足了，盖一座新房，又可以享用一辈子，看，乡村人活得多么洒脱，那是一种幸福，一种享受，一种愉悦。

乡村最大的事情，就是婚丧嫁娶。这时人们无论忙闲，只要用到就会围过去，帮上一把，尽自己的一份力量，朴实而善良的人，这会儿最大限度地显示出自己待人的诚恳，人的一世，不会遇上几次这样的事情，因而，偷懒的人是少见的。乡村人，有他们的为人风格，有为人处世的原则，那是一种善良的体现，那是一种团结的象征，那是一种向上的力量，那是一种智慧的诠释。乡村生活的淳朴，时时感染我，不断地鞭策我，时刻提醒我，一个农民的儿子，无论行走再远，都不能忘记自己的家，树高千尺，叶落归根。即使是生活在城市，那也是别人的城市，我不是自卑，而是时刻提醒自己不能忘本。

乡村的人，也通过各种信息了解外面的世界，打工的农民也在不停改变自己，改变自己的生活环境。环境的优劣，直接影响人们的生活。乡村人也早觉醒了，他们也看到了自己生活环境的恶化：地下水不断下降，池塘常年干涸，河道不见水流……面对现状，他们开始努力，植树是他们能做的事情之一，他们在植树，在改善自己的环境。梧桐花是活泼开朗的女孩子，散发着青春的朝气，最先送来春天的芬芳；洋槐花是温柔典雅的女孩子，送来了古香古色的仿古馨香；楝子花是开朗素雅的女孩子，为乡村的丰收增添了一道优美的风景。各种树木，又像自己的孩子一样，被他们精心地呵护着，他们明白：一次性投资，就可以享受十几年的花香，是非常值得的。乡村人早就算透了这个账。仔细品味他们生活的环境，确实有独特的味道。天然的清新空气，熏陶他们的心情，轻松而自如。城市的纷杂、喧闹，给人们带来不安，带来烦恼，带来忧愁，与乡村人相比，他们的环境更加恶劣，这是人所共知的吧。

我是一个真正的乡村人，那里的生活，不断地感染着我：时而放声大笑，时而气愤不已，时而泪流满面，时而激动不已。我留恋那里的生活，一草一木，一石一砖，一沟一坎，都有我的足迹，那朴实的乡情，传统的文化，也深深地打动我的心，我的乡村，是我生活的心脏。

一口深井

蚯蚓洗澡

五月中旬，雨水滋润鲁西南大地，晶莹透亮的雨水渗入地下，小蚯蚓出来洗了个澡，又慢慢钻回泥土中去，树梢上挂满了晶莹透亮的水珠，远山的树木，显得更加苍翠，更加蓊郁，水汽笼罩在山间，山仿佛突然间换了一身缟素衣裳。

水沿着水泥路面，汇入两侧的小沟壑，慢慢汇入干涸的池塘。大部分的雨水，顺着路面漫流四溢，一昼夜的雨，水刚刚漫过池塘塘底。

蜗牛爬行

被雨水冲刷的路面，像勤快的女人洗过的衣衫，一折连着一折。街面上散发着微微的腥味，一只小蜗牛背着自己设计的房子，脚步沉重地在我面前走过，好似背负着重任，在漫漫人生路上爬行。

此时我想起：蜗牛升壁，涎不干不止。有追求的人，也应如此啊。

街面上的人，稀疏，两旁的树木，静默在雨中，树叶在枝头上轻轻地摇晃，树叶发出微凉的光芒。我在路上行走，我在沉思。

凤仙出巢

五月，温馨；五月，美丽；五月，鲜艳；五月，活跃；五月，有喜庆的日子。开头，就是五一国际劳动节，这是城乡人操办喜事的日子。而今年，我居住的村庄，一个两千多人的大村庄，竟然没有一户人家办喜事，邻近的村庄，人口或多或少，多少有一两户人家办喜事。夜晚，唢呐声连绵不断，烟花爆竹，此起彼伏，异彩纷呈。而我居住的村庄，一片寂静，只有偶尔传来一两声犬吠，这时只能听到小虫子掏洞的声音。我想：只有这个时候，才能体会到乡村生活的短暂寂静。

两千多人，十几个姓氏，每个家族都守着自己的传统族规生息繁衍。

姑娘，宁可远嫁他乡的傻子，也不能嫁给本村的漂亮后生。这是村里的规矩，延续的规矩。

凤仙，一个大胆泼辣的姑娘，她有心计，有胆量，有眼光，她认准了本村懂科学、有技术的俊峰，俩人经常在一起探讨小麦、玉米、棉花……作物的种植与病虫的防治，感情日渐成熟。

一个月黑风高的夜晚，他们两人私奔了。凤仙的娘哭着在街上大骂："该死的妮子，不要娘了，甩下俺跑了"。凤仙的爹，纠集本族一伙青年，跑到俊峰家砸坏了他家的门窗玻璃、缸盆等家什，临走时又留下狠话："你小子，回来，我还要砸断你的腿。"

一晃六年过去，凤仙、俊峰两人拖儿带女回到村庄，她爹娘的怨气消散了。外孙、外孙女"姥姥、姥爷"地叫喊着，亲热得没完没了。

凤仙的事例，逐日多起来了。

姑娘家的爹娘聪明了，发现自己的女儿相中哪家的小伙子，就托个媒人结成亲家，欢天喜地办婚事。

私奔，对凤仙来说，是一件冒险的事，是一件打破族规的事，也是我们村破天荒的一件事。

回忆豆腐

时光如水，在光滑的街面上不停地流转。清晨，卖豆腐的吆喝声，源源不断传入耳鼓。喊话筒的电源，夜晚充足了电量，一声接一声，接连不断，唤醒懒睡的人。豆腐，众所周知的豆制食品，高蛋白、低脂肪，老少皆宜的营养品。

听到一阵紧似一阵的吆喝声，我想起，童年的傍晚，远远就能闻到清淡的香味儿，热豆腐的香淡味儿直钻鼻孔，清贫的岁月难以吃上热豆腐，看着白嫩的豆腐被鲜红的辣椒涂染成红颜色，口水一次又一次地往回咽。喝点挤出的豆浆水，也是一种奢望，提上自家的烧水壶，到豆腐坊，灌上一壶豆浆水，全家人都能沾上豆腐味，过一回豆腐瘾。

如今，石磨豆腐吃不到了。童年豆腐的香味儿，随时间消失在村庄的角角落落里。

村里现有豆腐坊两处，邻村常来卖的也有两人，一男一女，是机器磨出的豆腐，往日的香味儿淡了。

柔软的豆腐，是机器生产的；柔软的馒头，是机器生产的；柔软的煎饼，是机器生产的。

我胸腔里的零部件，逐日被钢化了。

狗在平房顶上跑

我自家喝的水，是从村西头的水池里用一个大水车拉来的。水车是焊制的铁车，水桶是买的大水桶，盛水二百公斤。

水是从机井里抽到水池的，有专人负责，卖价四毛钱一大桶。论起来，挺便宜的。

拉水时，要排队等候，有时会多等一会儿，有时会立刻完成，主要是看拉水人的多少。一个碗口粗的橡皮管子，插入桶口，三分钟就可以注满一桶水。

等待的工夫，我看到：有一只狗在人家平房顶上跑来跑去，往返来回，狗不像人那样忙碌，没事儿，便顺着台阶跑到平房顶上玩。

大清早，狗也闲着无聊，地面上玩腻了，就找乐子，来到房顶上，找新鲜，瞧风景。

不像我，每个双休日，要拉一车水，以供一个星期使用。水，是人类一刻也离不开的宝贵资源。

水池，在地面上，耸立着足有五六米高，水池匾额上的字迹依稀可辨：一九七六年某月某日。回想水池，也真发挥过作用。那年月，我们村的自来水管通到家家户户，饮用水是能满足生活需用的。干旱年份，咬牙挨几天就过去了。汛期来了，地下水上涨，水就丰盈了。

好景不长，水管不畅了。村干部换了一茬又一茬，水管就是不畅，吃上自来水最早的村，现如今要到水池拉水喝，时代进步了，我们村却倒退了。

其实，如果不是拉水，我怎能看到狗在平房顶上跑呢？

狗在平房顶上跑，不是什么怪事。

细想：阔太太、贵妇人、二奶、小蜜、情人，她们怀中的宠物狗，哪一个不是住别墅、洋房呢？哪一个不是出入高级宾馆呢？

俗话说“狗眼看人低”，而有的人眼，甚至还不如狗眼，狗眼虽低，尚且能看到人，有些人眼，简直就是目中无人。

前不久，妻子抱回家一只小狗，刚出生五六十天。小巧玲珑，十分可爱，比前两次养的狗好玩。我们精心喂养，小家伙长得憨厚实在。后来，我们发觉它也知道到平房顶上看风景。我家出门，就是广阔的田野，在平房顶上视野更开阔。

清晨，我去上班，不见它在院子里逛荡，我想：它一准儿在平房顶上晨练呢。

一口深井

生活在乡村四十二年，眨眼而过。

乡村，被我定义为：灰暗、滞后、愚昧、退化、停滞不前的领地。尽管如此，我仍深爱着乡村，我没有顾及别人的看法或说辞，一个上班族孤独地走着自己认定的路，心甘情愿地踽踽独行，那无量的苦难、深沉的灾难，永远不能阻止人类前进的脚步。我深爱着乡村，乡村是我生命的来源，是我文学的源头，是我生命的归宿地。

我用乡村人的眼光审视现代文明，把反叛的情感幻化为平和淡雅的文字。我清楚地认识到：完全真实的乡村，我无法还原；纯真质朴的乡村，我无法还原；清新自然的乡村，我无法还原。

我对乡村照相式的写实，建造出一座人性本真的神庙。

鲁西南的乡村，是我记忆最深刻、最活跃、最明晰的区域。乡村，是一口深井，所有的景致、人物、风情、情感都珍藏在这口井之中，不停地闪烁着微弱的光芒。正是我个性生命与乡村的交融，才有闪烁在我记忆里的乡村散文。

在鲁西南的大地上，在乡村的路上，我握住手中的秃笔，像乡村人紧握锄头那样。但我不会东刨西耪，我要掘一口深井，来滋润生活、灵魂、情感。我守望这口深井，于是，乡村就成规模地进入我的写作文本，让我获取欣慰和愉悦。

田野小景

机井房

田野间，隐藏着简陋的房屋，那就是机井房了。

看到你，我仿佛听见井壁上滴水的声响。无数水珠贴着井壁，不住下落，激起地下水层的层层涟漪。我听见地下泉水声，心里涌起无限的亲切感。

机井房，在田间一隅，没有豪华的装饰，没有漂亮的外表，没有高大的身躯。

干旱的日子，泉水从你的身子底下，汩汩流淌，禾苗滋润，腰杆挺直。小麦碧绿葱茏，玉米高大挺拔，大豆翠绿蓊郁。

洪涝的日子，泉水在你的身子底下，向地下河的深处激荡。玉米的根须伸向大地；大豆的腰杆努力向上；高粱的头发浓密昂扬。

庄稼的梦想，在你的身旁飞翔。

农民的希望，在田野间回荡。

瓜　棚

夏天，瓜秧贴着地面匍匐前进。

一个又一个圆溜溜的西瓜，滚满绿茵茵的大地。

简易的瓜棚，就是一户人家。守望西瓜的农民立在地边，袅袅炊烟，狗在灶前来回转悠，尾巴摇来摇去，累了，蹲在主人的跟前，等待香甜的早餐。

夜晚，主人和狗竖起耳朵睡觉。狗贴着地面假寐，窸窸窣窣的声响，惊醒主人身边的狗，是陌生人走过，狗在主人面前献殷勤，狂叫几声，就平息了。

天亮了，瓜地边，几片西瓜，流着鲜红的液汁，主人见了，微微一笑走开了。

主人迈进瓜田，走几步，蹲下身，梳理零乱的瓜秧。

尔后，主人吆喝着狗，在瓜田里四处转悠……

农田防护林

田野的四周，栽植着绿色的屏障——农田防护林。

夏天，绿荫下，你是行人的歇脚处。冬天，一个又一个甜蜜的爱情，在你的怀抱里成熟。

夏天，你收获绿荫；秋天，你成就落叶；冬天，你守候哨音；春天，你等候希望。

风来了，你是廉价的空调。雨来了，你是温带的雨林。

你是人们清爽的港湾。炎炎夏日，人们搭起一张简易的床，躺下片刻，一场美梦之旅就开始了。

树林茂密了，人们脸上的皱纹舒展了。放弃了热闹，收获了宁静；放弃了喧嚣，收获了绿荫；放弃了烦躁，收获了桃源。

人们笑了，对着农田防护林笑了，那笑容灿若河岸边的一朵莲花。

闪光的碎片

故乡，一个普通的乡村，生息繁衍几十代人，古老的生活方式透过时空，汇成灵光。而今，重读父辈们的生活，这束灵光又被分割成无数闪光的碎片。

独轮车

独轮车也叫手推车，一对车把，一个轮子，先是木的，后是橡胶的，还有一个盛东西的车筐。这大概是世上最简单的车子了。它简洁地道出了故乡父辈们的生存状况，也多多少少说出了所有人的生存哲理：你必须独自推着眼前的重物前行。

人在少年或青年时代都难免对人生抱有太多的理想，也就难免有些轻狂。我的少年和青年时代也是这样，虽然生存没有给我投来太多的理想之光，反而过早也过多地降下了阴云和冷雨，但过热的血、过量的生命激情，注满了我的生活，我过早地认同了现实中同辈们的轻狂。而当时我认为人生应该永远保持一份浪漫和纯真。浪漫和纯真是很好的，但也使我有意或无意地忽视和无视人生的艰难、灰暗、坎坷和命运的孤独与悲苦，常常对着雨后的彩虹，对着静夜繁星满天的宇宙，对人生做一些浪漫的设计，而全然不管也不想：在浩瀚的宇宙里，其实做一颗星或做一只小昆虫，都很孤独，都很不容易。

是父辈的独轮车让我忽然看到了生存的另一面，我不愿看到的那一面。

一个下雪的日子，父辈们在离家几十里的水库工地上筑堤。天黑了很久，他们依然没有收工，我约上一个小伙伴去工地寻他们。

我远远地看见一些身影，在四周反射的雪光里，这些身影显得很黑，我第一次发现劳动的身影是这样黑。在黑的身影里，我们看到了他们。几乎每一个人都在推着独轮车。每一个人的动作、身影都是相同的。

当时，我还没有足够的力气推动一车泥沙，也无法从旁边帮助他们推车，只是看着他们个个卖力地在风雪里推着车往返。

终于收工了，父辈们和一大群人离开了工地。只剩下一辆辆独轮车斜躺在雪夜里。每一辆车都离得那么近，一辆挨着一辆。一辆车无法取代另一辆车承受的重量和压力，也无法减少另一辆车的孤独。

井　绳

通往月亮的路并不遥远。人类在公元前就发现了接近月亮的路。

其实，方法极简单。一眼井，一汪清澈的水，一根井绳。

面对水井，你静下心来，摒弃总想征服什么的冲动，内心清澈一些，安静一些，低下你高贵的头，弯下你笔直的腰，你就会看见，从水里，从岁月深处，一轮干干净净的明月正向你升起，渐渐走近你，走进你的生活。

古时候的那个月亮，是神秘的月亮，是嫦娥的月亮，是吴刚的月亮。父辈们读不懂李白的诗，故乡也没有人读诗，他们不懂“举杯邀明月，对影成三人”的诗句。

父辈们天天打捞心目中的月亮，天天都要和月亮会面，在他们漫长的生活中，他们一直都在打捞水中的月亮。

你见过他们月夜里挑水的情景吗?

他们望一眼天上的月亮，微笑着低下头来，就看见井水里的月亮。

他们抛下三米长的井绳，就能把月亮打捞上来。小猴子们做不到，人能做得到。这一点你必须相信。

两个水桶里，盛着两轮月亮，一前一后，猛一看，是挑着月亮；仔细看，是月亮抬着人，一闪一闪地往前行走。

父辈的那根井绳，三米的长度。三米之下，就能触及孔夫子和李白的那个月亮；三米之上，到处是伸手可掬的白银一样的月光。

石　夯

一块方形或圆形的石头，一块有足够重量的石头，镶上木柄和横杠，就叫“石夯”。一个人或两个人均可使用，提起或抬起横杠，使石头尽可能高地离开地面，然后用力砸下去，产生的重力就可以夯实路面、地基、堤坝，甚至生活。

在人的一生中，不管你是否用过石夯，我们都是在用力使某些东西变得结实一些、可靠一些。细细想来，其实我们每个人手中都上下起落着一只夯，有时为了夯实一段生活，有时为了夯实一项工作，有时为了夯实一段爱情，有时为了夯实一段友谊，有时为了夯实一种信仰，我们手中无时无刻不在起落着，只是有人用心，有人不在意罢了。

父辈们当年夯过一段河堤，时过境迁，河堤早已塌下去了，夯也埋在沙土里，或许已被风化。河水仍在哗哗流着，流水之外，一些看得见和看不见的夯，仍在上下起落着，用力夯实一些什么东西。

铁　锨

主要用途是翻地或取土。像手掌一样卖力地深入泥土，令人想起世世代代那些在泥土里出没的手。有时，也会将土里冬眠的昆虫扎成两截；有时，也会将正在生育的昆虫弄得慌乱一团，甚至家破人亡。不过，这不是铁锨的过错，也不是父辈们的过错。土地原谅了这些过错，土地若得不到铁锨的翻弄，会板结得不成样子，难以孕育弱小的生灵，只有随处看到勤劳的身影，才有土地上丰收的景象。土地也曾以含蓄的方式，告诫我们不可在大地上用力过猛，下手的时候要轻一些、仁慈一些。土地是怎样劝说我们的呢？你看，它正悄悄地在铁锨的刃口敷上一层黄色的泥锈，土地不愿意看见我们扛着过于尖锐锋利的家伙与它打交道。

故乡的碎片，总是闪着灵光，总是埋藏在父辈生活的岁月深处，至今仍然发出一种淡淡的亮光，这些向我们投射过来的淡淡的亮光，折射出他们生活的印痕，照亮我们前行的路。

乡下大集

乡下的集市，到冬天，一天比一天热闹，农闲的人们趁空闲的时间，去集市买东西，选购自己喜爱的物品。收获的庄稼也在集市上有了自己的位置，人们似乎也有意展示自己，将收获的成果，展现在市面上，让他人去认识，去发现，去认可……

集市上，一个场面，就是一幅画，一个摊位，就是一处风景。服装摊上，五颜六色，仿佛花的世界，大小搭配起来，构成一个个美丽的图案，在这花的世界里，你可以精心挑选属于你的一束花。卖布的摊位和缝纫的紧挨着，他们相互搭配，生意兴隆。街道两旁，这样的摊位一个挨着一个，一个比一个品种齐全，卖主个个面带笑容，假如你问起布的价格和质量，他们向你介绍得头头是道，比织布商懂得都多，把握不好，你真的不知质量如何。

蔬菜买卖，基本上是在一条街上，颜色鲜艳，娇嫩欲滴。绿油油的油菜、菠菜，红扑扑的萝卜，青脆脆的辣椒，令你眼热。芹菜立在三轮车上，等待买主。“芹菜多少钱一斤？”“一块钱三斤。”“少了卖不？”“不卖。”“四斤，我们多买点儿。”“不行，我们进不来，赔本不能卖。”经过几番争论，该买的还是买下了，不买的也就离去了。集市上，这样的语言常常出现，那是我们母语的汇集之地。

农村的老头来集市上，就是买点自己所需的物品，一点盐，一点烟叶，一条廉价的香烟，一包火柴……买回家自己享用，那是他们生活的一种乐趣，一种满足，一种享受。

人们在集市上聚到一起，聊聊各自的收成，聊聊各自的苦衷。一年的收入，一年的感受，一年的辛苦，一年的所得。谈到投机处，干脆找个小饭馆，要上四碟小菜，来上一瓶白酒，边喝边聊，有喜亦有忧，一切尽在酒中，尽在不言中。

农家的妇女，养几只鸡，几只鸭，几只鹅，下几个蛋，舍不得吃，拿到集市上卖几个零花钱，贴补家用。“这几个鸡蛋几个钱？”“五毛一个。”“这么贵？”“这是真正的笨鸡蛋，炒、煎、煮，你吃了会觉得味道就是不同。”“四毛八？”“好，卖给你。”说话就这样爽快，买卖就这样成了。在她们眼里，鸡鸭鹅就是她们的小金库，她们卖后，可以买自己想要的东西，一根针，一些鲜艳的丝线，一双鞋垫，一双新袜子，一副新手套，一条毛巾……必需的用品，她们都可以满足。年轻的妇女，养几只兔子，可以养大到集市上卖钱，也可以繁育小兔崽，养一个月，也可以换钱花，她们的思想先进，可以买化妆品、花露水、香水……喷洒在身上，散发着青春的气息。她们不用外出打工，在家靠自己的一双手，养活自己，不再是吃白饭一族。

集市上，煎包的香味儿，从中心向四周弥散开来，那股诱惑，小孩子早就耐不住性子了，拉着母亲，买上几个尝尝。

我最早来集市时，还是一个小孩子，跟着母亲来到集市。那是一个夏天，母亲为我买了西瓜，卖主切开，里面透红，我当时就吓哭了，以为那是鲜血，不可以吃，母亲吃过后，我才敢吃，现在想起来，真的好笑。

集市上，人山人海的时候，是快过年的那些日子，人们打工回来了，准备年货，买的，卖的，从东到西，自南而北，熙熙攘攘的人，讨价还价的声，一个高过一个，街道成了一个服装大世界，各色各式的衣服，都展现出来了，甚是好看，那就是一幅美景。少男少女行走在街道上，如火如风，那是跃动的色彩，是人类的未来，头发红色、黄色、蓝色，衣服长、中、短，一一展现在我们面前，那是新新人类。他们买上几串糖葫芦，边走边吃，边说边笑，边打边闹，他们从外地打工回来，带回新鲜的生活方式，让我们认可，让我们赞同。

鲜红的对联，把集市推向高潮，过年了，人人忘不了买上几副对联，贴在屋里屋外的门上，代表红火的生活，各式各样的字体、字迹，呈现在我们的面前。电脑设计的多了，手写的少了，上年纪的人专找手写的对联，他们在寻找过去的感觉，转悠半天，找到一处，却找不出当年的感觉，叹息、摇头，也不得不买下了。

春季的集市，人们准备春耕春种，人也很多。买上一把锄头、一把铁锨，或是买上几斤种子，准备开春，在山坡上种下希望。殷实的农民，希望有幸福的生活，他们不停地耕耘着生活。春末夏初，人们也会为一把镰刀、一张木锨来到集市，他们购买农用品，为收获做好充分的准备。

农忙时的集市，人稀少，人们为农活儿很少来集市，即使来买东西，也想好所买的物品，买好后，再投入紧张的劳动中。细心的人就列好清单，按着单子买物品，节省时间，办事效率也高，如今的他们，也知道时间的宝贵。人时刻都在变化。

集市，一般设在镇的驻地，或交通发达、人口集中的村庄，那是文化、交通、经济的中心，也是物品集散地，是文明的象征，是历史的体现，也是人们的向心之地。集市，五日逢一个，一月恰逢六个，每个集市都是商品流通的场所。谈论收成，谈论儿女的婚姻，谈论生活的美好，谈论未来的景象，集市，就是最好的处所，也是信息交流的中心，周围村庄发生的事情，都在集市上传开，尤其是信息闭塞的年代，更是靠集市来传播信息。张家的孩子要结婚，李家的女儿要出嫁，送钱的，送物的，都在集市上准备。过去在集市上相亲的也很多，两家人在媒人的说和下，约定地点见面，成与不成，一面决定，有的女孩子害羞，就直接在集市见面，媒人随意指一个人，说就是他，结婚后，方知上当的为数不少。

而今的集市，更为红火热闹。物品齐全，色彩斑斓，是农人们的露天大市场，是农人们生活的大舞台。

乡下大集，我的记忆里不能没有你。

乡村的颜色

乡村，空灵；乡村，宁静；乡村，怡然。乡村，多彩；乡村，美丽；乡村，和谐。乡村，是一幅张择端《清明上河图》徐徐展现出的美妙画卷；乡村，是用心去品味的画卷；乡村，是用精神去领会的画卷。乡村，是一幅山水画，鲁西南的乡村，是这幅山水画的缩影。

春天来了，乡村河岸边的柳树绿了；山旁小路、田埂上的茵陈泛起白色毛绒；蒲公英的花黄了，蒲公英的孩子飞了；地丁的花紫了；苦菜的白花引来野蜜蜂，在花朵里进进出出。一场春雨过后，春天更像春天了；冬青的叶子青翠了；粉红的桃花灿烂了；米黄的迎春璀璨了；紫丁香紫中透白了；黎明，鸟儿开始了小型音乐会，独唱、二重唱、小合唱。

小麦也耐不住性子了，夜间，“啪啪”有声地往上蹿了两节，晶莹的露珠，在叶面上滚来滚去，像剔透的珍珠。大地上，满是绿色的地毯，一大片、一大片的，那是小麦的绿，旺盛地生长着。清明前，一场北风吹过，天气冷了下来，清晨，洁白的霜花落在绿色的麦叶上，一片浅白，一片嫩绿，小麦的顶端立着晶莹的水珠，像是凝固似的，一动不动，滋润着麦苗。绿色，成为春天的主打色。路旁的小草钻出来，探出头，睁开眼，打量新的世界，满坡的绿、嫩黄的绿、深绿色，成为大地的色彩，构成精美的地毯。乡村人不忍心踏上一步，地上伴着苦菜花、蒲公英、地丁，白、黄、紫，像仙女织出的图案。

一场春风过后，乡村的大街小巷，落满一层粉红色的桃花瓣。丁香开了，满树擎着紫色的花朵。石榴树的嫩叶，浅红浅红的，长在枝条上，让人不忍触及，夏天的心脏，是秋天的希望。月季的叶子，舒展开了，褐色带点绿色。姹紫嫣红的景象，定格出一幅美妙的图案。

大大小小的树木，在春风的孕育中，生育出绿色的生命。嫩绿的叶子，点缀着树干，显出生命的一种顽强，一种向上，一种拼搏，一种活力，一种超凡，一种脱俗。

鸟儿是乡村的民间歌手。黎明，它们的演唱会就拉开了序幕，树木是它们的舞台，“叽叽喳喳”的音乐此起彼伏，布谷的独唱声也从乡村的一个角落传到另一个角落。灰喜鹊的合唱是演唱会的高潮。它们在巢穴附近，举行演唱会，参加者众多，声音不绝，似乎每走过一个乡村，就能享受一次音乐会比赛，它们以合唱的形式进行，听起来也是免费的，它们不收门票，不拉赞助，不收出场费……它们没有主角、配角之分，它们不穿露肚脐眼的服装演唱，它们大大方方地唱，它们高高兴兴地唱，它们从来不互相排挤，也不互相嫉妒，它们都是自愿出场，它们不需要粉墨登场，它们也不搞个人演唱会，它们不收乡村人的钱财，它们是真正的义演。它们互相配合，高音、低音搭配，男声、女声协调，在乡村搞这样的演唱会，它们舒心，它们开心，它们精神愉悦，它们心情舒畅，它们生活和谐，年年岁岁，从早唱到晚，从春唱到秋，它们是百姓心中的歌手、明星。

鸟儿们朴实自然地登场，不讲究华丽的时装，以一种“清水出芙蓉，天然去雕饰”的姿态，来举行每一场演唱会，它们美丽的羽毛就是漂亮的着装，它们不会染发，不会烫发，黄色、方便面似的发型，它们从来不会摆弄。它们不像有的人，对自己的头发反复加工。

鸽子是和平的鸟儿。它们在农家和人共处，那里是它们和平而祥和的家，它们筑巢，它们生息，它们繁衍，它们“咕咕咕咕”地唱歌，为自己，为农家，为乡村，为美好的生活，为安静的日子，为和谐的家庭。它们是乡村的固定居民，乡村是它们生活的良好场所。它们在美丽的天空滑翔，时而一两只，时而一大群，构成天空中精美的图案。

燕子是乡村的候鸟。春来冬去，一年一度。美丽的身影，成为乡村人的期盼，燕子是祥和的鸟儿，春天，燕子落住是年年吉祥的征兆。燕子，是乡村人保护的鸟类，是乡村人的朋友。

白马河是微山湖的支流之一。记忆中的白马河河水清澈，水中的鱼儿清晰可见，水草也翠绿鲜嫩，河边是成排成行的杨树林，还有一望无际的荻草，一眼望不到边的荼靡花，雪白一片。白马河留给我无限的思念，一生的温馨。后来，河水慢慢变得污浊难闻，水流也向中间萎缩……我心中的河，依然是清澈闪亮的，永远被一片绿色簇拥着，白马河，你不可以改变，你不可以干涸，你必须一直朝气蓬勃。

我是有机会满怀希望寻找那杨树林的，因为河的对岸有我耕种的土地，我时常走在河边的荒地上，在松软的河滩上行走，感到自己是一个乞丐，往日的绿树林，变成了荒芜的土地。那时，我干活儿累了，躺在树林里休息，听鸟儿婉转的鸣叫，那是一片快活林。我精神为之一振的是：河岸边有了大片大片新植的小树苗，虽然种植得晚了，但还是种植了；城里造纸厂的水不再排进白马河里了，河水渐渐清澈如初了。

我想象着明天的河，寻找着昨天的河，心里总想及早得到答案，满足自己的心愿。

夏日，我们喜欢奔向河边，奔向草地和树林。凉凉的风里有草的香味儿，一只只鸟儿在树梢上鸣叫。蜻蜓咬在一枝芦秆上，它的红色肚腹像指针一样指向我们。天空宁静而遥远。三五只灰蓝的鸽子落下来，小心地伸开粉嘟嘟的小脚掌。我们可以看到它们光光的额头，看到那一对不安的红豌豆般的圆眼。我想象着它们在我的手掌上，我轻轻抚摸，感觉到一阵阵滑润。然而它们始终远远地伫立，流露着惊恐和提防。周围一片绿色，散布在空气中的花粉的气味钻进鼻孔。我一个人独处，听着天籁，默默地接受这崭新的启示。

夏天，乡村的主色是绿色，碧绿的玉米，绿油油的豆田，浅绿的高粱，绿如青草的禾苗。满山遍野。农家小院的墙上，爬满丝瓜，绿色的藤蔓，黄色花朵，一个个嫩绿的丝瓜低垂着，满身碧绿而又略带白色，做汤、青炒，是一道难得的美味。那丝瓜，凭着夏日的雨水疯长，藤蔓愿意爬多高就爬多高，没有人阻拦，没有人设置障碍，愿意开个谎花就开个谎花，愿意结个丝瓜就结个丝瓜，没有任何农家人强迫它、威胁它，它们自由自在地生长，自由自在地生活。

秋天，乡村的田野，玉米长高了，豆荚鼓鼓的，涨满身体，像怀孕的女子等待产期。高粱也红了脸，谷穗羞涩地垂着头，葵花又向太阳靠近了一步。时光成了流水，爱成了阳光，欢乐成为音符，眼泪成为珍珠，乡村成为天堂。

身在乡村，日子久了，紫色的梧桐花、洁白的洋槐花、浅紫的楝子花、火红的石榴花、五颜六色的月季，都是乡村色彩的点缀。

冬天的乡村，看似颜色单调，田野里，亦是绿色满地。雪的洁白，只是短暂的美景，一片白茫茫的原野，一片北国风光。绿色便隐藏在这白雪下。

提起绿色，有人忌讳，是因为受到“绿帽子”的牵连，我们向往绿色，我们的生命充满绿色，我们的生活充满绿色，那是我们向往和追求的颜色。2008 年的奥运，我们提倡“绿色奥运，人文奥运”。绿色，生命的颜色，总是涂满我们生命的纸张，生机盎然的原野，奔腾跳跃的河流，一切都带着我们的笑容和体温。绿色是我们生活的主题，我们的邮递员，我们称他们为“绿色使者”，他们为我们传递信息，送来一个又一个惊人的喜讯。

绿色，还是绿色；没有绿色，也许世界会疯狂的，人类也会疯狂的，我们的生活更是如此。

其实，仔细想想，乡村的颜色，就是绿色，难道不是吗？

寂静心语

冬日，季节变得像一匹衰老的马，已经失去原有的色泽和光亮。这时的冬天，好像是一个终于到达目的地的旅人，开始安顿下来，天气总是摇摆在阴与晴之间，太阳如同虚设。

面对冬天，就怀念雪，就像进入春夏怀念雨那样。冬天如果没有雪就等于土地上没有庄稼。雪也像鸟一样，如今的冬天呼唤不来雪，也挽留不住雪，现在的冬天风很多。风，它不像是一位过客，从不着急离开，而是在冬天久久地徘徊，好像迷失了方向，风挟带着泥沙、尘土不知向哪里去。

我们常常怀恋冬天，我们常常怀恋下雪的日子。雪片落在地上，积上厚厚的一层，多日不化，纯洁的世界仿佛是在向人们还原它本来的面目。我是一个爱玩儿的野小子，常常和孩子们一起，滚雪球、打雪仗、堆雪人，走在雪地上能听到一种动人的音乐。

年轻爱玩儿的农民，时常带着猎狗、强光矿灯去麦田里追逐野兔，寻求冬日的一种刺激。调皮的孩子们就在场院扫开一片，撒上诱食，支上筛子，去罩前来觅食的麻雀。冰到处可以见到，去滑冰，去小河里砸开冰洞掏鱼。回想我儿时的冬季，似乎很干净，看不见风沙、尘土。现在的冬季日渐退化了，沉闷，压抑，迟钝。雪也成了一种奢侈品，降得短促，融化得迅速。过去的一切都在日渐消逝，这对新一代儿童是一种天性的损失。

转眼间，春姑娘已姗姗而至。持续几天的春风，千呼万唤着春雨。新萌芽的植物还未从陈年的枯草丛中露出脑袋。在这样的季节劳动，感觉舒畅和轻松。此时，清新的空气滋润着喉咙，肢体也跟着运动起来了，血液涨到了每个血管的顶部，人们感觉有力量要迸发出来。

树木忽然间换上新装，杨树的每根枝条都变成嫩绿色，香椿的嫩芽在努力伸展躯体，各种树木的枝条上都有了春天的迹象。

地面上的荠菜，挺着无数细小的白色花朵，在田埂、在路旁、在山坡，像细碎的印花布不规则地铺放在地面，它们向人提示着自己的存在。

春天要给大地带来花朵，要给乡村带来温暖。春天一路向北走去，它释放了被禁锢的河流、土地和生物。春天，使所有受寒冷虐待的生命得到了救赎。

最耐旱的蒲公英，花朵金黄耀眼，时而孤单怒放，时而结伴绽放。贴着地面的苦苦菜，锯齿状的叶面，努力不停地向四周扩散。

杏花等不到春雨的影子，不耐烦地提前凋谢了。如若是在大观园里，肯定有不少柔情女子，为此伤心落泪。桃花在翘首期待，见到了春雨，却又羞得落荒而逃。

乡村的梨树稀少，在某个庭院里，偶尔有那么一棵，那是一片粉白，一树雪花，麻雀立刻围拢过来，“叽叽喳喳”地看春天特有的景观、春天的胜景，不一会儿，地面上就落下片片雪花。

紫色的梧桐花，不知何时在枝头悄然绽放了，像下垂的风铃，挂在树的枝头。它没有形成庞大的花团，花香似乎在孕育中成长，香味儿好像在春风中凝结，还没来得及释放。

在村外，长长的沟壑两旁，茅草像一把一把的尖刀，距离地面越来越远，单从那淡淡的绿色，就看得出春雨对它们的恩赐。

枸杞的枝条上，鲜嫩的叶子，形成一个庞大的阵势，从沟壑的两侧无限延伸。早就听说，枸杞的嫩叶是一道美味的菜肴。在清明节祭拜先祖时，看见那个阵势，我真想停下来，把那嫩叶占为己有。经过一场春雨的浇灌，枸杞立刻苏醒过来，像一个含苞待放的少女，像一株顶着露珠的仙草。

我们北方的枸杞叶，就如南国的明前龙井、碧螺春，甚至大红袍，它历经一个冬天的休眠，充分吸足土壤中的养分和微量元素，一场春雨过后，枸杞叶不仅翠绿柔软，而且氨基酸和各种维生素蕴藏在叶脉的每一个细小毛孔里。枸杞自然而然地成长，农药从不侵扰它，捋下的嫩叶，沸水过后，滋味鲜爽，香气馥郁。《本草纲目》上有云：“苗气味苦寒，主治除烦益志，补五劳七伤，壮心气……作饮代茶，止渴消热。”读《本草纲目》方知枸杞苗是不可小瞧的珍贵补品。

几番跃跃欲试，最终没有忍心对枸杞叶下手。忽然，一只鸽子从枸杞丛中“扑棱”一声飞出，不知它躲在枸杞丛林中是觅食，还是与同伴捉迷藏，看鸽子的情形，它心情是那么舒畅。或许是清晨，或许是一场雨水之后，鸽子飞行不远，就停下歇息，在地面上散步，姿态显得优雅。

山坡被雨水冲洗得崭新，鲜嫩的野草光亮耀眼，一股清新的气味沁入心肺，让人浑身有一种舒畅豁达的感觉。

一只只山羊在低头啃草，休眠一个冬天的野草，每一片叶，每一根茎，都蕴藏着甘甜的汁液。它们不再挑剔，它们不再东张西望，它们不再抬头张望，它们不再被主人打骂……

在村外山坡上，清晨就听到布谷鸟在村子的不同角落鸣叫，叫声此起彼伏，它们站在高大的白杨树上鸣叫，声音似乎更悠长、传播得更远。

虽说野兔可以在麦田里藏身，但在这场雨水后，野兔不再躲藏在麦田里，湿漉漉的麦苗，早已不是它们的家园。这对野兔来说，是一场不小的损失。

夏初，清晨，露珠在草叶上跳舞，成为草叶上的舞者。它们聚集在一起，翩翩起舞，时而载歌，时而载舞，它们舞步整齐，领舞者，矫若游龙，随行者，舞姿妙曼，一支整齐的队伍，在田野的边际表演。绿色的田野，一个碧浪接一个碧浪，随着风一直延伸到山坡，绿色的气息在田野的上空回荡、盘旋。

偶尔，瓢虫加入它们的队伍，如耀眼的斑点。瓢虫，是参与者，是露珠的伙伴。

露珠聚集的时间，主要集中在夏日的清晨，白日，天空晴朗，它们一早就聚集在一起，开始它们的健身活动。它们的人员时多时少，它们抱成一团，时而左转，时而右转，它们玲珑剔透，它们队伍纯洁。

蚜虫想加入它们的队伍，成为它们的一员，一双双透亮的眼睛发射出逼人的光芒，瓢虫也睁大眼睛注视它的阴谋，蚜虫退缩了。

野草，随风摇晃着身躯，它们也在随风歌舞。歌舞的音乐停止，舞者也停下休息。这时，蚜虫开始登上舞台，它们也想在舞台上展示自己狂妄的姿态。它们拥挤在一起，在碧绿的舞台布幔上跳跃着不协调的舞姿。蚜虫是野草的敌人，它们身体矮小，却有着巨大的能量。

轻雾蒙蒙，草叶在雾水中过滤，所有的叶面像被清洗过一样，富有光泽，富有色彩，细微的水珠挂在草尖，叮咚叮咚的响声在田野间回应。一种特有的景象，在我的脑海里放映、显现、翻腾、重叠。

夏夜的脚步，似乎蹒跚，似乎迟缓。月光爬到树的顶端，草叶上早就泻下薄薄的轻雾，像一层纱巾裹着草叶，又像乳汁轻轻地泻在上面。叶面像被乳汁清洗，柔亮而又光鲜。

夏日的山，夏日的水，夏日的树木，都在美妙的月光下轻歌曼舞。秋日，在美妙的旋律下，漫步而来。

秋日的野草，越发显得成熟，越发显得老到。成熟的果实，挂在枝头，随风摇动。野草从萌生到成熟，仿佛经历了一个漫长的过程，它们经历风吹，也经历雨打，野草，像庄稼一样，有一个生命的全过程。

秋日，野草在生存，也在蜕变，在成熟，也在衰老。它们累了，要停下来休息，成熟的果实，像一个个风铃挂在草叶的尖端。

清晨，露珠像珍珠一样，晶莹透亮。大片大片的麦叶上，滚动着一个又一个珍珠，在阳光的照射下，闪闪发光，整个大地就好像一面巨大的闪光镜。

秋日，秋虫活动猖獗，它们无所顾忌地在草丛间蹦跳，草尖是它们的跳板，柔韧而有弹性，假如我是一位画家，我会浓墨重彩地描绘出精彩的瞬间；假如我是一位音乐家，我会用动听的音符谱写出优美的旋律；假如我是一位摄影家，我会用相机记录下这些美丽的画面。

秋日清晨，浓雾覆盖着大地上的一草一木，草叶上悬挂的水珠，一点一滴地渗入大地。树木的枝叶闪着光亮，街道上，行人们在匆匆地为生活忙碌，在树叶上映现出一个又一个倒影。

田野之上，杨树、榆树很是常见，它们伫立在田边或地头，好像一种景物，或是一种标识。

雾霾的日子，树木就是行人的路标。乡下人，就是依靠树木判断田地的具体位置。雾霾散尽，已是中午过后，田野的作物，清晰可见，大豆、玉米在走完最后的路程中行走，向衰老迈去。

秋日，雨水时节，蒙蒙细雨，滴答在或宽阔或细小的作物叶片上，发出有节奏的声响。那声响不同于雨打残荷，也不同于雨打芭蕉，而是一种透着轻柔、透着优雅的旋律。雨珠在叶面上弹跳，聚集在一起，像是跳跃的舞者。轻盈的舞姿，有节奏的步伐，一幅活灵活现的画面展现在眼前。

雨水，和草木在一起，雨珠在草尖上滚动，宛若一颗颗晶莹的露珠。毛毛细雨，化作一颗颗水珠，隐藏在草木丛中。

草木像大地上的绿色毛毯，躺在大地上，一望无际。雨珠的舞蹈，有了得天独厚的优越感，它们酣畅淋漓：一会儿白鹤展翅，一会儿群鹰起舞；一会儿轻声细语，一会儿鸦雀无声。旋转的舞姿，在美轮美奂中迸发出来。

蟋蟀和各种叫不上名字的昆虫，躲在草丛里鸣叫，萤火虫在低空画着优美的弧线，像顽皮的儿童手中挥舞的荧光棒，在黑暗处画出不规则的图形或弧线。月光也想一展歌喉，和着虫鸣，发出轻柔而富有弹性的歌声。

鸽子，在路边或田埂上散步，偶尔低头觅食，不时地发出咕咕的声音，也许是在呼喊同伴，也许是发现新的食物，叫声说不上优雅，却也不是一种噪声。走上一段路，它展翅飞翔而去，给人留下无限的思绪。山鸡，不时发出几声短促的鸣叫，不一会儿，一只色彩斑斓的雄鸡从田野深处踱着步子走来，俨然一位将军。突然间，一只野兔从田野间蹿出来，像箭一般飞向远处。

成熟的庄稼，呈现各种各样的姿态。有的像成串的珍珠，有的像红色的小灯笼，有的像蓝色的吊钟，有的像金黄的大喇叭，有的像洗衣服的棒槌，有的像少女害羞的脸庞……它们用自己的美色和幽香列队在路的两旁向农民热情地打招呼。

收割机器像一只蚱蜢舟，冲进碧波荡漾的绿色海洋。一架鸣叫着的机器老虎似的迎面而来，一时烟尘滚滚，风声呜呜。机器在田野间疯狂地行走，一会儿颠簸，一会儿平稳，驾驶员在车上蹦蹦跳跳，像是在跳舞。

羊群在收割后的玉米田间，悠闲地行走，有的像白色的云朵，有的像灰色的云朵，牧羊人在云朵间游荡，这场面俨然像一幅彩色油画在田野间游动。

秋末，不时有北风呼啸，清晨，地面上有一层洁白的霜花，褐色的秸秆上覆盖着霜花，显得晶莹而有光泽。道路两旁，低凹处，霜花愈显浓重，勤劳的农民，瑟缩地坐在电动车的座上，显现出天气越来越寒冷，冬天正一步一步地向我们走来……

偶尔，有一辆汽车，风驰电掣地呼啸而过，一股冷空气迎面而来，行人立马打个寒战。

麻雀成群结队地在路边，叽叽喳喳地觅食，一会儿钻进干枯的茅草丛里，一会儿钻进枸杞丛里，它们像是在捉迷藏，在自行取乐。鸽子偶尔也参与其中，鸽子常独自散步，独自觅食，即使有伙伴，也就是三两只，而麻雀不同，它们独行的时候极少，几乎没有。即使在村子里的杨树或梧桐树上，也是成群成群地在一起，一会儿交头接耳，一会儿叽叽喳喳，它们的语言，我们听不懂，也揣摩不透。

进入冬天，地面上的植物渐渐地枯萎，落叶一日比一日多起来。眼看到冬至日，各种树叶还没有落尽，它们在天空中随风旋转，飘落，像一只只黄色的蝴蝶。柳树叶停留的时间最久，它们在早春就来报到了，初冬了，才恋恋不舍地离去，绿色的叶片，就像美少妇的眉毛，不宽也不窄，恰到好处，就是描眉笔也难以描绘出来。

枣树叶最懒惰，暮春时节，才姗姗地露面，刚一入秋，又匆匆忙忙地卸妆而去，丝毫没有留恋的意味。

石榴树叶，也留恋人间。子女离去了，它们也没了夏日的火红，恋恋不舍地离我们而去。

梧桐树，以它宽大的叶子留下一片绿荫，深冬，它们才凋谢，留下绿色的蝴蝶，在大地飞翔。

寂静的冬天，鸟儿也放声歌唱，好像是一个歌唱家发出的声音，它们在田野间飞翔，除了风格迥异的鸣叫方式，它们还有自己独特的飞翔节奏，或高或低，或收或展。麻雀的弧步，鸽子的优雅，雨燕的华尔兹，大雁的集体舞……鸟儿优美地起伏身体，田野上充满生动的舞蹈。

感受着春日的温暖，夏日的清澈，我酝酿着每一篇散文的意境，秋日的成熟，冬日的雪景，在我书房的狭小空间弥散、扩散、升腾……

何处是吾乡

何处是吾乡的话题，在我心头盘旋萦绕有些时日了。在梦境里，时常映现出池塘碧绿、垂柳摇曳的情形，在幼年的夏日，碧波荡漾的池塘，是我们理想的天堂，放学了，书包一扔，就往池塘里跑，一头扎进水里，那叫一个爽快。在那个年月，大小池塘，到处蛙声起伏，和树上的蝉鸣遥相呼应。

在池塘里，玩过瘾，再回家吃饭上学。那时的时光就是无忧无虑，虽然每天没有大鱼大肉享用，但也不用为吃到地沟油而担心。回想往昔岁月，在乡村的油坊里，看见几个壮汉光着膀子，穿着短裤，手扬大锤，挤油的情景仿佛就在眼前，一大缸一大缸的油散发着香味儿，四处弥漫。那时，我们的头脑里没有“地沟油”这个概念，这个名词，或许那时出版发行的新华字典里也没有收录，而今几经修改，在字典里才有“地沟油”的位置。随后，假鸡蛋来了，假猪肉来了，假牛肉、假羊肉都铺天盖地向我们涌来了，我们只得小心翼翼地吃饭。

假种子来了，假化肥来了，我们小心翼翼地种庄稼；假广告也有了，我们防不胜防，而后，方知吃亏上当，叫苦不迭。

我们把孩子视为掌上明珠，孩子成了旱鸭子，池塘早在多年前就干涸了。碧波荡漾这样的词语只会出现在孩子的作文里，也显得生硬别扭，牵强附会。蛙声是各种儿童玩具发出的声响，蝉蛹早在地下就被诛灭九族了。“昔我往矣，杨柳依依。今我来思，雨雪霏霏”这样的《诗经》名句，在孩子的眼里不如喜洋洋与灰太狼的故事，不如熊大、熊二和光头强的一个个笑料，来得有吸引力。

深秋夜晚，我时常一个人散步在田野间，有时蹲在玉米的田垄里，久久不动，这里夜色正浓，空气的饱和度高，它给人灵感，给人真正的激动。这才是一个人所能享受的最好的夜晚，这是我所向往的夜晚。

俗话说：夜深人静。而今，夜深人难静。我们在破坏生存环境，在破坏资源，在破坏土地……在不知不觉中，破坏着我们的生活圈，也在破坏黑夜。

夜幕徐徐拉开，夜色浓得难以化开，乡村的远处，传来机器的鸣叫声，声声入耳。

碎石场的机器，在夜间不停地作业。采石、碎石、磕石……一条龙的作业，流水线似的作业，白天如此，夜间亦如此。

凫山连绵起伏，像一只展翅欲飞的水鸟。在机器的轰鸣下，失去了起飞的欲望。身躯渐渐被机器铲除，变得矮小、萎缩，不成样子。骨骼被切石机切去，采石机、碎石机、磕石机……对其骨骼大肆毁坏，肋骨断了、脊梁弯了，肋骨碎了、脊梁碎了。

丘陵不再起伏，树木不再蓊郁，芳草的气味越来越淡，越来越淡……

我的远房妹夫，就在我家对面的山头上开采石机。二十四小时工作制，除正常的休息外，都是与碎石机一起，将大石块捣碎成小石块，然后，再经过磕石机，磕成大小不等的石子，最后运往或远或近的工地，发挥石子的效力。

一块块岩石，一株株绿树，一朵朵山花，都和他亲近过。

采石场就在我家对面的山头，不远的距离，夜间，我能听到机器有节奏的鸣叫声。

我们运用不同的手段，打乱季节时令，在冬季，我们可以吃上春季才有的香椿芽，一碟豆腐配上鲜绿的香椿芽，一股浓郁的香味儿，沁人心扉。鲜红的西瓜，摆放在我们的眼前，令我们垂涎欲滴。

黑夜被打乱了，强烈的光线，把黑夜照得透亮。

大小城市以“不夜城”为荣，肆意将黑夜缩短，将白昼拉长，篡夺黑夜，挤兑星空的光辉，颠倒大自然的规律，制造一个个自然事故。在此时，夜被侵略，被篡改，被丑化，被羞辱。夜也被折磨得体无完肤，赤裸无比。

回忆童年时代，夜就有夜的模样。一个拳头大小的灯泡就足以照亮一个偌大的空间，让人感到满足和温馨，偎依在老人的跟前，听着远古的歌谣、动人的故事、美丽的传说，就仿佛回到那个美好的年代，没有侵略，没有战争，没有掠夺，没有欺压……在那个梦境中慢慢地熟睡。

夜真的来了。远古的夜，平和的夜，祥和的夜，静谧的夜……来了。

此刻，我仿佛就是那个年代的孩童，和那些古代孩童一起，在秋夜捕捉萤火虫，在冬夜堆雪人、打雪仗。

虫鸣唧唧，草木青青，大河汤汤。

星月明亮，河水汤汤。

庞大的商场超市，二十四小时营业，在为我们提供消费、享受的同时，黑夜在这里消失得没了踪影。

在大大小小的商场，各式各样的炸鸡腿摆放在顾客眼前，让我们垂涎欲滴，而背后的真相，我们难以详知。鸡舍内全天照明，保障温度和亮度，给鸡们一种白昼的错觉。鸡无法睡觉，于是就拼命地吃食，拼命地成长，这是鸡的习性，人就抓住这一点，取缔黑夜，让其不舍昼夜地成长。它们失去童年，失去青春，只有起点和终点。这样鸡就一声不响地生长，它们一生没有体会过黑夜的滋味，除非断电，而精明的养鸡人早就备好发电机，等待黑夜的来临。

试想：每天都有人在消费各种各样的鸡肉，生鸡腿、熟鸡腿以及鸡的各种器官在出售，在被人吸收，被人消化……

在乡村，在农家，鸡的饲养远远不能满足人的消费，精明的人只有采用如此计策。

夜深人难静，夜深鸡难静。

夜色的美景，我们用语言无法描摹。黑夜，就是我们私生活的开始，是私生活的舞台。

夜间，婴儿啼哭，母亲敞开衣襟，露出圆润而丰满的乳房给天使般的孩子喂奶，此情此景，如细雨打在镜子般透明的湖水上泛起一圈圈柔和如梦的涟漪。

在乡村的街道，在每一个路灯杆上都安装了照明的路灯，是一种形象工程，也是亮绿工程。既美化街道，又间接预防鸡鸣狗盗之徒的龌龊行为。

杜甫曾有诗句：“随风潜入夜，润物细无声。野径云俱黑，江船火独明。”诗人张继也曾有：“月落乌啼霜满天，江枫渔火对愁眠。姑苏城外寒山寺，夜半钟声到客船”。如此美妙的夜晚，与今天的夜相比，却大相径庭。

公路一次次的重修重建，车辆绕行发出刺耳的喇叭声，令在路旁居住的人家难以入睡。

田野间，昆虫的鸣叫声被压抑，偶尔，野鸡的鸣叫声响亮而短促。蝈蝈是大自然季节性的歌手。这个绿色的小精灵，是田野间的活跃分子。

在机器轰鸣的今天，蝈蝈藏在一棵棵柳树下面，不敢鸣叫，青蛙的叫声，在机器声响的掩盖下，显得更加微弱，更加渺小，或许，它们压根儿就不敢再叫出声，烟尘随时入侵它们的腹部、它们的胸腔，伤害它们的身体、伤害它们的内脏。

夏季，雨水稀少，蝌蚪没了合适的出生地。“听取蛙声一片”的年月，离我们远去，远去……

采石场的出现，像雪片一样，一个接着一个，一个山头又一个山头被占领，一条又一条公路被毁。

一个黑夜，又一个黑夜，被篡夺，被修改，被删除……

绿色的田野，蒙上一层淡淡的灰尘，浅白而细微。细长而宽阔的麦叶，早就被灰尘覆盖，蔬菜、瓜果、秧苗也是灰头土脸，不像有精神的模样。

开发商瞄准一个又一个山头，盯准一片又一片土地。

这样，现代之夜的“黑”，就明显地贬值了，减弱了。

乡镇广场的建设之风愈演愈烈，风靡各地，形象工程、政绩工程、重复工程……风起云涌，屡禁不止。

夜，本该是私生活的开始。白天属于大众生活的舞台，夜，让生活还原成一个私生活的圈层和精神空间，黑夜降临，我们的生活才拉开序幕，夜成为真正的夜，人类的衍生，由此开始，人类的繁荣，也由此而生。

我们深爱太阳的光辉，我们赞叹太阳的伟大，我们爱星光之璀璨，星光之伟大。

乡村，在一天天远离我们，低矮的荒山，越发低矮，而我们离烟尘越来越近，在田野，在庭院，在房舍，烟尘留下一个一个的脚印。在地理学上，我曾经讲过地球上具有内力作用和外力作用，如今，外力作用显现越来越明显，越来越靠近我们的生活，偶尔，可以听见炮声，山在摇动，地在摇动，我们的房屋在摇动。碎石机的声音从早忙到晚，又从晚忙到早，日夜不停，歇人不歇机，黑白两班倒。荒山渐渐地夷为平地。一两座荒山上远远地看去，有一片树木在山顶，算是山的毡帽，与山顶的大小极不和谐。

野兔没有藏身之处，即使在夏日，也没有心情繁殖幼崽，在冬日或春日夜晚，不少人在田野间捕捉野兔，他们用强光灯搜寻野兔，不放过任何蛛丝马迹和角落，其光线强度比日本人的探照灯不知强多少倍。

山鸡早就不在荒山做窝，将家园安置在田野一隅，它们在田间的开阔地飞翔，一是为了活命，二仍是为了活命，为了躲过捕捉的大网，即使它们有飞翔的翅膀，也有丧命的危机。田野间，野生动物的身影越来越见不到了，鸟儿将家安在村外高大杨树的顶端，一棵树一个，一个窝接着一个窝，几根枯树枝构建一个窝，构建一个温馨的家。我曾想，或许是子女靠近父母的身边，有一种温暖的感觉、一种安全的感觉，我们曾清数过，有十几个鸟巢，一种特殊的喜悦在心头油然而生。

我们的家园，有一天要走社区发展的方向，建造一个新家园，制造一片新废墟。我们既高兴，又担心。我们即将入住人踩人、人摞人的楼房，在一个一个鸡笼似的铁笼里居住。我们的邻村，即将走进社区居住，在即将搬迁的日子，人们又打起退堂鼓，他们要离开生存的土地，他们要离开种植多年的蔬菜大棚，他们与蔬菜有了深深的情谊，他们离不开蔬菜，蔬菜也离不开他们的呵护。他们的家园，转眼间，就要变成废墟，收破烂的要来抢夺他们家园的废品，废铁、废铝、废电线……都是抢夺的对象，大大小小的车辆蜂拥而入，一场抢夺战就拉开了序幕。各家各户的大人孩子，也纷纷加入抢夺战的行列。新建设好不久的平房，铝合金门窗有九成新就要拆除，废铝的价格怎能与门窗的价格相等呢？怎能与社区楼房的平方米价格相等呢？

美好的乡村景色，烙印定格在梦境深处。

春寒料峭的日子，我们背起行囊，抛妻离子，眼含泪水，远离乡土，走上打工之路。我们北上北京、天津、河北，南下上海、浙江、广东，我们融入城市，成为城市的新成员。久而久之，我们显然已不是真正意义上的乡下人了，我们已离开故乡，远离土地和庄稼，城市中有我们的户口、工作、房子和家庭，在城市，我们已经确立起自己的生存席位，并开始按照城里人的方式生活；此外，我们又不是真正意义上的城里人，从僻远的小村落杀入城市，农村生活切痛的人生体验和记忆如影相随，我们生活在城市中，只是像风筝一样在城市的上空飘浮，而那根维系着血缘和精神的线依旧绑在那片故土上。

在失去庄稼的水泥地上，我们战战兢兢地服侍着自己的工作，内心里强烈渴望着被城市认同，于是我们刻意地模仿城市人的一举一动、一言一行、一颦一笑，我们知道早一天融入一座城市，就会早一天获得一种安全感。然而强烈的自卑制造出来的虚弱导致我们的模仿行为走样：文雅中透着拘谨和做作，潇洒中难掩几分粗俗的乡野气。身上与生俱来的泥土气息暴露在真正的城市人面前，我们也就成了别人的笑料，他们就像看猴子学人一样，嘲弄挖苦我们的“老土”，这常常会让我们感到无地自容，一种被城市遗弃的情绪油然而生。

在城市中流浪的我们，在无数个温暖潮湿的梦里，会梦到故乡，梦里有山、有水、有风、有雨、有田野、有森林、有飞鸟……也有童年——在怀旧和怀乡中对苦难加以过滤，过去的一切化作了美好的梦境，我们这才发现，那片曾经恨极了发誓要逃离的故土，原来如此让人魂牵梦萦又伤感落寞。这些怀旧与怀乡只有我们才具有，真正的城市人是无根的，他们在城市里游荡，享受着孤独，却又自得其乐，他们很少怀旧，抑或不愿怀旧，城市毕竟是他们的巢穴，在城市里，他们像主人一样收留了我们。所以，当我们在进行着不无感伤的怀乡时，就会遭到他们快意的嘲笑和恶意的逼问：农村那么好，那你们回去得了。农村那么好，那你们为啥出来？

他们哪里知道，我们所冥想的不过是想象中的故乡，是一个在城市中孤苦伶仃的乡下人寻求的灵魂，是一种对永远实现不了的愿望抚慰。

许多年过去了，我们老了，那根牵连着过去情感的风筝线倏然断裂，我们的后代就会化为鸟儿，心安理得地栖居在城市的楼群里，编织着城里人的美梦……

哦，身在城市，我们的心又飞回到有山、有水、有风、有雨、有田野、有森林、有飞鸟……也有童年的梦幻故乡。

在梦境，我们喃喃呓语，何处是吾乡？

带上故乡进城

我曾不止一次地离开故乡，最早离开故乡是去县城高中读书，那时，正是艰难的苦日子，为了读书，为了能出人头地，为了能有出息，为了能光宗耀祖。我去了县城的高中读书求学，完成学业。

三年的学习时光，今天的感觉是白驹过隙，而在那个时代，是一种煎熬，是一种考验，是一种与心灵的拔河比赛。

每到吃饭时，在学校的食堂里，我看到城里孩子浪费的饭菜，心里就有一种说不出的滋味。回头看看自己手里拿着的地瓜干煎饼，以及眼前摆放的一碗热腾腾的白开水，连瓦罐里的咸菜也显得暗淡无光，甚至看不出一点油亮的色泽。我只能躲在食堂的一隅，低着头啃着干硬的煎饼，喝上一口开水，夹一点咸菜，算是应付每日的午餐和晚餐，早餐是从来没有过的，也从来记不起早餐是什么模样，什么味道。

那时，我也曾有舍弃这些不敢见人的自带食品的念头，后来仔细一想，煎饼是母亲亲手烙制出来，是母亲汗水的结晶，咸菜也曾在自家的菜地里一点一点长大，全是有机蔬菜，纯正的绿色食品。我无法丢弃，一头连着亲情，一头连着肌肤。

在省城学习时，家庭条件有所好转。煎饼和咸菜不再是我必带的食品，偶尔，也有在省城工作的亲友，请客到星级酒店吃上一顿。餐桌上，各色各样的菜，琳琅满目，有的像雕塑，有的像宝塔，有的像图案，我有点目不暇接。当服务员将一道热腾腾的菜放在桌上时，我仔细一看，原来是用糖炒的鲜玉米粒，我忽然感到非常亲切，一种浓郁的味道在房间弥散。几个亲友纷纷拿起手中的筷子伸过去，尝个新鲜。故乡的玉米地，成片成片的，每到成熟时节，一股清香的味道在田野间扩散。看到糖炒玉米粒，我仿佛看到玉米在田野间生长，仿佛看到大豆在它旁边生长，它们互为伙伴，互相鼓励，有时它们窃窃私语，盼望雨水，有时它们抱怨主人，懒惰成性，一味给它们喷洒农药，不问它们的承受能力。在我走神的空当儿，一盆南瓜汤，放在餐桌上，一股香甜的味道，笼罩着整个房间。在故乡的山坡上，一个个南瓜，卧在山坡的瓜藤间，渐渐地褪去身上的绒毛，成为一个长大的“孩子”。

我看着餐桌上的菜，一种亲切的感觉油然而生，我暗自在想：木耳，是我家腐朽的榆木疙瘩上的吗？早年听祖母说，榆木上的木耳营养价值最高。南瓜是我家北山上的吗？妻子在种南瓜时，特意没有放化肥，专门放了我家特制的有机农家肥，那是春播时剩下的棉籽、豆籽等油料种子的混合物，肥效一点儿不比化肥差。枸杞汤里的枸杞，是故乡野生的吗？虽说比不上宁夏的枸杞王，但确实是纯正的野生、绿色、天然枸杞。

此时，我感觉到，我的故乡好像就在身边，省城星级酒店里的餐桌上，有着我故乡的玉米、大豆、南瓜、木耳、枸杞等熟识的知己，我与它们朝夕相处，是它们抚养我长大，抚养我成人，它们也是我的亲人，也是我的恩人。

在省城的酒店，我找到故乡的影子。在以后的日子里，我游走过不同等级的城市，当然，省内的居多。在省内外的城市，我的本族兄弟们，在城市的一隅，不停地打拼，说好听点是城里人，实则是打工的乡下人，他们的工作，有的体面，有的低微，有的劳动强度大，有的在做早点，运用故乡的手艺，为城里人服务。他们从故乡带去面粉、大豆油，一个小吃的摊点，就出现在城市的街口。

前几日，一个秋播的早晨，我亲眼看见本族的一个兄弟，在故乡的商店买下烧饼、煎饼、馒头等面食，带往省城济南，近几年，他在省城开了几家药店，效益不错，他买了楼房，买了汽车，又雇用员工，可谓是风光无限，而他买不下故乡的玉米田、小麦地。他说：“在济南买不到故乡的烧饼，不知怎的，面饼也没有故乡的那种味道，从小吃惯了故乡的烧饼，我买回去再尝尝往日的味道，即使烧饼风干了，也总比吃不到强得多。”他说着，脸上充满笑容。

不知从什么时候开始，我发现，故乡的手工艺品也时常出现在城市的街头巷尾。故乡的野菜，故乡的花卉，故乡的粮食，故乡的动物，故乡的鸟雀，全都进了城，在城市的一旁有了立足之地。我似乎感觉到，它们或许也像我一样，走进城里，走进高楼大厦的每一个房间，它们不再低贱，不再土气，不再难登大雅之堂。当我在城市的街头看到它们的一刹那时，我感到很亲切，很温和，也很喜悦。

偶尔，我进城办事时，遇见故乡的亲人，我们就聚在一起大侃故乡的粮食如何如何丰收，如何如何高产，粮食粒粒饱满，某一个田亩，有多么喜人的产量。我们侃到高兴时，总是用故乡当作生活的调味剂，当作生活的垫脚石。

看来，我是一个真正回归故乡的人，我的灵魂早就系在故乡的每一根筋脉上。在故乡的土地上，有我赤裸滚爬的印痕，田垄上有我的一行行脚印，故乡的树杈上有我掏鸟窝留下的手印，也曾有我攀升树枝时弄断枝丫的痕迹，故乡也曾有我的呼吸。

我对故乡难以回报，我现在仍然在故乡的土地上耕作，一年复一年，直到我无法耕种为止，最终，我将化为一捧尘土，与土地融为一体，这是对故乡最好的回报。

我赤裸裸地来到故乡，也要两手空空地离开，不带走故乡的任何草木，正如徐志摩的诗歌中所说：“我挥一挥衣袖，不带走一片云彩。”

我唯一感到对不起故乡的就是自己的文字，从自己喜爱写作以来，写下无数有关故乡的文字，或长或短，或叙事或抒情，没有一篇自己满意的作品，这是我对故乡的愧疚，行文至此，也是我对故乡的一个忏悔。而今，我又写下打扰故乡的文字，让我的故乡检验一下水准，如果可以的话，让我的故乡稍息片刻，给我留下带上故乡进城的机会。

血脉上的景色

芦苇，具灵性，择水而生。鲁北东营，因有母亲河——黄河流经并入海，所以广袤的土地之上河汉纵横交错，像母亲手臂上的血脉，芦苇，也因此而生。

最早熟读的一首诗，就与芦苇有关，那就是我们熟悉的《蒹葭》：“蒹葭苍苍，白露为霜。所谓伊人，在水一方……”

那时不懂其中的滋味，只感到读来朗朗上口，味道自然有了滋润的感觉。

萋萋芦苇，白露凝霜，静静的秋水，给我一种飘忽不定的感觉。最初见到芦苇，是在一条长长的沟壑里，一个早春的时节，芦芽刚钻出地表，淡红色的芦芽，很嫩。用手掰毫不费力，那细而尖的嫩芽就折断了，乳白色的液汁从断面渗出来。

一条长长的沟壑，虽说是初春，但冻土还没有完全化开，而芦芽能从冻土中钻出来，简直让我惊讶，也让我为之感动。

在春寒料峭的时节，沟壑沿上那些冻土简直就像石头，还可以使锋利的铁锹卷刃。每天清晨，寒霜覆盖着冻土，还完全显露不出生命。沟壑里只有去年秋天枯萎了的芦苇秆儿和败草，在冷风中瑟瑟发抖，好像是宣告着一个个弱小生命的衰败和死亡，这是寒冬带给它们的。

阳光的照射依然是短暂的，只可以使它们融化一时，夜幕降临时，寒风乍起时，它们便悄然封冻，成为铁板一块。毕竟是早春，毕竟是在北国的大地。

而嫩小的芦芽却倔强地从冻土下钻出来了。这是生命创造的奇迹，它们没有屈服。我无法想象芦芽钻出冻土的过程，这过程一定是痛苦而又漫长的，需要韧性，需要恒心，需要忍耐，需要日复一日的等待。

寒风依然刺骨，太阳依然躲在浓云的背后。我感受不到春的气息，只感受到寒冷，我甚至还能听见从口中呵出的热气在空中凝结成霜的声音，这是冬天的声音。

芦芽，以你们嫩弱的身躯，能在这样冷酷的环境中继续生存吗?

芦芽不会回答我，它们的沉默是一种自信而又宁静的微笑，它们的微笑在长长的沟壑上蔓延。

没有多久，它们的微笑就蔓延成一片青翠，一片在暮春的暖风中洋溢着生机的绿色海洋。芦芽在春天里，一眨眼，从一个婴儿转变成少年，柔软的肢体，在微风的吹拂下，时而弯腰，时而倒伏。

那时，我想到人，想到民族，想到人类，对芦苇有了敬佩之情。

当我双脚踏上东营这片热土时，芦苇的壮观景色令我由衷钦佩。正当家乡鲁西南的小麦在拔节、抽穗、扬花的时节，东营河汊沟沿的芦苇，正在努力拔节生长。

黄河，平静的水面，像母亲的面容，似乎写满了她付出的艰辛与爱。河水静静地流淌，静静地入海，黄蓝交汇，是一种可望而不可即的景象。而周边的芦苇，嫩绿的苇芽轻柔而有韧性，在微风中不停地摇曳……

微风中的芦苇姿态优美，柔曼妩媚，向世界展示生命的万种风情。夏天来了，芦苇从沟壑的污泥里钻出苗条的身躯。微风，你是芦苇的设计师，你用轻柔透明的羽纱制作出不重复的美妙时装，在每一株芦苇身边舞蹈。你把梦和幻想抛撒在空中，青翠的芦叶和银白的芦花在你的舞蹈中羽化成蝴蝶和鸟，展翅飞上清澈的天空。

春夏时节，野鸭和黑色的天鹅常来居住，白肚皮的燕子，在水波上掠过，还有一些叫不上名字的水鸟，它们在整个夏天都摇摇摆摆地踱步在河边的石头上，显示出一种特有的风度。

在东营的日子里，在黄河入海口，我感受着波澜壮阔的雄伟景色；在神仙沟，我感受着色彩斑斓的美妙幻境；在渤海岸，我感受着烟波浩渺的蔚蓝盛景；在槐树林，我感受着晶莹剔透的浓郁花香；在孤岛采油厂，我感受着节奏欢快的旋律之美；在黄河岸边，我感受着连绵不断的滔滔波浪。

这里所有的湖泊，我都拜访了一遍，我的行迹被水面上曲曲折折的桥所设定，它一会儿撇出去，一会儿拐回来，一会儿迂回前行，一会儿又迷失在茂盛的芦苇丛，绕来绕去，不时同水里可爱的小鱼儿游戏着，身入迷途而不知返回的感觉，油然而生。

在每一处低凹地，都形成一条河流，静静的河水呈现出翡翠般的深绿色，想必是河中有藻类的缘故，这样一来，却也丝毫不输给绿色。由垂柳围成的绿，将河道和远处荆棘丛生的荒原隔离开来。在河流的每一个转弯处，我都能看见白鹭立在前方的水湾中，影子倒映在水面，宛如一尊尊白色的雕像，而短颈野鸭则惊慌地飞向天空。当鸟儿飞向空中时，它们通常会在前方的一小片云朵前聚集，或者重新折返到我的身后。当成群的白鹭落在远方的一棵棵绿色垂柳上时，它们看起来犹如一团过早降落的暴雪。

湖泊是大地上最美、最有表情的容姿，更像是大地上明眸善睐的眼睛，而四周的芦苇正是它的睫毛。

在芦苇的景色之外，一只又一只磕头虫，在不停地打着瞌睡，它们头向东方渤海，不住地向渤海深处索要黑色液体。白色的盐碱滩，像婴儿的片片尿布，等待母亲收拾起来，循环使用，母亲的苍老、母亲的操劳、母亲的辛苦，在此我找到了确切答案。

试想，深秋时节，黄河沿岸芦花开放，在河边沟沿，到处是它们银色的身影。秋风漫卷时，它们集体摇晃的姿态，是世上罕见的奇妙景象。起伏的银波，浩浩荡荡，轰轰烈烈，没有一点妩媚，没有一点造作，我的视野里一片清朗。最美丽的场景是日出或日落时，它们随太阳或彩霞的色彩变幻，时而变成一条绚烂的绸缎，时而变成一团燃烧的火焰。有时候，突然从芦苇中飞起几只野鸭，它们欢叫着，翅膀扇动着芦花。这情景，色彩虽不算丰富，却使我想起了古人那些苍凉的诗句，想起了那些格调悠远的中国画。这也难怪日本作家酷爱芦花，取名字为德富芦花，芦花的美丽、芦花的魅力、芦花的绚丽，在这位日本著名作家心里扎下了深根。

此时，我想到历史故事《鞭打芦花》，闵子骞催马随父外出，因寒战执鞭落地，其父怒以鞭打之，衣破飞出芦花，再剥其弟之衣，内为上等棉絮，其父方知续弦妻所为，怒写休书。子骞跪求曰："母在一子寒，母去三子单。"闵子骞的做法让继母深受感动，遂将他视为亲子对待！《鞭打芦花》的故事演绎到今天已成为"孝"字的诠释。银白的芦花，依附在纤细的苇秆之上，微风荡漾时，摇曳的芦苇像沉醉在冥想中的诗人。

几千年的芦苇，依然像一种精神呐喊出"孝道"的声响，和着飘飞的芦絮，传递着恒久不变的中华美德。

在一场暴风雨中，我目睹了芦苇被摧毁的过程。一年夏天，单位组织一次短途旅行——游微山湖，当我们游览近半时，狂风暴雨来了，我们迅速靠到微山岛上。此时，风完全成为另外一副模样，温和文雅不知去向，取而代之的是疯狂和粗暴，撕裂的绿叶在狂风中飞旋，折断的苇秆在水面上回旋，这是一场实力悬殊的战争，是强大的入侵者对无助弱者的蹂躏和践踏。

暴风雨过后，湖面恢复了平静。狂风又变成微风，踱着悠闲的慢步徐徐而来，荷叶、荷花，又变成一幅美丽的图景。然而被摧毁的芦苇再也无法以柔美的姿态迎接微风。微风啊，你是代表离去的暴风雨来检阅它的威力和战果，还是出于愧疚和怜悯，来安抚受伤的生命？

我们站在微山岛边沿，亲眼看着无语的芦苇，倒伏在水面上的苇秆，伸出尚存的绿叶。

我在沉思，在冥想。法国哲学家帕斯卡尔在其代表作《思想录》中说："人只不过是一根芦苇，是自然界最脆弱的东西；但他是一根能思想的芦苇。"是啊！回想我们走过的人生之路，暴风雨也曾不时袭来，在刚刚经历的暴风雨中，芦苇就像生活中的人一样，有时在微风的吹拂下，姿态优美，柔曼妩媚；有时在暴风雨的洗礼下，肢体摇曳，颜容失态。微风吹拂下，绿叶变成手掌，无力地摇动着，是在表示抗议，还是为了拒绝？或是为了呼救？我们都无从知晓！

可怜的芦苇！它们倒伏在水面上，在微风中蘸着淡淡的湖水舔舐着伤口，心里绝不会有报仇的念头。生而为芦苇，永不可能成为复仇者。人也是如此，民族也是如此，人类也是如此。只能勇敢顽强地活下去，用奇迹般的再生证明生命的坚忍、顽强和不屈。

它们很难被风雨摧毁。秋风秋雨的时节，它们使我感受到生命的蓬勃和昂扬。入冬后，如果芦花仍未被收割，沟壑边的景象便逐渐显得凄凉。经过几番秋雨的摧残，它们稀疏了，有些枝干被折断。寒风吹来，再形不成轰轰烈烈的气势。然而，辉煌的银白色依旧，那一股清气依旧。在冬日的残阳里，它们依然会成为殷红的火苗，燃起我心中的遐思。世界上，还有比它们更长久的花朵吗?

而风，来去无踪，美化着生命也毁灭着生命。有人在赞美它，也有人在诅咒它。

东营因芦苇而美丽，因河水而富有；芦苇因有思想而伟大，河水因有柔情而坚韧。

而芦苇，依然是有生命的芦苇。人是有思想的脆弱芦苇，民族是如此，人类也是如此。

家乡沟沿的芦苇是如此，微山湖的芦苇也是如此，鲁北大地之上，黄河之滨的芦苇更是如此。

鲁北有热土，热土有血脉，血脉有景色，这些每时每刻都在感染着我，激励着我，鞭策着我，有时更是温暖着我，成为我思考的一个又一个话题，或者是一个又一个满意的答案。

辑二　百味人生

我是农民

从几千年的文明古国走来，现代文明与农业文明之间激烈的文化冲突在我身上集中体现，我是纯正意义上的乡村农民，在乡村，已经确立起自己的生存地位，并开始按照乡村人的方式进行生活。

我秉承着多愁善感的情愫，它在我的内心激烈地燃烧。我放牧羊群，成行成列，好像是一位诗人。一只羊的受孕，一只羊的分娩，一只羊的出生，一只羊的成长，一只羊的老去，是它们写下的一行行诗句，一群群洁白的云朵，是一首首激情的诗。小羊围绕着我，与我紧紧相偎相依。它们跟随我走遍大大小小的山坡，我目睹了一个个催人泪下的亲情故事，目睹了一个个生息繁衍的生死场景。我的脸被风吹得粗糙了，却也遮挡不住腼腆。为什么害羞？一个过了辛苦日子，接触过无数生息繁衍的我，哪还有什么不好意思的呢？

我追赶牲口的岁月，将艺术发挥得淋漓尽致，我手中的鞭子在空中一次次画出优美的弧线，发出的号令也应着牲口的“嗒嗒”声，弹奏出一种美妙的乐章，绘制出一幅美丽的画卷。那是一种象征，一种精神，一种品格。

乡间的泥土是我最初的情感和认知，母亲似的河流，父亲似的山塬，衣袂似的炊烟，伙伴似的牛羊，构成我最早的灵感。

犁地时，我能亲手绘制出优美的图案，悠扬的号子是一首美妙的曲子，我手中挥舞的鞭子是一条精美的彩虹，我不是艺术家，而我又是真正的艺术家。

耙地时，我最潇洒，耙在坎坷不平的土地上起伏，我努力保持平衡，身体时而挺直，时而倾斜，时而左转，时而右旋，时而紧张，时而放松，时而激烈，时而平缓。我觉得那比跳芭蕾舞更生动，更富有美感，因为它再现了生活和生命的美。

善良是我的本性，纯真是我的品格。热爱大自然，懂得生命的重要，一草一木，一虫一兽，我都充满怜爱之心。紫色的地丁，洁白的苦菜，金黄的蒲公英，红彤彤的枸杞……一株艳丽的花，一棵挺拔的树，都能令我激动不已。多么好，多么值得珍惜，我认定：世界上最宝贵也最容易摧折的东西，就是生命。

我的内心世界宽广，因为我是一个善良的人。阴雨天，刺猬出没，我不曾伤害它们，野兔伏在草丛里，眼睁睁地看着我在田间劳作，山鸡在田野散步，迈着悠闲的步子，麻雀就更不用说了，占据院子的大半个天地，叽叽喳喳闹个没完没了。喜鹊也从一棵树上飞到另一棵树上。我热爱小动物，我知道这个世界上一个人的力量是微不足道的，所以想团结所有的生命。

夏末，我走进望不到边际的玉米林子里，玉米开始抽缨了，一股香甜的气味向四周弥漫。我开始给玉米授粉，通过喇叭状的纸筒，我小心翼翼地将花粉散落在或粉红或浅黄的玉米缨上。玉米的根很粗，很壮，也很结实，有的已鼓出地面。我是一个闲不住的人，偶尔，我一个人蹲在玉米田里，一动不动，这里空气新鲜，能给人灵感。在我的脚下，有活蹦乱跳的小蚂蚱，远处有各种小动物在鸣叫，发出细碎的声响，我仿佛真的听到了大地的呼吸，那是一个农民听到的土地的呼吸声。

我也是标准的旅行家。农闲时节，我靠自己的一身手艺，走南闯北。一个行囊里装满妻子绵长的思念，儿女的牵挂，父母的叮嘱。江南的水，北国的雪，一截塘坝，一幢楼房，一座大桥……都是我的作品。我不是作家，而我的劳动连接着广阔的世界，我可以阐述一种深刻的劳动。我会沿着一个方向走很远，不会四下张望，只想靠自己的手艺挣钱吃饭，养活家人，成为世界上最幸福的人。我的心始终向着一个方向，目光也聚集在一点，看上去，我很木讷，很愚蠢，很纯真，其实，那是地地道道的误解，因为没有愚蠢的劳动者。

劳动创造美，而一般的劳动者又一次一次地被误解，甚至一次一次地被伤害。

我的劳动是沉默寡言的。农忙时节，星星是我头顶上的明灯。辽阔的旷野是我的作业，大地是我的温床，机械是我的伙伴，啤酒是我的饮料。我会一手拿着月饼，一手托着农民的辛苦和汗水。说起劳动的事例，我语言朴实，没有闲工夫说俏皮话，头上蒙着的尘土，黝黑的皮肤，是我身体健康的表现。我没有时间东跑西窜，听不到什么新奇的事情。我干起活儿来十分认真而执着，不会夸夸其谈。关于劳动的事情，即使有经验之谈，也说得缓慢而琐碎，甚至不够有条理。不过，那是我几十年来悟出的道理。

其实，我很成熟了，一种性格也开始稳定了。喜怒哀乐，也不像孩子那样写在自己的脸上。等到了晚年，早把心中的各种压抑，积压的各种恩怨，尽情地宣泄了，痛痛快快地宣泄了。那时候，身心放松了，便是无私无欲的心境，和无怨无悔的心胸。

这就是一个成熟的、真正的、纯洁的艺术家的结局。这难道不是像镜子一样清晰地照出一个群体的人生吗？这是一点不能掺假的。

这一类人，不是艺术家，却一生在艺术家的行列里行走。

麦与镰的季节

时光，以镰刀的脚步，一步一步走近。阳光的移动，河水的流逝，月亮的圆缺，燕去燕归，土地在河水中移动，这就是时间的脚步，似镰刀一般收割着地面上的一切。不知不觉间，夏季来了，麦子在逐日褪去身上的绿色外衣，披上淡黄色的衣衫。

立夏过后，扬花的麦子，总是羞涩地将两点花瓣儿挂在穗头，麦地里就多了一层淡雅的粉白。粉白不起眼，却很温情，像乡村的少女，匆匆赶路，总是披散着一绺头发，低着眉，红着脸，青春的气息，舒畅而又细腻，兴奋而又刺激。

麦子是土地的女儿，是养育乡村的母亲。乡村里的女孩儿有一天也会感到受孕的幸福，以生命创造生命，在痛苦的幸福中祈福。

麦地年年招展，从麦芒的尖上望去，每一缕阳光都是带刺的，每一根麦芒都像一枚花针在绣着生活的酸甜苦辣。

麦子是阴柔的女子，在召唤阳刚的镰刀。初夏时节，麦子又成了待字闺中的少女。

一把镰刀，好像是在为她开脸，不知是营养不良还是挑食，她苗条的身材实在令人叹息，甚至悲哀。

旁边几棵高大的白杨树，显得枝繁叶茂。我想，绿树的生命里难道只是叶，是枝？麦子的生命里难道只是血，是肉？不，还有希望，还有信念，还有意志。

我手握镰刀，弯腰低头，向麦子致敬。或许是它们太矮小，不，是它们太牵挂母亲。

我只好蹲下，与它们近距离接触。我再一次感念它们，我单膝跪下，进一步向它们致敬。

二拇指被锋利的镰刀轻轻划破，殷红的血液，在光洁的镰刀上留下斑斑痕迹。

不知是麦子阴柔，还是土壤疏松，镰刀有时将麦子拦腰割断，有时连根拔起，麦芒刺伤我的手指和手背，我的心在隐隐作痛。

麦子长得很稠密，每一根茎上都长满刺芒，这样一来，成熟后的麦子，便不会被家禽所伤了。我戴上手套后，再一次与麦子亲近，成为麦子的收割人。

荒野的草丛里，夏日夜间，狐狸、刺猬、兔子，正在原野漫游，寻找它们的牺牲品。在草间荆棘丛里，它们没有恐惧，没有担忧，没有畏惧，它们和麦子一样，是大自然的看守者，也是连接一个个生气勃勃的白昼的链环。

黄昏中，远方的养牛院子里，牛的尾巴在不停地摇摆，驱赶着身边的蚊蝇，姿态很妩媚，旋律也优雅。偶尔的叫声，起初，我以为是婚宴上传来的歌喉——有两个夜晚，我听到过它们唱小夜曲，它们也许正行走在迎亲的路上，或者在宴席的前一天，在喧闹，在沸腾，可是听下去，我突然失望了，一拉长，原来是牛的声音，不花钱的音乐。

或许，牛儿们知道麦子成熟了，收割后，被轧扁的麦秸是它们最好的伙食，麦田就是它们天然的谷场和食料厂。

夏日的小山坡被丛生的刺芒覆盖着，像是披上了一条金黄色的毯子，如棉絮般易于燃烧。因此，麦田的火灾是完全避免不掉的，最终，那些适合动物胃口的残余植物，比如艾草和蔷薇草，便化为灰烬了。

有些植物追求肥沃，有些植物则追求空间，而麦子，是既追求肥沃，又追求空间的农作物。当冬日万物沉睡时，麦子则在广袤的土地上苏醒，绿色为田野镶上了边框，它们是那么纤细，那么弱小，那么嫩绿。

岁月，让人的感情发生着变化，就像葡萄在时间的催化下变成美酒一样，浓郁芳香，令人沉醉。

面对金色麦田，它们绿色的身影，在我们的眼前不停地晃动。绿色，是最感人最有情的，它不像红色那样热，也不像蓝色那样冷，柔和而美好，给人安慰，使人安静，叫人思索。

手指的鲜血，为它们增添了热烈的色彩和成分，使它们显得更加美好柔和，让人增添无限的思索……

锋利的镰刀，为它们增添了阳刚的硬度和韧性，使它们显得更加令人敬佩，让人想起远古的刀耕火种岁月，给人忧思，给人怀想，让人增添无限的感恩与思念……

灵与肉，血与火，都曾在这片土地上演绎着、变化着、升华着，成为历史书籍上几行简短的文字，却成为永远难以抹掉的记忆……

铁器时代

锄　头

生锈的锄头，像一位做错事的老人，躲在大门扇的后面，耷拉着脑袋，不声不响。

我从父亲手中接过锄头时，二十岁出头，是联产承包责任制刚开始的年月。两亩山坡地，在春天种下棉花、地瓜等农作物，棉花拱出地面，锄头就像勤劳的农民一样，一刻也不能闲着，土地像棉花一样，喜欢疏松的感觉。也许是喜欢阳光的缘故，棉花在光热的环境下，像一个婴幼儿，安适地躺着、睡着、成长着。当我的锄头碰到石头叮当作响的时候，那种音乐在山坡的天空上回响，是在给我的劳动伴奏，这种伴奏产生了一种即时的而又无可估量的收成。

那时，锄头和土壤亲密得像一对恋人，一刻也离不开，用《诗经·王风·采葛》的那句“彼采萧兮，一日不见，如三秋兮!”一点也不夸张。锄头的光泽，如一面镜子，锄完一块田地，坐在田埂上小憩，光洁的锄头上似乎有土壤颗粒的印痕，汗珠在锄面上映现，如一粒粒珍珠。锄柄上叠印着无数手印，有父亲的手印，也有母亲的手印，而今，我的手印也密密麻麻地留在了锄柄上。

杂草与棉苗相伴相生，在成行成垄的棉苗间，在棉苗的空白间，杂草贴着地面扩展，此时，在除草剂没有出世的年月，锄头就是对付杂草的唯一工具，我手握锄柄在棉田里纵横挥舞，一会儿的工夫，杂草躺在地上奄奄一息，失去了生机与活力。

在棉花地，也留下我的一行行脚印，棉花在锄头的陪伴下，一天天地成长，像乡村的儿童，一天一个模样，一天一个笑脸。

清晨，当万物还挂着露水的时候，我就已经开始锄掉棉田里那些傲慢的杂草了，它们的头上覆盖着泥土。一大早，我便赤脚锄草，涉足于带露水的易碎沙地上，就像一个造型艺术家一样，但在晚些时候，碎沙在太阳的撑腰下变得强硬，使我的脚起了水泡。我在阳光下给棉田锄地，在沙砾多的黄色山地上缓慢地来回走动，在成垄的绿色棉苗尽头是低矮的荆棘林，我可以在树荫底下休息。锄掉杂草，在棉苗的茎上培土，保证棉苗的正常成长，这是我的闲暇生活。

夕阳西下，当我停顿下来，斜倚着锄头的时候，感受着乡村提供的慰藉，无比欢喜。

在这些日子里，我心情的冬天正和土地一起疏松，而处于蛰伏状态的生命也开始舒展身躯。有一天，我的锄头柄掉落了，于是，我砍下了一段较为粗壮的青色荆棘主干做楔子，用石头把它打进去，然后，我浇灌上带去的茶水让楔子膨胀。换一种劳作，也是另外一种休息。

地瓜和锄头的亲密程度，不像棉花那样如胶似漆，它对锄头若即若离，地瓜秧完全盖住地面时，地瓜就像长大的孩子，离开锄头，自由地疯长。

棉花成长的时候，我经常是从清晨六点就开始锄地，一直干到中午，通常在一天的其他时间处理别的事务。仔细想来，一个人与各种各样的杂草之间竟可以有那种亲密而又奇特的关系——说起这事怪烦人的，因为这个苦差事就已经够烦人的了——那就是如此无情地破坏了杂草纤柔的组织，用锄头把杂草从根部切断，把根翻过来对着太阳，不让它的一根纤维留在背阴处。这是一场旷日持久的战争，是我与野草的一场战争。

秋末，锄头像老农一样，劳累春夏秋三季，到了歇息的时节，它立在房屋的一旁，默默无语，它心想：这会儿该我好好地歇息一阵子了。

时光如水，岁月如歌。

岁月的纸张，翻过一页又一页，三百六十五张日历像雪花纷纷落地时，农民的思想渐渐远离棉花。高级保暖衣物走进千家万户，轻盈而温暖，单薄而有风度，棉花进入烦琐作物的行列。

地瓜，转眼间，成为城市的一种标识，一种香味儿的源头。

锄头，立在房屋的一角，孤独而寂寞。各种姓名的除草剂，铺天盖地席卷而来，顷刻间，涌入农民手中。

锄头，惊呆了。

原来光洁的锄头上渐渐上锈，最初光洁的锄面一点一点被氧化，而后面积逐渐扩大，方方正正的锄面逐日失去原有的光泽，像一位光鲜水灵的少女，皮肤失去水分，没了往日的弹性，失去往日的风采。伴随岁月的流逝，锄头在哀叹声中，丢掉自己的地位。

在几千年前，我们的祖先运用石器耕耘土地，那是一个漫长的时代。铁器时代来临后，祖先们又在一个全新的时代，躬耕田地，收获庄稼。

手握乌黑的锄头，身体如一张拉满的弓，随时有射出的机会。锄头，在岁月中被洗刷得锃亮，泥土的气息散发在时光的长河里。

一把光亮的锄头，就是一个农家勤劳的标志，一个农家富裕的标志。

时光的长河，不停地奔流。

立在我家门扇后的锄头，默默无声。锈迹斑斑的锄面失去了原有的光泽，在锄柄的顶端，依然保留着父亲、母亲以及我的手印，那是岁月的足迹，时光的印痕。

锄头躲在墙角处，像一个饱经沧桑的老人，默不作声，此时，它忽然明白了许多道理，它曾经有过辉煌的历史，远在战国时期，它就在田野间与杂草为敌，成为庄稼的朋友。

难怪，农民对锄头有着深深的情意，每到初春时节，拿出锄头，弹去它满身的灰尘，磨亮光洁的锄面，到山坡上的田野里，挥舞一番，臂膀酸疼，全身的懒病，顷刻间消失得无影无踪。

双休日，我就是一位农民，手握锄头躬耕于田野，一种割不断的情感，在时光的流逝中回味咀嚼。

锈锄头，偶尔派上用场，那是除草剂无法派上用场的场合，那是情感的挥洒场所。

立在房屋一角的锈锄头，我永远为它保留立足之地。在我心里是这样，在父辈的心里也是如此。

在我子孙辈的心里也是如此。虽然他们在各自的岗位有了工作，但他们对家的情感难以割舍，对土地的牵挂难以割舍，他们对锄头的情感，一直在心中保留着，直到永久……

镰　刀

在农家，镰刀是一件农具，是乡村人的标志。一把镰刀，曾经对付田野间的野草，也曾经对付田埂上的荆棘。

一把镰刀，在农家的地位，等同于重要的农具，如镢头、锄头等。春末，野草长势旺盛，农民就拿上镰刀去田间地头，割下一片片野草。

大型联合收割机在乡村有立足之地时，镰刀就好像退居二线了。夏收时节，小麦成熟时，收割机在田野间欢腾，转眼间，饱满的颗粒小山似的呈现在农民的眼前。

镰刀退居在地头一隅，默默无语，好像是自惭形秽，好像没有它说话的份儿。

秋天，庄稼成熟的日子，镰刀，偶尔派上用场。大豆熟了，眼看就要收割，镰刀来了；谷穗黄了，镰刀到了；高粱红了，镰刀赶到了；芝麻花凋谢了，镰刀匆忙过去了。锋利的刀刃上忽而变得更加明亮，手柄上也有光滑的痕迹，叠印着农民的手纹。

在这个时节，镰刀感受到自身的价值，它在农家成为不可缺少的一员。收割机是庞然大物，在山坡上难以施展威风，一把镰刀，可以挥洒自如。饱食过稻香，品尝过豆香，与秋天的浓香，融为一体。

疯长的野草，曾经倒在镰刀的手下，成为它的敌人。高大的荆棘、野蒿、狗尾巴草，它也毫不畏惧。锋利的刀刃，留下一个又一个伤口，磨刀石上走几个回合，伤口痊愈了。

重新披挂上阵，田边的荆棘倒下一大片，路边的野蒿，失去往日的威严，狗尾巴草不过盈尺就倒在田垄间。蒲公英、车前草、地丁、甘草，坡上、田埂、堰边，民间的药材一样不少地走进百姓家的小院，或成为佳肴，或成为野菜汤，或成为稀有的茗茶。

此时的镰刀感到非常自豪，它不再计较夏日麦收时的失落，却感受着秋日的温馨。

说起镰刀，我想起一件难忘的事情，简单地说，我左手上曾留下镰刀的伤痕。年少时，每到暑假，我喜欢到姥姥家小住数日，与当地的孩童混得火热，小舅父与我的年龄相仿，他常领着我在田野间洗澡、割草、玩耍。那时，村东有一条小溪流，夏日里，水流不断，清澈见底，流水冲刷的沙粒像珍珠一样有光泽。玩儿累了，就割上一会儿野草，野草可以卖给生产队喂牲口，我们也可以挣到工分。小舅父割草很快，不一会儿，就可以割一大堆，他不让我割，害怕镰刀割伤我。越是这样，我越是想试一试，趁他不注意的当儿，我拿上镰刀割草，因架势不对，镰刀的方向有偏差，我的左手中指被割伤，鲜血直流。小舅父看到后，立马找来野草捣碎捂在伤口上，不一会儿，血止住了。

对镰刀的记忆，一直烙印在我心里。

冬日，镰刀有闲暇的时日，唯有本家三伯父，常在冬日的清晨，踏着洁白的霜花，手拿镰刀前往北山坡砍粗壮的荆棘，山坡上成片成片的荆棘倒下。冬日的暖阳下，镰刀似乎累了，似乎伤痕累累，三伯父也坐在山坡的向阳处，或紧闭双眼养神，或抽上一支他自己卷的旱烟，这时，他抚摸着伤痕累累的镰刀，感叹不已。

镰刀，是他的亲密伙伴，他的每一顿饭，都是靠燃烧柴草做成的，他吃不惯煤气做的饭菜，他感觉柴草烧出的饭菜喷香可口，米饭柔软，香味儿醇厚。

他是一个闲不住的人。他山坡上的地块多，且大小不等，形状不一，三角形一块，长方形一块，梯形一块，不规则的图形一块，每收割一块都有难度，收割机是不能施展身手的，因而，三伯父就是一位忙碌的人。春天，他手持镰刀，在田垄间除草；初夏，山坡上的小麦熟透了，他靠镰刀收割回家；秋天，山坡上的庄稼次第成熟，先是大豆的叶子黄了，他收回家，继而，他播种的谷穗，也沉甸甸地熟透了，高粱晒红了脸膛，芝麻褪谢了花朵，咧开了嘴，露出整齐的牙齿。

他累了，他手中的镰刀也累了，锋利的刀刃，就像掉了牙的老人，露出一个又一个缺口，说话时，就好像露风一样，显得有气无力。

在磨刀石上，走几个来来回回，高大的身材忽而变得矮小了。

前几日，我在前去上班的路上，又遇见了三伯父，他手拿镰刀，迎着北风，低着头，身体佝偻着，向前走着……

我默默地注视着他，忽然间，感到他的身躯就像他手中的那把钝镰刀。我默默地注视着，眼睛渐渐地模糊了。

锤　头

锤头的笨拙，本身没有错，错在于人对锤头的情感日渐淡薄。

锤头曾经有过辉煌的历史，在满地洪荒的年月，石头包围着乡村的角角落落，锤头起起落落，给乡村开辟出一条通向外面世界的通道。

山虽说不是高大巍峨，但也挡住乡村的去路。锤头就在乡村人的手中，起起落落，劈开一条羊肠小道，他们虽说不是愚公，但有愚公的思想，愚公的精神。

鲁西南的乡村，本身就是凫山山系下的一个个标点符号。山上石头多，俗话说："靠山吃山，靠海吃海。"面对大山，面对石头，祖辈们就凭借自己的双手、自己的智慧、自己的力量，用自己手中的锤头，像蚂蚁啃骨头那样，对待石头，面对坚硬的石头，手中的锤头显得非常渺小、微弱。

钢钎和锤头并行，面对坚硬的石头，祖辈们一辈一辈地啃，啃掉一块，再去啃另外一块，一双灵活的大手磨光锤头的手柄，光洁的手柄上留下清晰的纹路，不时地透出殷红的血迹。

锤头，笨拙吗？躲在阴暗处的锤头扪心自问。

大山本身就不巍峨，凫山本身就是一条低矮逶迤的山系。面对钢筋水泥大楼的建筑，一些手中有钱、敢于冒险、敢于做梦的人，就对对面的大山、对面的石头，动起念头，动起心思。

机器隆隆响，大型的采石场、大型的碎石机，在凫山的一旁安营扎寨，建立了根据地。白日机器轰鸣，粉尘飞扬；夜晚机器轰鸣，灯火辉煌。在乡村人的眼里，灯火就像人类透亮的眼睛。最初，我们能听见采石的炮声，我们能感受到房屋在摇晃，好像轻微的地震，转眼而过。随后，火药禁用，虽然听不到炮声，但机器的声响依然能清晰听到。

躲在房屋角落处的锤头，暗自叹息。它们像无用的老人，没有人理会。它们在大机器面前显得苍白无力。

在锤头的家族，也有兄弟好几人，有肥胖的老大，也有宽厚的老二，老三虽说弱小，但浑身是劲儿。兄弟三人，在采石机器面前，却自感汗颜，抬不起头。

一个采石场又一个采石场，在凫山的阴阳两侧，纷纷落户，往日，靠山吃饭的石匠，与采石场相比，简直像木匠见鲁班，于是他们以退为进，退守在山的一隅，默默地坚守自己的根据地。

在风雨交加的时节，锤头躲在自己的家里，唉声叹气，甚至哭泣，有时，它也曾经看见自己的主人叹息。

这时，锤头清晰地听到采石机器的隆隆响声，巨大的石块在机器的切割下，转眼间变为成方成块的石头。

成方成块的石头，在碎石机的吞吐下，眨眼变成石子，不一会儿，大大小小的石子成堆成山地显露在开阔的地面上。

锤头的能力有限，它也心知肚明。在大型机器没有出世的年月，锤头有自己的威力，也有自己的功劳。

乡村人居住的房屋，是一块又一块石头的集合体。每一块石头都是乡村人用锤头凿开的，石头上，或大或小，或多或少，显现着乡村人的汗渍，抑或乡村人的斑斑血迹。

想到这些，锤头心里略感宽慰。看见乡村的每一个石屋，锤头萎靡不振的神情，忽然消失殆尽。

此时，锤头不再感到笨拙、弱小，不再自卑。它自己曾经有辉煌的昨天，有辉煌的蓝图，远有埃及金字塔，一块又一块大型的石块，或许就是它们的功绩。230 万块石块砌成的胡夫金字塔，每块石块重约 2.5 吨，与农家石屋相比，金字塔更是锤头的杰作。

石屋是乡村的标识，金字塔是世界的标识。

想到这些，锤头有一种自豪感，一种喜悦感，一种幸福感。无论是乡村石屋，还是闻名于世的金字塔，可以说，都是靠锤头的力量，靠石匠锲而不舍的精神，巍峨耸立。

而今，面对机器，锤头失去了往日的威力，也失去了往日的辉煌。

大机器的整日开采，碎石机的日夜轰鸣，一座山头不几年的光景，便可将一座山头夷为平地，将山丘变为沟壑，海拔高度多少有了新的变化。历史上曾辉煌的锤头，没有了往日的用场，灰心时躲在主人家哭泣，有时也看见主人暗自流泪。

每当锤头听到机器没日没夜的隆隆响声，看见粉尘漫天飞舞时，它们就烦躁地闭眼沉思。主人老了，拿不动锤头了。它们又能如何呢?

岁月如水，时光如梭。主人的后辈，早已放下祖辈们流传下的锤头，前往城市的每一个角落里打拼。因为他们深深地感受到，手中再挥舞锤头，已经不适合现在的年月了。山丘早已被大型机器所霸占，早已没有他们的根据地。

正如一位喜爱垂钓的同事所说：“双休日有了，钓鱼竿有了，饵料有了，而垂钓的一汪碧水却不见了。”

我们的乡村人，即使有力量能挥舞锤头，那一个个山头早已被大型机器的主人所霸占，已经没有乡村人施展的空间了。

岁月河流

换发第二代身份证的日子，我想起了二十年前的旧身份证，上面的照片是我成长历程的一种真实写照。

第一张身份证上的照片是青年时期照的，我穿着白色的衬衣，掩饰不住青春的质朴气息，洋溢着活力与朝气。近视镜片后面的眼睛，折射着神秘而不可知的未来，心底涌现出对未来生活强烈的向往，像无数个肥皂泡映着七彩的光，盈盈地充满心怀；微微张着的嘴仿佛正在向瑰丽的梦想发出热切的召唤。

第二张身份证上的照片是生活好转时照的，照片上的我穿着一件浅蓝色的西服。我清楚地记得那是我领到第一个月高工资的那天，妻子和我到县城买的。穿着崭新的西服，我办理了第二张身份证。那时，身份证号码已升到了 18 位，生活的链条又多了三个环扣。我急切地投入生活，生活仿佛从头到脚都是新的。照片上的我头发剪得很短，却很有精神，仿佛一切都要从头开始；眼睛里流露着浪漫的幻想和壮怀激烈的雄心，那种不做出一番轰轰烈烈的事业誓不罢休的样子，至今想来仍令人怦然心动；嘴唇似张似合，流露出一丝不易觉察的忧伤，那是生活背后的忧伤，忧伤里带有成熟的味道，带有做出事业的雄心。平淡真实的生活接纳了我，同化了我。

去邮局领稿费时，恰逢第二张身份证不在身边，我便用了第一张身份证，营业员用疑惑的眼光打量我，并问了我几个问题。我被问住了，我是谁？已经好久没有思考这样的问题了。由于被人盘问，我再一次仔细地端详起身份证来，上面清楚地标着我的国籍、姓名、性别、民族、出生日期、住址，这一张小小的卡片就像一个坐标，我成了时间、空间坐标上的一个点。有了这个点，宇宙空间就有了我的位置。身份证就好像我的躯体，身份证不在身边的日子，那是灵与肉分离的日子，一种不知道我是谁的日子，心中隐隐作痛。后来，我再领稿费时，和邮局的工作人员熟悉了，我直接在稿费单上写上我的姓名、身份证的18位号码，就可以领到稿费了。一张小小的卡片把我和其他人区别开来，我只是芸芸众生中的沧海一粟，只有身份证能证明我是谁。我想到了工作之外的写作，它是我的一种精神生活方式，我通过它表达自己的思想与情感。这是独特的审美体验，我相信这种表达与倾诉能够传达隐匿在生活表象里的心灵之声，相信我那发表或未发表的作品能够证明“我是谁”，这是我不放弃写作的唯一理由。

后来，我又办理了第三张身份证，也就是大家说的第二代身份证。这次的照片与前两次有了明显的差别：眼睛失去了青春的光泽与神秘，头发短而稀疏，两鬓明显有了白发，两腮的胡子刮过之后仍有铁青的痕迹。我仍旧是我。第三张身份证是我现今生活状态的一种独有标志——人已经成熟了。

一个人是活在三个世界里的——现实的世界、向往的世界、回忆的世界。

年轻人一般是活在向往的世界里，中年人大多都活在现实世界里，老年人更多的是活在回忆的世界里。所以，小时候总是不满足，总是充满逆反心理，因为那时对未来充满向往；中年人却能踏实地工作，因为他们太现实；老年人更多是喋喋不休地抱怨，因为衰老使他们只能亲近回忆的时光。

一个人的生命周期中也存在着春之生长、夏之辉煌、秋之成熟、冬之老当益壮这样的变化。成熟本身，可以看作是一个新生命小周期的开始。不要怨艾，赋出新声，努力给他人创造一点新鲜，一点快乐，那么，也就对得起这个大自然，对得起时间，对得起岁月轮回，更主要的，也对得起自己了。

三张身份证标志着生活的某种变化，从青年到中年的岁月变化。一张小小的卡片是生活变化的外壳，成长的蝉蜕。生活中不止一次有过这样的感受：小时候所看到的一切鲜艳与美好都在消失。随着年龄的增长，以往获得的强烈印象在递减。多么可怕啊，我们无可挽回地失去了一种能力，敏感的触觉正在离我们而去，无论一个人对此多么警觉，也还是要忍受一种颓败的命运。这显然是生命的蜕化，嗅觉、视觉和听觉，更有一颗心，都在蜕变和老去。这是最为可怕的。我们可能无法去认识和寻找生活中真正蕴含的奥妙。时间像河水一样流淌，岁月像河水一样流淌，而我们可以把过去分割成很小很小的部分：一天，一小时，一刻，都能在我们的心灵画下无数细密的刻度；再后来，一个星期变得像一天一样短暂；最后，一个月又变得像一个星期一样短暂。一年就这么匆匆而去。春夏秋冬不停地重复……

身份证上的有效期十年、二十年，显得如此漫长。我们因此才有可能在心灵上把一年中的四个季节细细咀嚼与品咂。难忘的春夏秋冬，它们在我们心里留下了永难磨灭的印象——这一切都是自然而然的，我们并没有用力地观测和记录。因为我们的眼睛没有被灰尘蒙过，清澈透明，一切在它看去都是鲜亮明丽的。也正因如此，岁月才变得簇新动人。现在不行了，我们的眼睛已经陈旧了，这两扇心灵的窗户蒙上了岁月的尘埃，所以一切才开始变得模糊、暗淡，连一圈圈的年轮都看不清了。正像我们在自然、在光阴面前变得迟钝一样，关于异性，关于爱，关于友情，关于土地，一切的一切，在我们的感知上都变得麻木起来……

除此之外，我们还能在岁月的河流中把握什么呢？

镀金的泥团

那年，春耕时节，在散发着芳香的泥土波浪之中，在满目空旷的单调之中，我突然发现了一个被潮湿泥土半掩着的闪闪发光的物体。一种有事发生的预感绷紧了我的神经系统。我忐忑不安地走过去，用颤抖的双手把它挖出来：是金子！是金子！我虔诚地跪在地上，用双手把它捧起来，全神贯注地凝视着它。它在我的手心缓缓旋转，那么乖巧，那么善解人意。我用它迷人的光辉涂抹我全身的肌肤、我额头上的皱纹，甚至我体内的骨骼和器官。

我一边用手轻轻抚摸着它，一边以迪斯科式的步姿蹦跳着往路上走。未及走到路边，我低头一看，手中的金子突然变了样子：它那具有无限诱惑力的金色眨眼间荡然无存了，我一下子蒙了，把“金子”举到眼皮底下细细察看，发现它不过是一颗连石子和沙粒的硬度也不如的小泥团而已。

我的两只手突然肿胀起来，并且感到十指连心的疼痛。

我在无边的困惑和受欺骗的痛苦中抬起头来，望见路边那棵孤独的白杨树，它缺少变幻莫测的新奇感而让人熟视无睹。它默默无语地伫立着，那么真实，那么自然，那么清新朴素。它细小的枝干上刻满了风雨袭击留下的疤痕，它像鞭子一样狠狠地击中了我。我幡然醒悟：它不变的色彩和姿态，正是一种深刻的启示……

深深扎根于大地的树木，请用你的绿色擦亮我的眼睛，让我宝贵而短暂的生命只用来：向上——仰望幻象；向四周——注视真实。不要向下，不要妄想在泥土中寻获珍宝。

记得有一句谚语说：“闪光的东西不一定是金子。”实际上，闪光的东西往往不是金子。因为在这个世界上，闪光的金子早已被拣完了，那些纯度更高、品质更优良的金子，往往不动声色地潜藏在平庸事物的背后，那些看惯平庸而又不善于翻动平庸的人，是不会发现的。

赶路人

我是愚钝之人。后来渐渐地懂事，心里有了各种体会和滋味，体会最多的是赶路人的滋味。

我是一名赶班族，工作单位离家有三公里的路程，并不算远，骑自行车就可以往返两地。我有意放慢车速，思索每一件事，咀嚼每一句话，追捕心灵的猎物，手不离车把，追捕猎物，不是手和猎物的追逐，而是心与心的较量。

庆叔有两个女儿，一个儿子。大女儿在痛苦的幸福中找到幸福，一个灿若桃花的女儿降临人间，完成人间幸福而神圣的循环。儿子的家庭也是如此幸福，令人心醉。

庆叔刚过花甲之年，是闲不住的年龄，才叔在微山、滕州一带揽下石匠活，庆叔是有名的好石匠，便跟从才叔早出晚归，风餐露宿。庆叔心里清楚：大女儿、儿子在他心里是已完成的任务，二女儿在读高中，是他的第三本存折，密码在她的手里掌控着，他要想方设法让这本存折鼓起来。

庆叔跟着才叔的机动三轮车来回往返奔波。

去年夏天，天降大雨，才叔开车收工回家，行至半路，车速快，路泥泞，车、人翻到路旁的深沟里。庆叔恰好也在车上，他年龄大，躲闪不及，车压住他的大腿，他当场昏死过去。大家冒雨把他送往市人民医院，医生鉴定：大腿严重的粉碎性骨折，身体的其他部位也有不同程度的受损，需要住院治疗，交押金一万六千元。

伤筋动骨一百天。再次见到庆叔，是腊月底，他双手拄着一根木棍，当作拐杖，站在街口看过往的行人。

冬去春来，我们家后院来了一对燕子做窝，这是妻子发现的，她有女性的细腻心，隔着玻璃窗，只见燕子在房檐下大兴土木。两只燕子加班加点，衔来泥土草根，用唾液黏合在一起。孵化过程是静悄悄的，因为生活本身就是平静无声的，就像写诗歌，写散文，要克服不良的急躁情绪。

又见到庆叔，是今年春天，点播棉花的时节，他丢弃了拐杖，开始播种，他和婶一起，用水黏合生活，春天来了，燕子来了，庆叔也从病床上走下来了。

生活向他招展，麦地也向他招展。

看来，人是要好好地活着，为热爱你的每一个人而活，为每天都抚摸你的缕缕阳光而活，为路边那使你舒心的无名野花而活，为养育你生命的麦子而活；为你无止境追求的事业而活……一句话，为爱而活。你爱生活，生活给你春水；你爱亲人，亲人给你温暖；你爱朋友，朋友给你朝霞；你爱女性，女性给你云彩；你爱自己，自己永远年轻。

人活于世，总有些烦恼来敲你的心窗，总有些坑坑洼洼停在你必经的路上。如此，我们是否在烦恼到来之前就摇头叹息，是否因道路崎岖就止步不前？

一日上班路上，我看见一个匆匆赶往学校的小男孩，可能是因为要迟到的缘故，他走得太急，竟没有注意到前面有一块石头，待他行到石头前，猛地被绊倒。这一跤摔得很重，他在地上足足坐了三五分钟，眼窝里渐渐溢满泪水。尔后，他缓缓地从地上爬起来，揉了揉受伤的腿，一边回头看他跌倒的地方，一边抹着眼泪继续前进。

我曾在城里的道路上，看见一群群上班的人，他们行色匆匆。忽见一个骑自行车的母亲，由于人多她的饭盒被挤掉了，霎时，她精心准备的饭菜撒了一地。她弯下腰身，匆匆地拾起饭盒，苦笑一下，又匆匆赶路了。我看罢不觉为之感动，站在我身后的同事说：“跌倒也罢，掉饭盒也罢，还是赶路要紧。”我的心猛一震：人生不也是如此吗？

的确，人，伴着自己的第一声啼哭来到世间，也伴着别人的哭声离开人世，这期间不就是一次短暂而漫长的赶路吗？而我们所拥有的和失去的不正是极平常、极自然的过程吗？无论我们遇到什么，有过什么，失去什么，都得向前走。

庆叔虽然大腿骨折，最终还是站了起来，因为他要供二女儿学习。那个男孩虽然重重地跌了一跤，他还是站了起来，虽然他哭了，仍没有忘记前行，因为他要去上学。那个母亲虽然掉了饭盒，但她没有牢骚、没有怨恨、没有指责，因为在这条道路的前方，有她的儿子或女儿等待着她，等待她带去的炽热爱心。他们心中都有一个很美好的目标，是这个美好的目标鼓励他们不忘记前行。

是啊，人生如斯，痛也好，哭也好，笑也好，只是别忘了赶路。因为我们都是赶路人。

雪天的孩子

冬天的孩子是雪花，那些小小的白色的花瓣从天而降，把整个世界包围在银装素裹里，想想真是令人陶醉的事情。

在冬天里生长的孩子，那些蹦蹦跳跳的儿童，是真正拥有雪花的。雪花为他们而开放。雪花在天上忍不住寂寞，跑下来与大地上的孩子们嬉戏，与他们一同打扮这个萧索、空旷而清冷的冬天。雪花让悲伤消瘦的诗人停住笔，脸上添上一抹红晕；让沧桑疲惫的大人们站住脚，眯着眼想一会儿事情。孩子们与雪花一同奔跑，追逐永恒的欢乐，天地之间宁静而祥和，一切躁动之音归于沉寂。狂风不再怒吼，野兽不再出没。

大地上的孩子们在冬天里富有非凡的想象力，他们说出的每句话都是诗，他们眼里的每一样东西都是玩具，他们开心地生长，不会知道艰辛和困顿。他们穿着厚厚的衣服，像一只只花花绿绿的皮球，为了与雪花亲近，他们掩藏了大部分柔嫩的皮肤，只露出通红的小脸。细心的人们都知道，雪花落在孩子们脸上从来都不融化，只有害羞的孩子才伸手将它拂去。不怕冷的孩子，三五成群，聚在一起，在雪地上堆雪人。渐渐地，一点点成了雪人的雏形，滚上一个雪球，雪人的头部成了；勤快的孩子跑回家拿来母亲洗好的胡萝卜，雪人的鼻子好了；就差眼睛了，手巧的孩子弄点炭灰，轻轻地涂抹，雕琢成雪人的眼睛，雪人活了，和孩子们在雪地上玩耍。忧郁的诗人和伤心的游子都不会被孩子们接纳，尽管他们一直在深深地热爱着欢乐的孩子。

冬天来临的时候，已经偷偷地与孩子们拉了钩，把快乐全部赠予了他们。冬天，像一位老爷爷那样说：你们好，孩子们，看看我给你们的礼物吧……雪花飞舞的时候，每个长大的人都会想起自己的童年，因为这个季节的这个时刻是给孩子们准备的，这是他们的节日。

渐渐地，我分不清哪一个才是冬天真正的孩子……

在冬天，做一个心灵上的孩子吧。

鸟声啼鸣

清晨，我从睡梦中醒来，鸟儿在树枝上鸣叫着，这是我固定模式的生物钟。唧唧，唧唧，是麻雀，乡村人叫它小小虫儿。一种最普通、繁殖最快的鸟，它们小巧玲珑，灰色的翅膀飞在河流、田野、山岗之上。它们常在我的窗前鸣叫，唤我早起，不许我懒惰，它的叫声好像来自心灵深处，让我深深地体会到一种特有的亲切。

麻雀是可爱的小精灵。它们爱成群结队地飞翔，却飞不高，像灰色的斑点在天边忽左忽右地运动。

冬天的雪后，麻雀最为快乐。空气清冽，它们展开双翅，将平日积蓄在羽毛内的力量全部释放，屋檐下的冰凌发着闪闪的光亮，它们总认为好东西比往常多了。麻雀虽然邋遢，却不喜欢地上有太多的脏东西。雪来之后，麻雀误认为雪把大地的一切打扫干净了，常常到地上觅食，结果往往是被罩住，聪明的麻雀还是上了人的当。

麻雀是乡村的留鸟，它们像调皮的孩子，春天在空中盘旋，夏天在麦穗上散步，秋天在玉米堆里觅食，冬天在雪地上绘画，一年四季从不闲着，与我们和睦相处。时而有怨恨，时而有喜悦，时而有高唱，时而有低吟……情感的波折起伏，显得最正常不过了。

在除“四害”的日子里，麻雀蒙受其冤，遭受其害。正本必定清源，麻雀终于又恢复自由了。麻雀，是乡村人心目中最喜爱的宠儿。乳名中用叠词“小小”，就是最好的见证。

除麻雀外，乡村还能见到喜鹊。小时候我就听母亲说：“早起听到喜鹊叫，一定是喜事要来到，不是有人来送钱，就是闺女要回门。”喳喳，喳喳，是喜鹊的叫声，那是一种尾巴翘翘的，蹬在树枝上给人带来好消息的鸟儿。我们当地人叫它灰喜鹊。我听到它的叫声要比麻雀远些，也许是喜鹊蹬在高枝上，也许是我在地面上离它太远，或者是我住的前方是田野，声音开阔了。

我自出生以来，四十余年，都是居住在乡村，工作了也在乡村，我不曾长时间离开过乡村，我始终深爱着乡村的一虫一鸟，所以我不喜欢城市的鸽子。城市的鸽子只能算是城里人豢养的寄生鸟，它们没有歌唱的才能，只是城市生活的一种悲凉的点缀。乡村的鸽子则不同，它们在屋顶上发出咕咕的叫声，那是乡村优美的鸣奏曲，是乡村悦耳的音乐。

鸽子的飞舞，是乡村优美的弧线。鸽子或灰，或白，在天空中飞翔，就是美丽的景色。

仲春或秋末，我们偶尔会看见雁阵的飞翔。那“人”或“一”的队伍，在天空中鸣叫着飞翔，那是阵势，那是队伍，应和着飞翔的声音，就是极为壮观的景象。

每当雁阵飞过，全村老老小小，像观看西洋景一样，仰着脸、伸长脖子看雁阵飞翔，直至完全消失，那透明的瞳仁还盯住天空不放。

每当听到鸽子的咕咕声，我就想起中学的住校生活，那时候，虽不是饥馑年代，我们农村还是不富裕，从家里背来的地瓜干、煎饼，都是根据每周的日期计算着来的。那年月，我总是吃不饱，不到放学吃饭的时间，肚子就咕咕、咕咕叫个不停，所以说，鸽子的叫声，就像人类饥饿时肠胃的抗议声。

春天，乡村素雅、恬静、温馨，麦苗泛绿拔节，树木冒芽吐絮，农家小院简洁质朴，缕缕炊烟袅袅升起……一团团薄雾笼罩乡村。

布谷鸟的鸣叫声，划破清晨的寂静，布谷鸟是勤劳的鸟儿，立春之后，就飞到北方的大地，“布谷——布谷——”，督促农民春耕春播，芒种过后，“布谷——布谷——”，一阵紧似一阵，此起彼伏，这是在暗示农民春种的黄金时刻来了，不要错过农时。

不久，燕子也从南方潇洒地回家了。温和的春天，燕子安顿好家人，修建好家园，开始展开双翅，轻盈地飞出窝巢，一只、两只……叽叽喳喳的叫声打破乡村的肃静。一瞬间，绿树丛中、农家屋顶，到处是燕子飞翔的身影。时而在蓝天上下翻飞，冲散朵朵白云和缕缕炊烟；时而像密密麻麻的黑斑点，栖息在远处长长的电线上，形成一串串歌唱乡村风景的五线谱。

燕子是记忆最佳的精灵，它知道恋人，也知道恋家。它们或许知道北方人淳朴、厚道、诚恳、大方、热情的性格，它们也没有势利的眼光，不管门第高低，不顾风雨阻隔，不远千里，继续回到老房东家做巢，继续和老东家交流往日的情缘。燕子和老东家继续相敬如宾，和睦相处，共度美好春光。

在和东家相处的日子里，它们从不给东家添一点麻烦，窝里的垃圾一点儿不剩地叼到野外，东家在时，就躲在窝里呢喃细语，温文尔雅。东家不在时，就在门前或盘旋低飞，或栖息在绳索上等待东家的归来。雨天前，燕子总是叽叽喳喳叫着，一次次在东家的面前低飞盘旋，给东家预报天气：大雨即将来临。秋天近，秋雨寒，燕子在霜降前恋恋不舍地飞向南方。它们从不惊动东家，更不会惊动邻居，也不愿东家因它们的离去而伤心，总是在夜深人静、明月当空的时刻无声无息地迁徙，不留任何动静，甚至连一根轻盈的羽毛也不留下……只把一种期待留下，一种美好的记忆留下，一种担心牵挂留下，一种宝贵的友情留下。

与燕子相处多好啊！我们之间没有嫉妒，没有纷争，没有抢夺，没有烦恼，没有忧愁，没有尔虞我诈，没有硝烟，没有嘈杂声，没有谩骂声，没有因一席之地引发的争斗声，没有因一墙之隔产生的拼杀声，没有战争的枪炮声……与燕子共住一个屋檐下，真好。

双休日，走出小院，眼前是开阔的田野，抬头是广阔的天空，远处是绵延起伏的凫山，天空满是飞翔的鸟儿，耳际满是鸟儿的鸣叫。清脆的、嘹亮的、婉转的、圆润的，长声的有六七个音阶长，起伏回旋，短的只有一个音阶，听起来一点儿也不单调、不乏味、不枯燥，给人一种和谐美好的感觉。胆大的鸽子在我面前散步，样子很是悠然，没有一点儿害怕的模样，给人一种亲近的感觉。

那样多的鸟儿，在田野起起落落，在我的头顶盘旋，没有一点儿害怕我的样子，我真的感到无比的幸福。鸟翅膀的云影扇落在我身上，举头仰望，我动也不动，在鸟的歌声中，我竟然哽咽无语。

我伫立良久，静静地沉思：人类如果有一天像鸟儿那样，没有呼救声，没有哭喊声，没有抢夺声，没有厮杀声……到处充满着清脆的、嘹亮的、婉转的、圆润的声音，该有多好啊！

一路走来

从教二十余载，回首走过的路，有欢笑，也有哭泣；有爱，也有恨。平坦一阵，坎坷一程。不因坎坷而忧愁，也不因平坦而欢喜。荣辱不惊，去留无意。花开花落，云卷云舒。

家居北国，一路走来，总是与雪有缘，冬日，雪成了一道亮丽的风景。既有老舍先生《济南的冬天》里的小雪那么妩媚，也有毛泽东笔下的《沁园春·雪》那样神奇，那样磅礴，更有一番风味涌上心头。

“好大的一场雪啊！”2004 年暮冬，北方突降一场瑞雪。去看雪吧！坎坷也好，平坦也罢，皆不要放在心上，一路走来，走进大自然心旷神怡的怀抱。

看吧！阴沉沉的天空忽然下起了雪。霎时，米粒大小晶莹剔透的雪珠撒落，像粒粒珍珠闪烁着莹白莹白的光泽。

“下雪啦！”学生们欢呼着，雀跃着，飞奔至操场，有的仰起小脸，眯着眼，仿佛在感受小雪珠温馨的亲吻。有的伸出双手捧着，“一二三四五六……”却怎么也数不清手掌上究竟有多少颗顽皮的小雪珠；有的张开小嘴，似乎是一个干渴的旅行者在接受突如其来的甜雨的滋润；还有的翻转小雨伞装起小雪珠，看着调皮的雪珠左蹦右跳地滚落伞底，甜滋滋地笑起来……

上课了，雪还在下。有的雪珠干脆把窗棂当作弹跳板，蹦蹦跳跳地闯入教室，引逗得孩子们怎么也安不下心来听课。

“同学们，今天我们上室外作文课。比一比，看一看，谁能把这场美丽的雪、顽皮的雪、丰收的雪写得最有趣。”站在讲台上，我心生一计。

教室里刹那间沸腾了，学生们捏着笔，拎起作文本，像欢快的小鸟扑入雪的怀抱。他们或三五成群聚在屋檐下，边观察边描绘珠帘似的小雪珠；或三三两两撑着小雨伞在雪中漫步，体验着雪珠敲伞的欢畅感；或干脆把纸和笔放下，跑到空地里追逐嬉戏……

雪继续沙沙地下着。一个上午过去了，举目远眺，好一派“北国风光，千里冰封，万里雪飘”之胜景。瓦槽里挤满了雪，房顶犹如盖了黑白相间的“怪”瓦，房檐下倒挂着一串串雪亮雪亮的“冰糖葫芦”。水沟里、田野上堆砌了一层又一层亮闪闪的小冰珠，伴随裸露着枯黄杂草的灌木，放眼望去，原野好像穿上了一件缝满黄色补丁的土布褂子。远处的山，或青——那是苍翠的松柏，或黄或褐——那是泥土岩石的本色，其间必镶嵌着白得耀眼、白得让你心动的小雪珠。

“大雪压青松，青松挺且直。要知松高洁，待到雪化时。”面对此情此景，松柏之高洁一目了然，还须待到雪化之时吗？况且雪的清纯洁白能把绿色的松柏点缀得更加美丽，更使人品味无穷。雪啊！松柏梅之所以要与你为伴，大概是喜欢你的冰寒与圣洁吧。如果没有你的陪衬，松柏的刚强怎有人知？如果没有你的滋润，梅又怎能在干裂的严冬里绽放灿烂的笑脸？

夜阑人静，躺在床上静静地听雪，绝不亚于王维《山居秋暝》中那种悠然恬淡的心境。听着雪落下的声音，似一曲闲适的歌，你便能感觉到雪已不再冰寒，不再毫无生命力，它是生机勃勃、充满无限活力、令你心醉神迷的小精灵。

雪珠淅淅飒飒地摇曳着树枝，摇曳着干枯的花枝，摇曳着山村，若一场酣甜的梦。凝神谛听雪落的声音，想象着雪的生命消失后融成水滋养万物，你便能被它的无私、博爱和高洁所感染。你还可以神游“千山鸟飞绝，万径人踪灭。孤舟蓑笠翁，独钓寒江雪”的清雅境界，体会柳宗元淡泊明志、物我两忘的超然心境。甚至可以遥想，次日清晨，山村里每一户人家门前都有一幅“雪落板桥，鸡犬行过，踏成竹叶梅花”的美妙画卷，山村里到处都是“山舞银蛇，原驰蜡象”的诗意境界，即便是在睡梦中也会美得你心旌摇曳。想着学生们在雪景里的千姿百态，我的心情怡然。

一路走来，看眼前风物，赏自然美景，回味教坛上的悲欢故事，都如过往烟云，随风而去。唯一值得记忆的是：自己所从事的职业，犹如雪的生命消失后融化成水滋养万物。

一路走来，坎坷也罢，平坦也好，自己不会因坎坷而忧愁，也不因平坦而兴奋。黑土地，我会不停地耕耘……

冷雨敲窗

也许是这个寒冷的冬季过于寂寞，也许是这个光秃秃、裸露的日子过于缺少色彩和音乐，于是，一夜的大风送来了一场冷雨。冷雨敲窗，敲出寒意，敲出天籁，敲出诗意，也敲出一种迎接春天的新感觉。

窗外，虽然没有下雪，可是寒风刺骨，冷意瑟瑟，草木早已枯萎，树叶早已飘落。冷雨敲打着，没有春雨的柔情，没有夏雨的火热，也没有秋雨的惬意和浪漫；有的只是冷静的沉思，有的只是节奏缓慢的点点滴滴的思索。

人生如四季，四季如歌。无论揣何种心情上路，只要付出了，你终有回报，终有收获。也许你因一时的失误将路走错，那不要紧，“实迷途之未远，觉今是而昨非”。你会在这个冷雨敲窗的季节，做一次心灵的修补、心理情绪的调整。即使你过去失去了许多，你明天一定会得到许多。

冷雨敲窗，洒在透明的玻璃窗上，然后又缓慢地向下滑落。假如是在冰天雪地的北方，这滑浇的雨水就会在玻璃上定格。定格成奇妙的花纹和异卉奇花。可我望着冷雨在沉思：它是生命的细胞，它是时间的流逝，它是永不回头的匆匆过客。

这是一个沉静的日子。人生最宝贵的时间，就是这样在肆虐的寒风中被无情的寒冬任意挥霍。

小河停止了流动，荷塘满是东倒西歪的残荷。那“留得残荷听雨声”的诗句，此时，也只停留在画家的笔端，作为一种闲适的濡染和涂抹。

冷雨敲窗。也有最善于呵护、珍爱生命的人，早已是心如止水，坐拥书城，围炉读书，围炉吟咏人生之歌。读史，潜入史海，与远古的残缺故事做一次心灵的交流；读经，与古代的哲人大师倾诉人生的感悟和生活的哲理；读科研论文，以超前的探索意识，向未来索取丰富的知识营养和引人入胜的科学幻想；学习时事政治，以史为鉴，探讨德治和法制的辩证关系与互补效应。

冷雨敲窗。也有不畏寒冷的健儿壮士，迎寒风，效青松，仿红梅不怕雪压冰冻的品格。锻炼身体，拥有健康的体魄也是财富。珍爱生命的激情倾注在锻炼身体上，大凡喜欢锻炼身体、善于锻炼身体的人，一般都具有“战略眼光”，是真正的热爱生活的人！

冷雨敲窗。已近旧历年底，有一种叫“乡愁”的东西突然涌上心头——恋乡情结，游子的心潮涌动着思乡、思念父母的激流。

冷雨敲窗的时节，也是远方亲人捎来叮嘱的日子，远方的亲人亲切地呼唤：“回来吧，孩子！欢聚一堂，阖家欢乐！”

冷雨敲窗。你梳理好思绪，收拾行囊，准备上路。

明天可能下雪，纷飞的大雪将为你送行！

辑三　阅读村庄

阅读村庄

村庄的历史，源自民间流传的一首妇孺皆知的民谣：

问我祖先在何处，
山西洪洞大槐树。
祖宗故居叫什么，
大槐树下老鸹窝。

追根溯源，这首民谣源于元末明初降临在冀鲁豫平原的兵灾之祸。于是齐鲁大地冤魂屈鬼；阴风烈，哀鸿遍野；人口锐减，耕地荒芜。于是中原大地上演了一幕黎民大迁徙的悲剧。

冀鲁豫平原移民的主要来源是尧都平阳府，今山西临汾地区。平阳府洪洞县有一广济寺，广济寺里有一株大槐树。拜读李存葆先生的《祖槐》，字里行间看到尧都的先民们在官兵的逼迫下背井离乡，抛家弃亲，踏上迁徙征途的时候，肝肠寸断，泪如泉涌，悲声不绝。一步一回首，三步一滞留。广济寺古槐上的老鸹窝便永远刻在了他们的心里。

村庄的古老，如黄河之水，从古流到今。时间的流水，一次次地冲刷村庄的街面、房屋、树木和静默不动的石头，日积月累，终于淘尽了一切污浊的东西。含泪离开故土的村民，历经千辛万苦，长途跋涉后，心若止水。财物、农具、粮食，随意放置在某个地方，画个圆圈圈起来，或用石头、坷垃作个标记，就不会被别人取走，不像现在这样，丢失东西是常有的事，家家户户争着安装防盗门窗。夜不闭户，路不拾遗，是最原始、最单纯的流行语。历史的皱纹在求生的前提下被村民们不断清除、涂抹，在大地上留下十分短暂而模糊的时代印痕。数千年来，在数不清的年月里，村民们本分地日出而作，日落而息，在地球上一个小小的角落里，刀耕火种，生息繁衍，薪火相传。偶尔，也有些叛逆的村民揭竿而起，抗拒着亘古不变的生存规则，弱者向强者挑战，以卵击石，结局只能是妥协、失败、死亡。于是，辽阔的大地上上演了一场场或鸟尽弓藏或饮恨乌江的历史悲剧。

当史书的页码翻到20世纪时，中华大地正是几千年来未有之变局。村民在共产党的星火燎原中看到了生活的希望。于是，在盲从与理性的整合聚集中爆发出沉积几千年的熔岩，一举推翻了压在头上的大山，随着“中国人民站起来了”的庄严宣告，缔造了一个全新的中国，村民的地位发生了翻天覆地的变化。历史证明：村庄走过的道路虽遗留下一丝茫然与失落，但总的格局终归是上升的、前进的。

改革开放自城市一角蔓延开来，村庄没有喘息、思考、缓和的机会就不得不接受了现实文化的冲击、教化。古老单纯的画圆圈式的道德规范禁不住金钱的诱惑而逐渐消散，村庄里一些骚动不安的年轻受教者开始一次次铤而走险。历史的教训让他们明白：向强者征伐只能是一条不归路，只有向更弱者劫掠，才能成就强者的姿态，获得非法的合理性。他们的生存策略得到了村庄城堡管理者的限制与惩罚，于是，在经历四处碰壁、痛定思痛后，这些年轻的受教者开始背起行囊，远走他乡，四处流浪。

膨胀的欲望激发出肆无忌惮的消费时，竟引起许多城里人的欢呼，双方在一唱一和中居然炮制出一派歌舞升平、欢乐祥和的大好局面，像一层厚厚的雪覆盖着弱势群体怨天恨地、求告无门的痛苦，呈现着诗意的浪漫和晶莹，在天壤的差别中彰显着变局里短暂的统一。它竟然被世俗所认可。

改革开放四十年，村庄确实进步了。满足温饱的村民开始觉醒了，开始关注自身的命运了，他们开始绿化废弃的家园，他们渐渐明白往日愚昧、悲剧发生的真正根源。村庄由几千年的忍耐到几百年的渴求，到今天的关注，真正的质变还将是一个漫长的过程，漫长的路途上依稀可见一丝灯火，那就是村庄的希望。

村庄的年轮

村庄有年轮吗？我说是有的，不信，你看：立在村中央的石碑，就是最好的证明，碑上的文字，风蚀刀刻，有的清晰可辨，有的模糊不清。老屋上卸下来的石窗户，那是什么？是祖辈们留下的一件件工艺品。石狮石马，依然立在村庄的不起眼处，证明它们的历史价值。秦砖汉瓦，依然牢牢地扣在屋顶上，雨天散发着绿色的光，证明它们生活在一个洁净的空间。

一条街，就有几百年的历史，人们从遥远的地方来，或受欺辱，或挨饿，或躲避天灾人祸，流落异乡。一根扁担，一个肩膀，一个家。漂泊、流浪、乞讨……没有定所，没有根基。有家，才有根。扎下根，生息繁衍，一代一代，几十年，几百年，一条街道形成了，一个家族形成了，一个民族形成了。一条街道，就是一部历史，就是一部我们读不完的史书。

一个胡同，生活着一个家族。那也是一个地方的缩影。

我生活的村庄，是一个山村，房屋面山而居，合围而成一个村庄。几百年的历史，也有几百年的故事。岁月沧桑，演绎着一代又一代人生生不息的村庄发展史。

饥荒年代，人们忍饥挨饿，集体年代，人们同样挣工分过日子，分粮食的时候，人们拿着小布袋，领自家的粮食，小麦分得最少的年份，是用碗量着分的，人们成年吃不上白面，过年能吃上一顿饺子的就是上好人家，地瓜面的汤经常喝，喝得人们胃酸，不过，人们的心是纯正的，集体的东西从来丝毫无损。

村庄的另一番景象是田地间的坟墓，那是逝去的村庄，是老去的村庄。

秋末，田间一片空旷，一个个坟墓，排列在土地上，像一个个大小不等的馒头，那是逝去的老人的家。一个家族，一片墓地，就像一个家族生活在一个特定的区域一样，按着长幼辈分，长眠于地下。

面对我们家族的墓地，我清楚地看出家族的发展、生息及繁衍历程，确认出一代代的生活状况。祖父的面影依稀可见，而曾祖、高祖的面影就无从知道了，他们离我们太久远，岁月的时光，载着我们离开他们那段难忘的记忆，只能依据大大小小的坟头来追忆他们的过去。坟地就是一棵倒下的树，面对坟墓，可以清楚地看出家族的兴旺，其实，坟地是离不开树木的，我清楚地记得，我们的老坟地有郁郁葱葱的柏树，一棵紧挨着一棵，树上的鸟儿，整日鸣叫不停，獾穴居在坟墓里，出没在坟墓间，自由自在，无忧无虑，它们是坟地的另一个家族。獾的皮毛十分珍贵，獾油也是治疗烫伤的良药。现如今，獾已是难得一见了，或许坟墓也不适合它们生活了。坟墓是躺着的树，是树的另一种形态，是暗自生长的树，树木茂盛，家族兴旺。2003 年 4 月，山东教育社在曲阜杏坛宾馆召开中学生记者站会议，我有幸参加，会后我们游览“三孔”，我真正认识到孔林面积的庞大，几千种树木，令我大开眼界，它们组成了这片偌大的孔林。我们可以看到：高大的乔木，低矮的藤本植物，互相缠绕，互相依附，一同生长，也像一个家族在生活着，孔氏家族，七十余代孙，遍及世界各地，生息繁衍几千年，一点儿不奇怪了。

我们老坟地的柏树，是后来被伐倒的，那时我已记事，一棵一棵倒在地上，家族之间分配，几家人分到几棵，后来就没有见过坟地的树木了，现在我们家的坟地，在一条小河沟的西侧，一块尚好的田地里，只是小河沟多年不见水流了，风水先生说，如果常年水流不断，坟地风水会更好。不过，如今也可以，至少每年也能考上一两个本科生，算是有出息，也是坟地里冒青烟了，说也奇怪，我们的家族，近几年考上的学生确实也不少，村西边的人都说，我们家族的坟地占了好风水，国家干部、医生、教师、工程师、火车司机……一应俱有。他们都在各自的岗位上，工作着，努力着，他们远离家乡，生活在各自的城市里，那里有他们的新家，有自己的妻子和儿女，那片土地上有他们扎下的深根，一棵生命之树已经在那方土地上根深叶茂，或许，那是村庄根的延续，是村庄生命的血脉，血脉的弹性，血脉的硬度，血脉的扩张，血脉的延伸，都在城市淋漓尽致地体现出来。

他们是村庄的种子，是村庄的希望。种子是飞扬的，种子是飘浮的，而种子是实实在在的，是沉甸甸的，是颗粒饱满的。落地生根，自然而然。

村庄老了，种子是新鲜的，是鲜活的，是富有生机和活力的。

一块石碑，一块汉瓦，昭示着村庄的久远，老屋是历史的表现，也是保存的古迹。村庄老了，心里空荡荡的，像村庄中心那样，老屋拆了，新的房屋在村的周围拔地而起，村庄成了空心村，大量的土地被占用，大量的山坡地闲置下来，瓦砾、石块散乱地、杂乱无章地遍布山坡，树木是少有的，有一点超前意识的人们栽上几棵树，护上那裸露的山坡。村庄是不能和树木分离的，有村庄的地方，必定要有树木，人是一会儿也不能离开树木的，我想是这样的，生活的世界到处都应是郁郁葱葱、一片繁茂。那里鸟鸣婉转，动物出没，是一片安详、和谐的世界。

老去的人，生活在墓地，在农村，墓地多数没有树木了，连最起码的柏树也没有了，只有孤零零的坟墓，一片丛莽的野草，一堆黄土，好凄凉啊。

村庄的源头，村庄的河源。我们的祖先，居住在村庄的中心地带，他们从不同的方向来，他们带来不同的风俗，他们带来不同的文化。村庄因他们而古老，村庄因他们而辉煌，村庄因他们而灿烂。一条街，一个胡同，一间老屋，一个老人，一个故事，一个传统，一个爱的传说，一个根的演变……汇聚成一个村庄。

一个村庄，一棵大树，一棵曾令多少人难忘的祖槐，牵动多少人的心。树木就是村庄的象征，枝丫就是村庄的发展。

树高千尺，根扎大地。根系延伸，树木茂盛。走出去的村里人，生活在别人的城市里，他们的根仍在生养他们的村庄，他们在城市里工作、学习，那里也有他们的事业，有他们的梦想，有他们的明天。他们日夜穿行在城里，血管里仍流淌着村庄人的血，他们的生活方式、生活习惯、生活规律，或多或少地烙印着村庄人的习惯，或许他们内心里想学城里人的生活样式，总是别扭地进行着不协调的生活。是村庄的根，牢固地抓住了他们的心，身体可以走出千万里，梦想也可以更美好。那只是生活在别人的美梦里。别人的巢穴，熟悉而又陌生，温馨而又悲凉，那总不是自己的村庄。

其实，生活在城市的新一代人，那是村庄的希望，即使生活在别人的城市，那也是村庄的新鲜血液，血脉里流淌着源源不断的血液，那也是村庄新的年轮，这年轮的圆圈越大，村庄的根系越是发达，村庄这棵大树就会更加根深叶茂。

一个村庄是这样，一个家族是这样，一个民族是这样，一个国家也是这样。难道不是吗？

村庄的细节

村庄是人类生活画面的缩影。村庄的意义就在于：一个生命消亡，一个生命诞生，冬春交替，岁月更迭，一个进来，一个出去，村庄是流动的，是生息繁衍的，是薪火相传的。

记忆朦胧的年月，村里的一位老人走了。一个炎热的六月，一口黑色的棺木，一具尸体从薄薄棺木的缝隙间渗出殷红的血水，发出难闻的腥臭味，人们快速掩埋了老人，一个生命结束了。

那年月，人们不知老人是患什么病而去的，感到神秘，朦胧知道的是喉咙病，能让人的生命在一年内消失。后来，知道这病是食道癌，那时老人已去世十余年了。现在我们对癌症感到不神秘不可怕了，得病的人多起来了，不知是人本身的原因，还是生活饮食的原因，总而言之，感觉到吃饭不适时，病症就有三四个月了，以后的日子，滴水难进，疼痛难忍。百日后，一个鲜活的生命就画上了句号。

至今没想到，老人去世三十年后，胃癌、食道癌、皮肤癌、肠癌……成了今天危害人类生命的杀手。

时至今日，本族的爷爷，邻居的伯母，癌症正困扰着他们，病痛正折磨着他们，他们的生命在一天天地锐减。他们身体里的癌细胞仍然在噬咬他们，而他们的心灵也正被一种忧虑所困扰着。他们是可怜的一族，他们是痛苦的一分子。癌症、艾滋病、“非典”、禽流感……恶狼似的向人类一次次地袭来，危及人类脆弱的生命。

生命是这样的孤单、无助，需要抚慰。从根本上讲，它好像无法自己掌控自己，更无法自己改变自己。我们看见一棵树夏天长叶，冬天落叶。其实并不是树自己在做主，而是季节在掌控。

愚昧、贫穷、落后，是村庄的恶性肿瘤。它们交替着腐蚀村庄，叩击其纯洁的心灵。愚昧带来落后，落后带来贫穷，贫穷带来愚昧，无休止地轮回。人们无休止地固守着愚昧的折磨，落后的打击，贫穷的羁绊。唢呐声声，悲惨、凄凉、哀婉，那是老人离开人世后最壮观的一幕。年年是哀乐，岁岁是凄惨。

儿女的婚事，成了村民头痛的大事。青年人是村庄的新生代，后代是村庄生命的延续，也是村庄的希望。婚姻是村庄生命的载体，男大当婚，女大当嫁，是婚姻的主题。村庄闭塞，梧桐树上落不下金凤凰。老人们烦恼、忧愁，而后，想到计策：换亲。爱操心的人，联合几家（三家以上）的小伙、姑娘，转换成夫妻，婚姻的事解决了，小伙找到了媳妇，姑娘找到了丈夫，几家相互来往，成了亲戚，村民高兴了，愁容舒展笑成了莲花。

婚后不和谐的生活，是以后暴露出来的，年龄的差异、性格的不同、感情的不和，都在生活中出现了。青年们互相有暗恋的对象，却阴差阳错地与另外的人结合，他们心里有了疙瘩，勉强结合，勉强嫁人，勉强生活，同床异梦，同梦异床，内心上演着一幕幕悲剧。为了家庭，为了兄长，为了父母，心里暗暗吞食苦果，时间有时为悲剧提供宝贵的素材和表演时机，怨恨有时也悲剧地表演一段。漂亮的女孩，嫁了或老或丑或残或痴的男人，心里的悲愤、怨恨……会像火山一样喷发出来，她们铤而走险，扮演着悲剧的主角，完整的家庭一夜间破碎。换亲的悲剧，在十里八乡屡屡上演，唤醒沉睡的村民。不愿成为悲剧牺牲品的男子，背起行囊，远离家乡，出门打工流浪，走出乡村，心里豁然开朗，凭着自己的手艺，南下安徽、广东，北上省城济南，靠自己的一双手混口饭吃，日久天长，不但吃饱饭，而且手头有了余钱。渐渐地，腰包鼓了起来，这时，开始往家里寄钱。村里的青年男人不再守着乡村，纷纷外出打工挣钱，先是男子汉，尔后是女孩子，有的干体力活儿，有的干技术活儿，一人一个门路，一人一个生财之道。

中学毕业的、辍学的，成了打工的大军，村庄有了进进出出的汽车，有了奇装异服的孩子，节假日，乡村的大街上，有了男孩和女孩手牵手并行走在街上，引来老人们一双双羡慕的眼神。大龄青年这时按捺不住内心的骚动，带起积存的钱，南下四川、云南、贵州等边远山区，走上讨媳妇的漫漫征途，出走几个月，和人贩子反复交涉，花费几千元甚至几万元，最终讨得一个如花似玉的美娇娘。这对大龄青年来说，是件美事儿，他们做梦也没想到，这辈子能娶上媳妇，而今居然成了现实。那时，我也第一次听说：人居然和牲畜一样可以买卖。这是社会的悲哀，也是人类的悲哀。更有甚者，精明者买卖成功，顺理成章；憨厚者上当受骗。精明者愈显聪明，憨厚者愈显愚钝。花上几千元，最终不见人影的也不计其数。一个家庭，几年辛辛苦苦劳动的余钱，都化为肥皂泡，一一破灭。

村民觉醒了，为了生存，不再固守土地，农闲时节，开始做活儿挣钱，正正当当地生存。精明的女人也开始会用漂亮的脸蛋，勾引不安分的男人，换取生活的钱物，那是她们为了生活得更滋润；懒惰的男人也开始夜里干一些鸡鸣狗盗的事情，不花费力气就可以养活妻儿；外出打工的女孩也开始大笔大笔地往家里汇钱，那是肉体劳动所得，小蜜、二奶、三陪女……传进村民的耳朵，他们也见怪不怪，或许他们早从电视画面上接受了这一事实。

同样的人，生活在不同的环境，就会有不同的结果，当然，也会有不同的人生。

同样两个经商的人，一个下海劳作十几年，风雨漂泊，不见其腰缠万贯，最终只得回乡，仍是日出而作，日落而息。另一个，南下深圳经营酒店，不几年就发了大财，在家乡的城里买下了两处楼房，令村民们刮目相看。

同样的两兄弟，一个踏实求学，勤奋苦读，十余年后，夫妻双双头戴博士帽，荣归故里。另一个早早辍学在家，游手好闲，无所事事，几年后，走进监狱。

村民头脑清醒了，吃苦受累，供子女求学，高额的学费，压不弯腰，子女功成名就，他们尝到了甜头，看到了希望，知识改变命运，在村庄一次次被功成名就的孩子们所证实。缺少知识，没有技术，只靠出卖劳动力的人，是打工队伍的主力军，是弱势群体，不容易被人们所接纳。城市的日益发展，自然环境的改善，人们环保意识的提高，早就切断了省城开山劳动力的财路，打碎了他们的饭碗，击碎了他们发财的美梦。面对城市建筑的日益增高，他们体会到生活的艰辛，人生的艰难。

村庄仍旧是原来的村庄，外出的村民陆续回归村里，少数不安分的青年人仍像无头的苍蝇，在外面东一头西一头地乱撞，不见有正经的职业，节假日偶尔回家，往往是一头黄发或红发，乍看像个洋人，仔细一看，却是邻居家辍学的三小子，是个假洋鬼子，好在他血管里流的是中国人的血。金发女郎也不少，只是她们仍保留着黄色的皮肤，她们的身体里依旧流着炎黄子孙的血。

面对这些，我心里曾暗暗想过许多次，难道这就是当今村庄的细节吗?

村庄的疼痛

村庄的疼痛是无声无息的，村庄的疼痛是刻骨铭心的。

——题记

村庄的六月，热烈而急促，玉米拔节，芝麻花一朵挨着一朵往顶端攀登。农家的丝瓜也不甘示弱，瓜藤贴着院墙匍匐前进，一直攀到墙顶，嫩绿的丝瓜顶着黄花，隐藏在稀疏的瓜藤间。它们常常低垂着，风吹过，摇摇摆摆，像女子们在做整齐的健美操。

正是有这嫩绿的丝瓜，农人有了做菜、做汤的绿色食品。我的邻居，一个女人，她在雨天登上梯子，想摘丝瓜，或是做菜，或是做汤，不慎从梯子上摔了下来，左脚脖的骨头摔断了。就为摘丝瓜，做菜或做汤，就这么简单的一点事，开启了她疼痛的日子。

出租车，一趟又一趟，去滕州的李店骨伤医院，不留，转院去市医院，住下了。接着是，家里人去医院，送钱送物，出租车来回周转，家人脸上挂着阴云。女人的丈夫在外打工，没有手机，自然没有音信。家人团团转，向一起外出的人四处打听，毫无结果。临近收秋，打工者多半回家，只有能出苦力的还在外拼命。

实在没有办法，就派人去找，过了两天，女人的丈夫来了，一脸的愁容，背着一个大包回到家，明天就要去医院交医药费，听说要一万多元，对于一个打工族来说，一年勒紧裤腰带挣钱，挣到五千元就知足了。然而一个家庭，一年所有的开支，也全押在了这五千元上。

伤筋动骨一百天，何止是一百天。在她摔下几个月后的一天，有人向她的小孩问起她的情况，回答是：妈妈扶着板凳能下床了。平淡的回答，而背后隐藏的痛苦是不言而喻的。听说：明年那女人，还要去医院开刀，再受一次痛苦，取出脚脖里的钢板，一年不能大动，对于一个正常行走的人来说，无疑是最大的痛苦。

一根丝瓜，带来一生的痛苦。一根丝瓜，刻下一生的记忆。

村庄的疼痛，回归暂时的终结，而新的疼痛又在另一侧暗道里汩汩奔流。

若找不到村庄疼痛的根源，疼痛则永远潜伏在村庄的阴暗处，一旦爆发就再也无法挽回。

今年秋季，我的近邻下坡用小手扶拖拉机铙地，其实，就一点儿地头。可是他刚一入地边，机器就翻在地边的小沟里，机器照样飞速运行，他的大腿根部飞进两个铙地的钢片。不一会儿，就听见急救车“完了——完了——完了——”地从西往出事地点飞去。

我是亲眼看见他开着手扶拖拉机过去的，是一眨眼的工夫。一家出事故，消息传遍一个村庄，从一个村庄传到另一个村庄，甚至地球的每一个角落。

听到邻居的形象描述，我不寒而栗，坐卧不安。

两个钢片深深地插入大腿根部，其疼痛可想而知。

本来是一块小地头，非要用手扶拖拉机来完成，实际上，用镢头刨不多久就可以完成。这是人的惰性在作怪。四川汶川地震，我们不可预防，而像这样的事情，总可以小心完成的。

村庄就在疼痛中成长，在流血的记忆中醒悟。

类似的事件，在村庄的记忆中，刻下道道皱纹。打麦机切去王二六的一只手臂，旧式磨面机的皮带切断陈春的一条右腿，旧式的铡刀切去孟广斌的一根手指，铁耙剐破李三的四个脚指头……疼痛在无声无息中延伸。

我曾想：手臂与手臂、手指与手指对接连成直线，那长度，该有多长。

肉体的疼痛，沾着血，带着肉，挂着汗，怎能不痛?

精神的疼痛，饱含着泪水，浸透着煎熬，经历着磨难，怎能不痛?

村庄的疼痛在于：在疼痛的日子里不懂得疼痛，而懂得疼痛的时候却失去了机会。

是啊。我们该记住的要记住，该遗忘的要遗忘。一个人是这样，一个家庭是这样，一个村庄是这样，一个民族也是这样，一个国家也是这样，整个人类也是这样。

一个人记不得疼痛，那是一个愚蠢的人；一个家庭记不得疼痛，那是一个愚昧的家庭；一个村庄记不得疼痛，那是一个没有人性的村庄；一个民族记不得疼痛，那是一个没有脊梁的民族；一个国家记不得疼痛，那是一个野蛮的国家。

认领一棵树回家

知了叫个不停的夏天，我想起一首歌《童年》："池塘边的榕树上，知了在声声叫着夏天……"那时，榕树就在我的心目中烙印下美好的印象，夏天、池塘、榕树、知了的叫声，夏天早就活在我的世界。

从此以后，榕树就生活在我的夏天，成长在我的认知世界，在乡村，我很难找到榕树的身影。

由此，我寻觅过外婆家的大街小巷，多见的树木是洋槐树、榆树、杨树、楝子树、梧桐树、柳树、枣树、桃树、杏树……唯独不见榕树，因此，我问过外婆、外公、舅舅，他们说只是听说过榕树，就是没有见过榕树的模样。那时，我好失望，好沮丧，感到无助，感到孤独，感到可怜，同时，感到悲哀，也感到凄凉，想见到一棵树的愿望被一只无形的大手痛击得头晕目眩。

"等待着夏天，等待着童年，等待着游戏的童年。"

我姑母家的两位表哥都曾当过兵，我在童年的夏天，就曾无数次追问他们榕树的模样，他们曾这样描述：红白茸毛的花，细碎的叶子，轻柔的枝条，美丽可爱。

于是，我对榕树的向往深深地烙印在心底。

随着工作单位的几经转换，目睹榕树的心愿仍没有如愿。

就在十年前的春天，单位新任领导决定在操场边种上一排榕树，一棵棵榕树苗，就这样在操场边上安家了。

寒来暑往，榕树在风中，在雨中，在寒雪中积蓄成长的能量，默默积蓄，默默成长。十年的成长，十年的扩展，身躯在不停地加粗，身躯在不停地增长。

暑假前，单位操场边的榕树上满是带有茸毛的红白小花，映衬在柔软的树枝间，在清风的舞动下，树叶自行解开，而又互不牵缀，每逢夜幕降临，树叶又合在一起，因而，榕树又有了一个美妙的名字——合欢树。

这时，玉兰花，或红或白，皆在怒放后退出轰轰烈烈的舞台；紫木槿，大大小小的花苞还在默默地孕育，等待展示风姿的时机。而榕花正是五月的花中仙子，在风中轻歌曼舞。

站在三楼办公室，默默地与榕树相对，耳畔仿佛又听到那首《童年》的歌声。高中学习生活在紧张而有序的时令间持续延长，“等待着下课，等待着放学”，或许就是一个懵懂的概念，一个默默的约定，一个痴情的等待，一个青春的绽放。或许，在榕树上，在每根柔软的枝条上，都寄托着我们美好的愿望，抑或是莘莘学子坚守的信念。每一朵带有红白茸毛的花朵，在细小而繁密的叶缝间不停地捉迷藏，与信念玩游戏。

操场上，一个个活跃的身影，是当年的我吗？榕树下，读书的女生，是当年的她吗？

用手托一托镜架，想尽力将身影看得更加清晰，想将她的容貌展现在眼前。

那一棵最大的榕树，就像一把巨型的伞，投下一片阴影，撒下一股花香。玉兰花，树木高大，花香浓郁，花朵稀少，花期转瞬即逝。紫木槿花似乎是木本花中开得最长的花，从夏至一直开到霜降。而木槿花缺少榕花的轻柔动人。

春华秋实，榕树的孩子，缀满每根枝条。一个孩子，一个家。结实成荚，种子极为轻薄。在秋风的吹拂下，飘扬的种子落地生根。

单位本身就是孩子的家园，这样一棵小小的榕树，也就在孩子的家园里落地生根。

在宿舍楼前的花园边沿，一棵可爱幼小的榕树苗茁壮地成长着。

清晨，每当我提热水时，看到它，心里就涌出难以诉说的情感，好像是找到了寻觅已久的知己。“众里寻他千百度，蓦然回首，那人却在，灯火阑珊处。”

我在一个暮春时节，伸手轻轻地触摸着榕树柔软的枝叶，犹如孩子细嫩的肌肤。情感日渐积累，后来，就产生一种情谊，一种难以割舍的情谊，每逢课间休息，抑或午饭间，我都要看看它的长势，看它的枝条在伸展，叶片在增多。决心在来年的一个春日，将它认领回家。

可能回家的路还漫长，秋天的洗礼，冬日的寒冷，正在等待着考验它，考验它的忍耐力，考验它的抵抗力，考验它的意志，考验它的毅力。

我曾不止一次地认领一棵树回家。在我幼小的时候，和奶奶在一起，我们把一株石榴树领回家，它在院子的西北角扎下根，时光如水，转眼间，几十年过去了，时光在岁月里穿梭，石榴树苍老了许多，每一片粗糙的树皮上，每一根虬龙似的枝条上，每一个蜡质的叶片上，都记录着岁月沧桑。五月，榕树花开时节，它也绽放出火一般的花朵，似乎与榕树心有灵犀。

在今年春天，我又领了两株石榴树回家。在坚硬的水泥地面上，我凿出两大片土地，安置好两株石榴树，我花费一个上午的时光，如今，看着长势旺盛的石榴树，往日的疲劳早已消失殆尽。花朵似乎要等到明年、后年，甚至大后年绽放，但在我的心中，它们早已盛开鲜红的花朵，一颗又一颗的果实也沉甸甸地挂满枝头。

在我废弃的旧院子里，桃树在此安家，杏树在此安居，枣树早已成为高大的树木，核桃树也已挂果，无花果伸出无数枝条，且果实已挂满枝头，一个个大如鸡蛋，两棵银杏树也已有模有样。

在那空闲的土地上，我留下榕树的位置，当然，在我的心中早就蓄谋已久。

或许，是因着《童年》那首歌，榕树才深深地扎进我的心灵，我的灵魂深处，且不能自拔。

夏天，池塘边，榕树下，一个美妙的画面，一个美好的意境，池塘水清澈碧绿，几片树叶在水面上漂荡，像一叶一叶的帆船，不停地游呀游。榕树的倒影，一会儿完整，一会儿破碎；一会儿破碎，一会儿又完整。如此反反复复。

在乡村，池塘似乎退出了舞台，榕树更是难觅身影。我曾经发过牢骚，也曾为此消沉过，一切都无济于事。

操场上，生龙活虎的场面，伴随着阵阵榕花的味道，似乎劲头十足。榕树，曾经为多少学子，洒下一片阴凉。渴了，在榕树下仰起脖子畅饮一番；饿了，煎饼与大葱就是一顿美餐。

站在教学楼上，扶正眼镜定视榕树，虽然看不见池塘，也听不见知了的叫声，但只要榕树立在操场边，就有一种心理上的满足，一种心灵上的慰藉。

等待着下课，等待着放学，等待着游戏的童年。

榕树，就是一种等待，一种坚守，一种信念。

时光虽然悄悄地溜走，歌声也在时光中慢慢地变老，歌声中的那棵榕树也在脑海里渐渐模糊，偶尔，能哼上一两句歌词，就是最为欣慰的，最为满足的。

每日浏览网站“榕树下”，读网站上的美文、小说，咀嚼每一字、每一句、每一段、每一篇，好像就能感受到榕树的花香。

在前往单位的路上，中途的公路旁边就有一棵碗口粗的榕树，途经它时，我都要停留驻足几分钟，注视它微妙的变化，这是我心底的一种情感。

夏日，骄阳似火，知了在拼命地高叫，喊着夏天的到来，它似乎不知道口渴舌燥，躲在树上唱歌。我不知道，它是在池塘边榕树上唱歌的那个知了的多少代子孙，或许有人喜爱它的歌声，或许有人厌烦它的歌声，也或许有人喜欢它在榕树上唱歌。那美妙的曲子，我们听了不会厌烦，不会感到聒噪。

夏日炎炎，榕树就是一把巨型的伞。行人热了，想起它；行人累了，也会想起它。雨来了，它为行人挡雨；阳光来了，它为行人洒下绿荫。榕树，没有高大的身躯，却有巨大的树冠；榕树，不是什么名贵木材，却能安五脏，宁心志，令人欢乐，令人忘记忧愁，精力旺盛。榕树具备这些我们就感到足矣。

明年春天，我就认领单位花园边沿的那棵小榕树回家，就像当年和奶奶一起领回石榴树一样。我和孩子们一起，等待着它长大，等待着它开花，等待着孩子们游戏的童年。

认领榕树回家，就是一种坚守，一种信念，也是一种情感的等待，信念的延续。难道不是吗？

酸酸甜甜都是爱

当今，在甜水里泡大的孩子们，对于一个饭盒，根本不会放在眼里，而我看到它就想起今天体弱多病的母亲。尤其是，前几日，她的高血压病又复发的日子里，她脸上的皱纹，写满了岁月的沧桑，同时也印证了她对我们兄弟几人的爱。

三十多年前，在部队当兵的大表哥，退伍后送我一个宝贵的礼物——铝制饭盒，那是他从部队带回家的宝贝，他在长辈们的请求下忍痛割爱，送给了我，对我来说，这是天大的宝贝疙瘩。上初中后，母亲总是在星期天下午，为我准备干粮和饭菜，干粮就是红薯煎饼，那时能勉强吃上，而菜就是难事了，尤其是春天，青菜更是稀少，不像当今，在商城的超市，各色各样的新鲜蔬菜应有尽有。母亲束手无策的情形下，就拿上铁铲领着我去山坡上找野菜，还别说，野菜真的不少，什么苦苦菜、婆婆丁、车前草、枸杞叶……对我们来说都是上等的佳肴。有时在山坡也会被棘划破手背，渗出鲜血，母亲会马上给我敷上芨芨草，不一会儿，血就止住了，挺神奇的。

棘，就是山坡上的酸枣树，在我们北方四季分明的土地上，是让人再熟悉不过的一种植物。它长在山边的田埂上，即使满山荒芜，也能见到它寒瘦孤立的身影。那是一个刺身盈果，固执而又难以接近的形象。在《国风·邶风·凯风》里——“凯风自南，吹彼棘心。棘心夭夭，母氏劬劳。凯风自南，吹彼棘薪。母氏圣善，我无令人。”将棘和天下母亲的心相连，以此来表达愚顽之子对慈母的感念之情。

母亲是乡村孩子的妈妈。儿远行，而父母康健在家，读到这首诗时，我心里温暖地想着，我的父母，远寒山，近炊烟，在薄雾轻拢的四野间，微胖的母亲和清瘦的父亲，相互扶携，穿过鸟鸣露寒，弯折缭绕的河湾小路，到村外的大桥边上，到清晨初露的阳光里去晨练。

后来就离开父母，前往一个小城求学，游荡世界，到处寻找一个埋在地层深处的自己，寻找一个可以用自己的眼光去解释的世界，这样的行为有时候觉得可笑，有时候觉得真实，但总还是觉得这种寻找是自己的一份责任，因为这样，内心里是踏实的，所以风雨寒霜也还能使我笑。但是，尽着自己内心的责任在走，却把做儿子的责任抛在脑后，甚至忘得一干二净，偶尔到学院的传达室给父母打上一次电话，敷衍上几句，就匆忙挂断，不知是无话可说，还是为了节省话费；虽然有时牵挂父母的冷暖安康，但在三年的时光里，未曾当着母亲的面叫上一声——妈妈，这又怎么能算得上是尽了一个儿子应尽的责任呢？

父亲终年体弱多病，风湿性心脏病日日缠绕着他本来就瘦弱的身体，几年来，母亲奔波劳顿，一边伺候父亲，一边在生产队劳动，挣养家糊口的工分。虽说她心神不怠，但终还是身心疲惫，加上平日里人事纷杂，她在风雨里一天天变得苍老。

寒暑假，我回到家里，坐在父母身旁，有时因学习压力大，如同倦鸟归巢，一举一动都招来父母喜滋滋地嘘寒问暖，也觉察到自己奔波当中内心里的麻木。在闲谈的不经意间，看到曾经黑发如丝的人，几年的光阴里已经鬓染华发，言谈中我默然，母亲却如孩童过年般的满脸喜色，双手拉着我的手，好像要把几年思念时光里的温暖全部补还给眼前清瘦、脸有倦容的儿子。

晚上，父母安睡后，回到我住的房间，写下日记，在一份清幽的心境之外，扪心自问："你的固执，算不算得上是父母心里的一根尖刺？"刚到家时，看着双亲苍老的面容，他们看到自己儿子出现在眼前，就像天上突然降了祥瑞一样的惊讶和喜悦，而假期之后，在父母刚刚才有的一点点身心安然里，我又要去学院读书，去求自己必经的人生之路，生活中的相离和在生命中寻找的无奈，让静夜紧逼，泡上一杯茶，内心陷入对自己无法言说的自责之中。

母亲，是个刚直而做事快捷的人，虽没有读过多少书，但在要做的事情上总是不输于人。但对她这个行事固执柔缓、从不在乎是否输于人的儿子，她懂得不同儿子以不同态度来对待，从没有过多的追问，电话里，总是说："孩子，吃过了没有？""妈，吃过了。""吃的啥？""学院食堂里的饭菜，比我们家的好吃。"我听着这世上最熟悉最甜美的声音，总会止不住地想起，我小时候在她身边傻笑的模样。"我和你爸都好，就是经常为你担心，担心你在学院那个地方，没有我们家乡的人，就你一个人……"我刚强的妈妈说到这里，总会哽咽，而我又要给她说上半天的道理，嘻嘻哈哈地说点其他事，哄得老人家笑了，又被她责怪几句，叮咛几句，才能挂上电话。

而今，行文至此，读到"寒泉之思""风过棘里"，心里如过电波，母亲爱我们兄弟，就如同无声的大地呵护生长其上的苗木山林。孤独苦闷时，也曾问自己，远游之后，可曾有过哪怕寒泉一样的回馈，湿润过她老人家沟壑干裂的心房？虽然就我的性格，几乎没有说过任何让母亲伤透心的重话，但总是一意孤行，不管不顾的，总还是仗着她老人家给了我这一份骨肉相连的亲情吧……在生活里独自行走多年，说不懂父母之心是假话，而懂得却不能让它安然，又是一份说不出的凝重。

参加工作后，外出学习的机会多了，我也总是用那个铝制的饭盒带上一点家乡的菜，这时给我做菜的不是母亲而是妻子，她为我炒辣椒肉丝、炒豆腐、炒鸡肉……同事们看上去眼热，就围过来一起吃，他们吃着有味，吃着香甜，夸妻子的手艺棒。当年，母亲炒的野菜不见了，有时双休日，我也到山坡上走走看看，一种亲切的感觉油然而生。尤其是在深秋，看到一棵又一棵的酸枣树，在秋风中摇曳晃动，像母亲的身影。酸枣树上的酸枣可以吃的时候，一般都有食指的指头肚般大小，青皮时摘了吃，酸涩，寒霜后红了吃，甘甜。寒霜之后，想来可以将一点甘甜敬赠父母，能用黄鸟之音使父母心悦，这是我现在时常祈福的一点念想，希望在破茧之后的人生里，能够让我得偿所愿。

品尝酸枣，勾起了我对母亲做菜场景的回忆。酸的是酸枣，甜的是母爱。在那个小小的铝制饭盒上，我似乎能清晰地看到，在光洁的饭盒表面叠印着母亲和妻子的手痕，它昭示着两代女性的同一颗炽热的心。

胡同深处

秋日清晨的阳光，投射在低矮的石墙上，淡紫色的牵牛花挂着水珠怒放在细长的枸杞枝条上。牵牛花爬满胡同边的木栅栏，长长的枸杞枝条，探出头打量墙外的动静，绿豆粒大的小花左右交错地挂在枝条的两侧。寂静的胡同，瞬间变成一幅美丽的画卷。

每一条胡同，都是一个纯粹的石头组合。每一块石头上都刻满岁月的沧桑，饱经风霜的石墙组合成简陋的草房，透露出每一户人家的纯朴沉静。

每一户人家，每一个台阶，每一间房屋……渐行渐远的胡同是一个时代对另一个时代的期盼与张望。

在乡村，胡同的人家越来越少，越来越多的人家共同的愿望就是脱离胡同的羁绊。

新修好的水泥路上，站满早起的人，路面上的薄膜反射出的太阳的红光投射在他们脸上，显得神采奕奕。秋虫在不停地唧唧鸣叫，好像在弹奏不知名的曲子，高山流水般舒缓延伸。

公交车在村口玉米田旁缓缓地停下，一个三口之家从车上走下，小女孩在父母的中间蹦蹦跳跳，好似一只小野兔。突然，她抢在父母的前面，向自家门口的方向跑去……

公路上，来往的车辆疾驰而过，路上的尘土远远地抛起，形成一朵尘埃之花。

夜深人静，幽静的胡同，石板路上脚步声时断时续，两边树丛中几只麻雀飞来飞去，胡同里几声犬吠打破胡同的幽静。忽明忽暗的火光，是胡同口老人旱烟的光亮，是胡同一盏微弱的灯光。

秋夜，萤火虫提着灯笼，挨家挨户地送去光明，顽皮而又好动的孩子从胡同口追到胡同的尽头，气喘吁吁地捉到一只萤火虫，攥在手里不敢放松。

唧唧鸣叫的秋虫，在秋日的月光下放开喉咙尽情地歌唱，一会儿是独唱，一会儿是合奏，曲调婉转而悠扬。它们在胡同的墙角下，布置演唱的舞台。

冬日，大雪覆盖胡同，弯弯曲曲的胡同看上去就像一条雪白的卧龙，附在地面上，各家各户的孩子们不怕寒冷，纷纷走出家门，在胡同口，堆雪人、打雪仗，玩得尽兴，父母千呼万唤也不肯回家，紫姜芽般的小手早就忘记寒冷，父母的谩骂声也透露着百般的疼爱与不忍。

早春，胡同口的柳树一身鹅黄，报告春天的到来。胡同旁边，一棵躯干扭曲、奇形怪状的老榆树，在那张牙舞爪的枝丫上，居然又冒出许多鲜嫩的绿叶。我为它那倔强和不屈的生命力深深震撼。

春雨蒙蒙的时节，胡同里立马就多了一条欢歌灿烂的溪流，一会儿缓缓流淌，一会儿激流猛进，每户人家的瓦房上都是一团团烟雾，盘绕着不肯散去，蒙蒙的细雨笼罩着家家户户的屋顶，给人一种水雾缥缈的印象。

屋檐下，水珠不停地垂下，一条条水珠帘就挂在门口，进进出出的家人一阵阵凉爽的感觉。地面也立刻形成一个小小的水潭，细细的雨点激起一层涟漪，扩散开来。

雨过天晴之后，远道的货郎担来了，拨浪鼓“嘣——嘣——”的声响，唤醒胡同里的大姑娘、新媳妇和小孩童，他们涌出来，瞬间的工夫，货郎担就被围得水泄不通，大家都在挑选着各自喜欢的物件。土墙头上，那些茂密的小草也在风中探头探脑地窥视着秀发飘逸的女孩，显示着自己翠绿的身姿。小孩儿们不住地央求母亲用废铁、废书等旧物品换糖果吃，经不住央求的母亲同意后，糖块儿立刻就甜到心底，久久难以忘怀。

“赊小鸡喽，赊小鸡喽”的吆喝声，自南而北，自东而西，由远及近地传到胡同里的每家每户，妇女、孩子、老太婆听到吆喝声，从胡同里走出来，张家赊上十只，李家赊上二十只，王奶奶赊上十五只，一箩筐活蹦乱跳的小鸡，眨眼间就剩不下几只了。卖鸡人远远地看着挑小鸡的妇女和老太婆，一种喜悦之情写在脸上，他拿出账本记下每一家赊小鸡的数目，秋后就来收账，年年如此，反反复复。胡同里的人家非常憨厚，秋后没有一家赖账不给钱的。

洋槐树的花香，几乎熏透乡间的每一个胡同，树上嘤嘤嗡嗡的蜜蜂围满树的大小枝头，不肯散去。树下的老人，沐浴着温暖的阳光，畅谈家事、国事。每当遇到跑来跑去、打闹嬉戏的孩子们，总是亲亲和和地叮嘱：“小心点儿，别磕着，别打架，别把衣服丢掉，渴了饿了早点回家……”一份关爱，一份牵挂，一份亲情，让孩子们感到真切而又厚重。

一个胡同，一个乡村的缩影，一个家族的汇聚地，一个亲和的场所。红白喜事，是胡同里的大事。办白事的人家，不用打招呼，不论棺材大小，人人都伸出一双温暖有力的手，哭喊声、唢呐声、号子声，汇聚在胡同的上空，胡同仿佛产生了一种膨胀的力量。俗话说“远亲不如近邻，近邻不如对门”，此话一点儿不假。那时候，胡同里谁家有了盖屋打墙、婚丧嫁娶的大事，街坊邻居都会争先恐后前来帮忙。平日里，谁家里来了客人，如果缺了油盐酱醋茶，跑到邻居家一开口，谁也不会计较，立马就能借到，牙缝里，也不提“归还”的字眼。不管谁家老人，一旦有个头疼脑热，邻居们都会三三两两前来，或帮钱，或探望，或送上几个自家的鸡蛋，问寒问暖。当年的日子尽管清苦，但冬天的萝卜、白菜下来，都是相互赠送。每逢春节来临，胡同里的街坊们首先想到的是给邻居拜年。一些点滴琐事，凝聚成了独有的胡同文化与人文情感。也正是那种看似世俗的文化，让胡同里的一代又一代人懂得了人情世故。

炎炎夏日，幽深的胡同是人们纳凉闲谈、友好相处的最佳场所。成年人聚集在梧桐树下、柳树下、洋槐树下，有的手摇芭蕉扇聊天拉呱，也有的席地而坐低头打盹。树丛中几只鸟雀飞来飞去，几声犬吠和门口旁家庭妇女拆洗衣服时的说笑声，传递着朴素的温情。孩子们三五成群，捉迷藏、跳皮筋、踢毽子……享受着童年的快乐。

时常让人兴奋的是胡同里那原生态的乡村交响曲。夏末秋初，幽静的巷子里走来走去的匠人们，不断地吆喝着“锵剪子喽、磨菜刀，锵剪子喽、磨菜刀”“锯盆喽、锯锅”……勤劳俭朴的老人们把用久的菜刀、剪子和有裂纹的泥缸、泥盆小心翼翼地递给师傅们，一阵阵敲敲打打、一声声磨来磨去、一回回拉锯钻眼的修理声穿越在胡同南北西东，为宁静的村子平添了许多生机。

秋日的丰收季节，胡同里家家户户的大人们在忙收割、忙播种，在野外坡地里出工干活儿，年幼的孩子托付给胡同里的老人照看，有饭吃，也有水喝。收工时，站在胡同口的母亲们呼喊着孩子的乳名回家，每一声呼唤都令人备感温馨和幸福。

今天，再目睹弯弯曲曲的胡同，往日里春日的寂静、夏日的喧嚣、秋日的热闹、冬日的温暖，就浮现在眼前。往昔的胡同，石板小道的踪影不见，取而代之的是水泥小路，随着胡同的形状，一直延伸到胡同的心脏地带。

住在钢筋混凝土楼房里的“城里人”，再也享受不到胡同里那份温情与和睦。对门相见不相识，对面相见是路人。和睦的邻里，浓厚的亲情，在一栋一栋的笼子里日渐消逝。

弯弯曲曲的胡同，早已成为流逝岁月的深切回忆，也成为人类乡村文明的永恒记载。

幽深狭长的乡村胡同，那棵歪脖子榆树上，烙印着一年四季说不完的故事，给人一种简单而又快乐的美好回忆。

辑四　节气物语

立　春

我们对春的盼望，就是扳着指头数立春的日子，盼着盼着，立春的日子到了。

春天的影子还是遥遥无期，我们就盼柳树发芽，野草萌动，春天就真的来了。

远处是空旷的田野，麦苗失去往日的色彩，变得暗淡，白色的羊群在田野间游荡，啃食麦苗，时而低头，时而仰望灰色的天空，显得极不安分，不知廉耻的牧羊人，任由羊群肆意糟蹋麦田，这或许让它们从心里感到不安。

在北国，光秃秃的树木，不停地摇晃，发出冷飕飕的响声，感觉不到一点儿春的气息。

在南国，鲜花已经含苞待放，北国的水仙、芦荟、文竹、吊兰躲在室内等待春天的完全到来。

老人躲在室内围着火炉打瞌睡，孩子们耐不住性子，向往室外的世界，有雪的日子，他们更是活跃，在雪地里奔跑，撒野，堆雪人。

鸟雀在房顶上、树枝上不停地鸣叫，累了，就飞到另一棵树上休憩一会儿。麻雀最为精明，它们在地上散步，这个小不点儿，一点儿也不怕人，它们在地上觅食，或是农民丢弃的粮食，或是地上的小昆虫，都是它们的食物。它们似乎不怕寒冷，或许它们根本就不知道寒冷。

鸽子在田埂上悠闲地散步，灰色的鸽子像房屋上层层的瓦片，白色的鸽子一尘不染。

街道上的行人匆匆而过，没有逗留的迹象。

中午，阳光灿烂的日子，墙根下蹲着的老人抽着自己卷的旱烟，旱烟像一个小小的喇叭，在忽明忽暗地缩短身躯。

夜，静悄悄地来了。月光，格外皎洁。地面上，月光透过树枝投下斑驳的影子，树枝在地面上晃动，明暗交错。

在月圆月缺的日子里，岁月的脚步在移动，另一个节气正向我们招手。

雨　水

到雨水的节气，并不意味着雨水会逐日增多，对于北方来说，还并未脱离寒冷，冷空气时有加剧，我们身上依然裹着厚厚的棉衣。

我们在期盼雨水的日子里，等待雨水，偶尔，雨水没有等来，一场春雪降临，无疑是给我们一种欣喜的慰藉，也是上天对人间的恩赐。一层薄薄的春雪，盖在麦田之上，像一层洁白的绒毯，美丽可爱。站在山的顶端极目望去，一张偌大的绒毯展现在眼前，高低不平的地表又将这偌大的绒毯分割成无数块小绒毯，连绵不断而又若隐若现。

野草在春雪的滋润下，悄悄地钻出地表，露出尖尖的小脑袋，清晨，鹅黄的头颅上顶着洁白的霜花，晶莹剔透，不含一丝杂色。

一场春风来了，小草一夜之间离开地面，成为一个美少女。柔软的腰肢，苗条的身段，秀颀的体形，就是一个二八妙龄少女。

不怕冷的孩子在街道上撒野，母亲的呼喊声悠长而充满温暖，在宽阔的街道回应，在幽长的小巷循环。

麻雀开始在杨树上叽叽喳喳叫个不停，鸟语好像也是有节奏的、有音符的，只是我们没有去研究。

鸽子，在我们家平房顶上散步，不时发出“咕咕”的呼喊声，不一会儿，白色、灰色的鸽子三五成群地来到房顶，开始了亲昵地交流。

夜色是一点一点向我们靠近的，它像一张大幕幔一点一点地张开，直到完全吞噬光芒，夜色变得浓郁。鸟雀收拢翅膀，没有一点儿声响，归巢了。

孩子们在母亲的陪伴下进入甜蜜的梦乡，偶尔，有“咯咯”的笑声，是梦中的美景逗笑了熟睡的孩童。

一场难得的春雨，不到半日就停下来歇息了，野草亮了，柳树绿了，麦苗嫩了……

时光，以镰刀的方式收割岁月，迈开自己的脚步前行。

惊　蛰

岁月的脚步，在逐日加快，地下的昆虫慢慢地苏醒，睁开了眼，野草也挺直腰杆，在加长身高。

风，也有了春天的味道，微风中透着柔软。农民沐浴在春风里，脸上绽放笑容，田野的麦苗泛着新绿，努力拔节。

小麦返青了，柳树褪去鹅黄的外衣，披上绿色的衣衫。田埂上，芊芊的野草成片成片地绿起来了，大地的色彩在逐日发生新的变化。

墙角处，渺小的昆虫，微妙的生命，构思着奇妙的世界。

富有朝气的少年少女，提早褪去冬装，在乍寒乍暖的天气里展示身上的青春与活力，提早将身上储存的夏的火热释放。

春雨沙沙，细雨蒙蒙。北国的雨，恰如其分降临大地、山川、河流、树木，它们在雨幕中沐浴。

小麦，在春雨的滋润下，生长旺盛，农民望着喜人的春雨，脸上的褶皱舒展了。

惊蛰，一个万物苏醒的日子，一个农民喜庆的日子。

春　分

春分到，农民感到春天真的来了，鸟雀放开喉咙展示歌喉，布谷鸟发出特有的鸣叫声。

小麦开始分蘖，南国的油菜花金黄灿烂，茶花遍地鲜艳。

野外，蒲公英将一轮一轮的小太阳慷慨地布满田野，麦田里，荠菜蓬蓬簇簇地散在田垄之间。山坡上，野蒜、野韭菜遍地生长；紫色的地丁花将细碎的花布一直延伸到山脚下。

燕子贴着地面飞翔，时高时低，阴雨来临之际，燕子在空中穿梭，像织布的梭子，时而东时而西地来回织布。

田野间的土壤酥松了，刚犁完的土地散发着泥土的芬芳，泥土味儿在田野飘散。

洁白的苦菜花，在山坡上绽放，各色各样的花蝴蝶，在围绕着花朵跳舞。

小麦田间，野草偷偷地钻出来，田野间，勤劳的农民，在松土锄草，偶尔，一只野兔从麦地里蹿出来，农民突然感到一阵惊慌，待回过神来，野兔已箭一般地远去了……

不远处，山鸡在鸣叫，他们身穿漂亮的外衣，在悠闲地散步，鸽子在路旁觅食、梳理羽毛，不停地叫，好像是在呼喊同伴前来觅食。

夜间，月光明亮，地面上是树叶投下来的斑驳影子，随风舞动。柳树的枝条，柔软得像女人的腰肢，让人联想起赵飞燕的身姿，轻柔、妙美。

春分，一个浓浓春意的节日，一个鲜花盛开的节日，正迈着步子，向我们款款走来。

清　明

清明节到来，田野间就活跃了起来，野草在麦垄里积蓄力量，荠菜在田野间凑热闹，散布在田野的大小田垄。城里的少妇在田野里寻觅荠菜的踪影，半天工夫，就能寻到一小半方便兜，她们高兴得像寻到什么宝贝似的，笑得合不拢嘴。

杜牧曾有诗云："清明时节雨纷纷，路上行人欲断魂。借问酒家何处有，牧童遥指杏花村。"由此，我们看出：清明是一个具有特殊意义的节日。

一个草长莺飞的时节，一个思念先人的时节，一个万物勃发的时节。

北方的麦田在努力地拔节生长，葱绿得像无边的地毯。山坡上，蒲公英一朵挨着一朵，车前草一棵比一棵肥硕，苦菜花一棵比一棵艳丽。

布谷鸟来了，它的鸣叫给农民传播准备春播的信息。在它的催促下，田野里勤劳的人们准备春播。阳光照射大地，显得无比舒适，显得无比温暖。

清明时节，雨是纷纷飘落的，因为那是一个草长莺飞的时节；一个思念先人的时节；一个万物勃发的时节。

坟墓前祭拜的男男女女，表情肃穆、庄重、虔诚。每一个祭拜，是一次次温馨的回忆；每一个祭拜，是一次次音容笑貌的重现；每一个祭拜，是一次次话语的嘱托。

河岸边，柳丝换上绿色的戎装。一夜之间，柳絮转移到家家户户的门楣上，报告着清明节的来临。寒食节、清明节，流传几千年的节日，在延续……

由此，我体会到一种文化的绵延不尽，一种思想的扩展延伸。

农民最渴望的是春雨，飘飘洒洒，细雨蒙蒙湿芰荷。麦苗在细雨中尽情地享受春雨的滋润，在春雨中努力拔节，为收获一个美好的明天。

雨，能忘记吗？

谷 雨

谷雨，是春天末尾的一个节气。这时，我们完全卸下冬装，感受春日的暖阳，杨树萌发出嫩叶，像铜钱一样有其模样；燕子在田野间不停地来回穿梭，好像是在耕耘农田，适时就要春播。

闲置了一个冬天的土地被农民翻整一新，等待春播，勤快的人早已在山坡上种下豆角、南瓜等家常蔬菜。俗话说：“谷雨前后，种瓜种豆，种瓜得瓜，种豆得豆。”他们闭上眼就可以想到：长长的豆角、滚圆的南瓜，在山坡上挂着、卧着，或者躺着。

地瓜也进入插秧期，农民小心翼翼地插上地瓜秧，浇上水，开始虔诚地梦想有一个沉甸甸的秋天。

棉花也进入播种期，农民穿上单薄的衣衫，带上必要的农具，进行春播，等待秋的收获，等待秋的喜悦。

鸟雀耐不住性子，放开喉咙唱起嘹亮的歌声，应和着春天的气息，好似流水般明净亮丽。

茅草立在地面，微风一吹，就点头哈腰，滑稽又好笑。贴着地面的野草疯狂地扩张自己的地盘，野草掩映褐黄色的土层，颜色发生变化，绿色在延伸。

山坡上，庄稼苗在田野间有了绿色，点缀着单调的画面。野兔开始啃青，它们对麦苗早就不感兴趣了，对刚出土的庄稼进行肆虐，断其头，斩其肢。农民恨透了野兔的举动，为避免它们做出更加出格的行为，对它们设圈套、弄陷阱，野兔感到不解，感到困惑。

谷雨，一个播种希望的时节，一个放飞梦想的时节。

立　夏

太阳日日升高，树木的叶子覆盖大地。梧桐、洋槐、楝子花次第开放，空气中有花香的味道，有泥土的味道，有雨水的味道，有甜丝丝的味道。

豆角、南瓜、棉花的嫩芽刚拱出地面，戴着鹅黄的小帽，睁大明亮的眼睛，打探新奇的初夏。地瓜秧开始展现出匍匐的势头，褪去失水的黄叶，嫩绿的叶芽在主茎间出生。

小麦在春天的滋养下，有模有样地生长着，枝头紧裹着穗包，正孕育着一个新的生命。麦子明显地抽穗了，但麦粒尚未形成，麦壳还是空的，麦芒剑拔弩张地耸立着。每一个穗包，都是一个成熟的生命；每一个穗包，都是一个希望的生成；每一个穗包，都是一个生命的孕育；每一个穗包，都是一个生命的延续。

听到远处四声杜鹃的声音。树木的叶子已经舒展开来，绿色也由浅绿、新绿向深绿和墨绿过渡。洋槐花已开放约十天，盛期已过，地面上落下雪白的花，随风起舞。

初夏的风是柔和的，是轻悄悄的。山坡上的羊群在不住地游动，好像天上的云朵在蓝色的天空飘浮，牧羊人在低头欣赏山坡的野花，白的苦菜花、黄的蒲公英、紫的地丁花散落在大大小小的石块交接处，成为一块花色地毯。

农民在麦田里清除遗留的野草，鸽子在路边散步觅食，野兔静卧在阴凉处打瞌睡，山鸡迈着高傲的步子，高声长鸣。夏夜，微风清凉，一丝丝凉意袭来，伴有清香味儿，钻入鼻孔，沁入心扉。

洋槐花的香味儿刚刚散去，紫色的楝子花就占据了空间，空气中香味儿一直没有散去，一直弥漫。

小麦开始灌浆，田野的景色宜人。绿色的原野在天空的映衬下，显得更加辽阔。

夏天，美妙的序幕在徐徐启动……

小　满

小满时节，小麦灌浆进入关键阶段，麦粒在母体的孕育下，已有雏形，并向成熟转化。

小麦的花期已经全部结束，麦田正处在由绿色变杏黄的过渡中，它是绿与黄的综合色。麦粒已成青白色，果肉很嫩。

“小满小满，麦粒渐满。”小时候，总喜欢在这时来到田间，扯下一枝饱满的麦穗，一搓一揉再一吹，一小把黄中带绿的麦粒倒进嘴里，嚼一口，甜丝丝中带有清香。如今，漫步于垄上，轻轻掬一把麦穗，小满的含义便在掌心里扩展——带领着夏收的作物，进行着灌浆的冲刺，一天天地走向成熟、饱满。

青草已覆盖地面，新绿，寸草的样子。

麦田的黄色，首先是叶子黄了，然后是根部。

月季花的鲜艳衬托出初夏的暗淡，枝头满是花朵，一朵比一朵鲜红，一朵比一朵硕大，在农家院或门前就盛开着月季，各色各样的月季。艾草在小沟旁边，高挑而又细长，且散发着一股清香的味道。

楝子树上，挂满大大小小的花穗，乡村的每一条街道、每一个角落、每一寸土地都弥漫着花的香甜。紫色的碎花，在太阳的投射下，在地面上形成细碎的小花布，一块连着一块，铺满整条街道。

阳光是和煦的，风是甜的，农民脸上挂满灿烂的笑容。

棉苗离开地面，进入生长期，嫩绿的叶子指引着自己的方向。

南瓜秧、豆角秧贴着地面匍匐前进。石块有意识地阻挡它们前进，但恰恰相反，南瓜秧打头阵，豆角秧断后，与石块相抗衡。

站在山岗，大小不等的麦田，波浪起伏。闭了眼，是收割机在田野奔腾，饱满的麦粒喷涌而出，不久，玉米苗在田野间有了高度，大豆成行成垄地绿起来了。

小满，丰收前的时节，收获的过渡期，希望的前奏曲。

芒　种

芒种，顾名思义，芒种，芒种，忙中要种。此时主要是夏种，夏玉米要播种，高粱、谷子、芝麻……一一播种。

这个时节，北方的小麦陆续成熟，农民忙着收割小麦，这是一个繁忙的时节。

天蒙蒙亮，田野里就有晃动的人影，弯着腰，低着头，手握镰刀，在收割麦子，小块地的麦子需要人去收割，大型收割机难以施展威力，只有靠人来完成这样的任务了。

田野里，到处是繁忙的景象。收割机的轰鸣声，从一块麦田传到另一块麦田。

路上的行人，匆匆忙忙，风风火火。老人、孩子，只要能走动的人，全都下地帮忙收割。

小麦到家后，农民忙着晾晒，盼着太阳早早地升起，午夜，农民也要起床，看看天象，一有响声，哪怕是夜里窗户的响动，也会担心风雨降临。收获的季节，农民的心是悬着的，始终不敢落地。

繁忙中的农民，忘记了给棉花松土，忘记了给棉花喷药，忘记了给棉花打杈。山坡上的豆角、南瓜，也随时间的推移被淡忘了模样。

小麦收获完毕，农民才想起被冷落的棉花、瓜果和蔬菜。

雨来了，又是一场及时雨，农民又是一番忙碌，玉米种下了，高粱、谷子、芝麻……一一播种完毕。

青蛙，在池塘里不住地叫着，声音时高时低，有节奏，有韵律。

小麦收完，新一轮作物又开始生长了，一个绿茵茵的夏季来临了。

芒种，真是一个繁忙的时节。

夏　至

夏至来了，夏天也真正到了。太阳炙烤着大地，风，时而急，时而缓；雨，急匆匆来了，又急匆匆去了。蝉在树杈上高声鸣叫，喊出天气的燥热。

麦子已收割完毕，田野尚弥漫着麦秆的气息，田地因麦秸而有些凌乱，像客人刚刚离去或退潮，一个季节的逝去。

静谧的夏夜，唯有池塘的青蛙，在不停地合奏着音乐。蚊虫不时地叮咬我们的皮肤，招来人们的谩骂或拍打。偶尔，遇到月夜，我们在水泥路上闲坐一会儿，天南地北地闲侃一阵子，回屋看电视去了。

麻雀随意地起落、鸣叫，它们试图独吞田里遗落的麦粒。全是麻雀，未见喜鹊。田地里，也有闲散的农妇在和麻雀抢夺麦穗。远处有时也可听到一两声杜鹃叫，还有啄木鸟啄枯树的声音。

蝉鸣是夏天最清亮的诗句，是悠长的笛音，是跳跃的音符，是呢喃的情话，韵律和谐，平仄有致。用心聆听，方知整整一个盛夏，只有蝉的声音最美妙动听。

夏夜，月光。树影投在地面忽而向左，忽而向右，摇摆不定。庄稼地里的大豆，摆弄着自己的风姿，向农民炫耀。

夏玉米长出地面，露出身躯。山坡上，棉花绽放出粉嫩的花蕾，蝴蝶来了，蜜蜂也来了，野兔躲在阴凉处避暑，贴近地面，一动不动。南瓜，已有了雏形，豆角的长度在延伸。

夏至，一个布满浓绿的时节，一个储存希望的时节。

小　暑

小暑是天气转热的标记，也是夏季的晴雨表。

北方大地，天气普遍高温。树木静默，树叶在半空中一动不动，病恹恹的；狗趴在阴凉处，也懒得动；蝉在枝头高叫。

小暑天，偶尔会热上几天。

田野里，玉米有了形状，棉花开始结桃，地瓜的茎蔓紧贴地面前进。南瓜，卧在山坡上有模样了，豆角，紫色的花，鲜艳欲滴，花谢了，一根根豆角，挂在藤蔓上，嫩绿得惊人。

天气日日转热，人们不会找什么事做，待在家里休息，憋闷了到街上转转，透透气。

草丛间，溪水旁，还生长着芊芊茸茸、不可悉数的菌菇类和地衣类生物。它们小者如豆，大者如碟；细者如银针，薄者如蝉翼；赤者若玛瑙，绿者若翡翠；灿者若金锭，皎者若水晶……这些低矮、细弱的生命，在默默酿造着各自的生命芳馨。

田野沉寂，除偶尔飞过的麻雀及一两只喜鹊，未见其他鸟儿。

雷雨随时发生的时节，西北天际随时可涌上云团，像在森林随时可遇上野兽一般。

小暑，在炎热的升腾中，延续……

大　暑

大暑时节，该热则热，该雨则雨。庄稼开花、现蕾，棉花在开花与现蕾的过程中，不断地完善自己。

南瓜在夏夜里静静地开花，山坡上，一个又一个雏形的瓜，卧在瓜藤的缝隙之间。紫色的豆角花挺在藤蔓上，长成的豆角长长地低垂下来。田野里玉米噌噌地往上蹿，芝麻的花朵挂满枝条。

杨树上的蝉在高声鸣叫，呼喊着夏季的炎热，一声高过一声，一声紧似一声。

鸽子在房顶上咕咕不停，是在呼唤同伴，还是在寻求异性的爱意，鸽子心里比人清楚。

太阳炙烤着大地，水泥路反射着刺眼的光芒，我们睁不开眼，打量自然，大地一块一块被水泥覆盖，绿地越来越少，城市是这样，农村也是如此。

唯一能安慰农民的是他们的庄稼，炎热的季节，人们看着庄稼在成长，心里有说不出的满足。

立　秋

岁月以镰刀似的脚步，收割着时光在地面的投影。

棉桃开始出现锈斑，偶尔，有一两朵绽开的棉絮，在枝丫间闪现，给人一种喜悦的成就感，南瓜在日日增大形体，豆角的收获期已临近尾声。

玉米的胡须风干了，亲昵地贴在果实上，芝麻花开到了顶端，仍不放弃。

大豆，在田野间有了自己的位置，白色的花更是洁白，紫色的花更是淡雅。

地瓜秧爬得更远，翻山越岭，不辞辛苦。高粱显得更高，果实逐日变红。

田野里，颜色异彩纷呈，果实累累，透着成熟的气息。

农民抚摸亲手侍弄的每一株庄稼，亲切的程度一点儿不亚于对待子女的情愫。

立秋，一个过渡的时节，就像时间在绸缎间滑行而过，深深地插入另一个时节。

处　暑

时光轮回，岁月流转。季节，一步一步向深处走去；庄稼，一天一天向成熟转变。

在棉田里，棉絮日日增多，洁白的场面一天比一天开阔，一天比一天隆重，一天比一天耀眼。山坡上，豆角虽然退出舞台，南瓜的孩子们还在热烈表演。

玉米挺立，高粱低垂，大豆肥胖，芝麻高挑……田野满是丰收的景象。

农民不时地到农田转悠，脸上的笑容就像一朵绽放的花朵。

处暑，一个丰收之前的时节，一个孕育成熟的时节，一个令人满心欢喜的时节。

白　露

《诗经·蒹葭》有云："蒹葭苍苍，白露为霜。所谓伊人，在水一方。"白露时节，天气逐日转凉，清晨，白霜的身影寄托在野草、庄稼之上。一丝丝清凉的气息，浸入人的肌肤。

玉米秆腆着大肚子，大豆肥胖的身体被黄色的外衣裹藏，显出谦虚的样子。

夜晚，秋虫和鸣。野外，蝈蝈的叫声一会儿是独奏，一会儿是合唱；一会儿低吟，一会儿激越。蟋蟀的叫声，一点也不示弱，与蝈蝈比高低。

白天，浅黄色的草丛里，蚂蚱伏在那里一动不动，偶尔，有人经过，扰乱它们的清修，它们纵身跳出草丛，奔向远方。

庄稼成熟了，另一个季节来了，收获一个殷实的秋天。

时光如水，岁月流转。秋天正渐渐拉上帷幕。

秋　分

秋分，是一个忙碌的时节。田野里，玉米成熟了，农田里满是收玉米的人群。收获时节，人们担心雨天会来找麻烦，担心误农时，天麻麻亮，田地里就有身影晃动，玉米田里哗哗作响，玉米堆在田间，一字排开了。

秋天，小溪开始梳妆，树叶开始飘落，草丛里开始有香气，蟋蟀开始思考，蜗牛趴在岩石上，像走失的孩子，找不到回家的路。枸杞像农家的草莓一样，红彤彤地挂在枝条上，玲珑剔透地透着鲜润。田埂上，野菊花透出黄白的色彩，蒲公英的孩子飘向远方……

大块田地，有的开始翻耕土地，拖拉机在田间欢腾，马达在原野轰鸣。

深秋的田野，繁忙是农民生活的主题。丰收是农民生活的画面。

寒露

进入寒露，天气逐日转凉，田野里是空旷的，是开阔的。往日的喧腾，退出场地。

阴沉但无凉意，橘黄色的太阳尚能直射，但它的光热程度已大大减弱，正在酝酿着退场。

瓜果植物及梅豆仍有残花，或金黄，或洁白，或粉红。金黄是花朵在秋天首选的颜色。

树下，早晨已有一层落叶，它的叶子不是全体渐黄，而是绿色的主体中有些斑斑点点的黄色。

农民在公路两旁晾晒玉米粒，像是路上洒满了黄金。

秋虫仍在鸣叫，蟋蟀的纺车声及不知名虫的拉长声。

小麦进入播种期，田地正在等待良种的匹配。山坡上、棉田里，棉絮的景象与日减少。勤劳的人们，开始往家里收获棉花秸了。

高粱、芝麻、大豆……涌进农家，场院里，玉米似山，大豆似塔，芝麻、高粱装扮农家的场院，形成了五谷丰收的图案。

喜鹊散布在麦田里，星星落落，不时从某个地方发出它们的叫声。

酸枣大大小小地挂在枝杈上，小孩子的手不敢触及，怕上面的棘划破手面。野菊花一点儿也不示弱，怒放在山坡的每一个角落。

偶尔，清晨道路两旁，农民看见晶莹的霜花，《诗经》的韵律又在耳畔响起。

近九点钟，阴郁的气氛加重，太阳完全隐没。雨意很浓，远方已被岚气所笼罩。雾气弥漫至地面，气温也降了。

麦苗在土里孕育，日子在绵长延伸……

霜　降

秋季的最后一个节气，天气已经转凉，不时有冷空气袭来，昼夜温差很大，室外已有阴冷的感觉，尤其是早晚感觉更为明显。连续的晴天，连续的北风，若是势力强大，秋末的作物就会深受霜冻。

地面上、玉米秸上、柴草上……有洁白的霜花。低洼处的霜花最为明显，覆盖着薄薄的一层霜花。

年老的人们，在清晨穿上棉衣防寒，寂静的街道上，冷清、寂静，偶尔，商贩的吆喝声打破空气的宁静。

树叶主体色依然是绿色，杨、槐、柳更为突出。天空湛蓝，远远望去，一尘不染，从中央到边缘，蓝色淡化。秋虫似乎绝迹，没了它们的叫声。果园里，偶尔，两只鸽子飞起，它们惊叫着飞走了。

小麦苗从土里钻出来，鹅黄的颜色，仿佛是满地的韭黄。田野间空旷而辽远，人们的心情也随之开阔。寂静的野地里，野兔没有藏身之处，在田埂的阴暗处，悄悄地活动。清晨，胆大的野鸡在土路上踱着步子，显出悠闲的样子。

远山清晰，空旷的田野，村庄隔着道路两旁的树木相望。不同品种的杨树，大部分叶子已掉落，鸟巢渐渐地显露出来。

霜降，一个季节的终结，一个季节的转换。

立　冬

虽说已经立冬，冬天的迹象还没有完全表露。山岗上，依然有泛绿的野草，茅草也由绿色开始变成红色。杨树的叶子、梧桐的叶子，在枝头迎风摇曳，发出哗哗的响声，柳枝在摇摆，像女孩柔美的腰肢，柔软而富有弧度，人体的曲线美就浮现在眼前，摇摆不停，让人遐想无边。

田野的绿色，浓淡有别。由于天气干旱，浇水的地块，绿色绵延无边；没被水滋润的地块，仍是裸露着土壤的本色，失去富有的绿色。羊群依然在活动，它们是移动的云朵，游走在大地上。如果是晴朗的日子，阳光和煦，尤其是正午过后，仍有初春的感觉。野菊花在山坡怒放，黄的似金，白的似雪。贴着地面的野草，也闪着绿色的光泽，甚至连昆虫的翅膀也在闪着淡淡的光泽。

麻雀，在这个季节的夜晚，开始寻找温暖的避风港。屋檐下、厕所一角、厨房、废弃的房屋……是它们进入梦乡的理想之地。白天，它们是树上的符号，树木本来没有声音，因有麻雀，树木有了声音，这时，我们就能听到树木的声音。鸽子，是乡村的和平使者。它们在天空划出优美的弧线，累了就在村民的屋顶上停留驻足，有时一两只，有时几十只，有时是短暂地停留，有时是长时间地歇息，乡村人对它们的到来，是期盼，是兴奋。

在初冬，乡村是一片温暖的田园。白菜，努力地包裹自己，萝卜在拼命壮大自己，油菜也不惧寒冷，绽放自己的叶片，蒜苗更青了，菠菜更绿了。

初冬，也是一个有生命朝气的季节。

小　雪

今日小雪，天气晴朗，除清晨有洁白的霜雪外，中午格外温暖，气温在 3～14℃，温差不大，给人温暖舒适的感觉。

读过老舍先生《济南的冬天》的人，都知道济南的温暖，如今，我们也尝到冬日阳光的味道。杨树的叶子在风中凋零，柳树叶还是那样绿，没有一点冬天的迹象，在北方的树木中，柳树是最先报告春天到来的树木，也是最后落叶的树木。枣树则不同于柳树，它总是迟迟不肯发芽，而又早早地落下叶子，给人以秋天提早到来的感觉。苍蝇躲在室内的向阳处，到处乱撞，惹人生厌。

庭院里的花木，依然抗拒着严寒。菊花更是不畏风霜，或洁白如雪，或灿若黄金。最不耐寒的金盏花，也还顽强地生长着，有的依然绽放灿烂的花朵。小雪虽说是冬天的第二个节气，却展示着晚秋的迹象。

小雪的节气已到，气温说降就降，冷空气说不定哪一天就来了，毕竟，冬天来了。

大　雪

大雪那天，雾霾来了，很浓，很重。气温还好，空气湿度大，能见度低。往年，我们很少见到雾霾天气。

时光流转，节气交替。寒冬的日子，总是喜欢阳光普照。偏北风的侵袭，与暖气流交锋，雪花不期而至。

即使不见雪花，气温也总是在 0℃以下，即便上下波动也离不开寒冷。

在这样的日子里，人们是很少出行的，遇到非办不可的事，也总是匆匆而去，匆匆而归。

街道上，清晨几乎不见闲人，商贩的吆喝声算是多数人的起床铃，打破宁静的街道。

偶尔，雪来了。地面上，铺上厚厚的雪，麻雀是爱干净的鸟儿，总爱在雪地上嬉戏，不幸会落入孩子的罩子里，成为孩子们掌中的玩物，不久，一个脆弱的生命，便丧失在一个孩子的股掌中。

雪人堆满街道、庭院、巷口，或大或小，形象逼真，惟妙惟肖。

田野里，麦苗刚露出头，远远地看上去，白雪茫茫，一望无际。面对如此雪景，心胸豁然开朗，一种海纳百川的气势在心中油然而生。

寒冷，伴随着生活情趣的诞生而延伸。

冬 至

冬至时节，踏着霜打的枯草，站在野外。只见满眼荒寒，凄清萧条；枯芦在风中颤抖，沙沙作响。河边杨柳没有一片叶子，留鸟在树枝上啼鸣。河中，细流涓涓，似乎在述说：这一年转眼又要过去了。

数九寒天来了。农谚有："一九二九不出手，三九四九冰上走，五九六九沿河看柳，七九河开，八九雁来，九九加一九，耕牛遍地走。"人们的防寒意识随着冬至的到来，日渐提高。

岁月流转，草木枯荣。进入一年最后的阶段，我们生活的北温带，进入最为寒冷的时节。冷空气时常袭击，每一次温度的骤然下降，给人们的生活带来诸多不便。当然，也给人们带来生活的考验，对人生的考验，对春天的期盼。

"冬天来了，春天还会远吗?"

小 寒

小寒时节，是降雪的日子。俗话说："小寒大寒不下雪，小暑大暑田开裂"。说明这个时节是逐渐寒冷的日子，也是降雪的日子。如果下小雪或雨雪稀少，来年的降雨也必将贫乏，田地将干旱开裂。

小寒时节，气候比较寒冷，也正是二九进入三九的日子。山坡上，满是枯草，如今农家的生活条件好转，枯草已不是农家燃烧的原料。偶尔，有三五人出现，是牧羊人在追逐羊群。

田野里，小麦是暗灰色的，缺少绿的色调。牧羊人没羞没臊地将羊群赶进麦田，糟蹋生命，糟蹋粮食。一两只野兔在远处奔跑，寻找自己的归宿。

街道上，几乎看不到人，正午时刻，有几个老人蹲在墙根下闲聊。一手夹旱烟，一手紧守棉袄，天南地北地聊着有边际无边际的话，聊到高兴时，脸上也会露出得意的笑容，愤怒时，他们也会骂上几句，以解心中的怨恨。

寒冷时节，阳光显得微弱，光线远不如夏季强烈。岁月的镰刀，转眼间，收获了一个季节的灿烂时光。

大　寒

大寒，意为寒气逆极，实际上，是三九进入四九的日子。不言而喻，这是一年中最冷的阶段。

“三九四九冰上走”，这样的日子，家里的男人依然不闲着，有的在外打工，有的在近处找事做，有的搞运输贴补家用。女人主要是照顾孩子上学，年龄小的孩子，婆媳两人照看，此外就是家里的柴米油盐酱醋茶，家里的锅碗瓢盆，在这一时刻，全由女人包揽，冬天本来日光短，天亮起来就要准备生火做饭，这是一天的第一件事。

吃过饭，其他的事情再另行安排。喂鸡、喂狗、喂猫，鸡毛蒜皮的事情有序进行。

寒冬腊月，年味儿一天一天地浓郁，冬藏进入关键时刻。过春节的肉、蛋、菜，干货、鲜货，分别储藏，迎接新春的来临，为生活增添鲜艳的色彩。

大寒，是岁的尾巴，是春节的信使，是一年的终点。

同时，新年的日子，也正向我们招手。

辑五 庄稼为邻

庄稼为邻

我家门前不远处，就是一片开阔的庄稼地。

庄稼地一直延伸到山脚下，深秋初冬，麦苗绿地毯似的展现在眼前。清晨，露珠在宽阔的叶面上滚动，在阳光的照射下，像无数珍珠熠熠闪光。不久，一部分露珠被勤劳的人带回了家，一部分被阳光收回。

冬日，霜花洁白，麦苗顶着白头饰，在田野间沉睡，它们不是动物，却像动物一样冬眠。

眨眼间，麦苗睁开了眼，春天来了，它们成长的季节来了，雨水也跟着来了，麦苗挺起了腰杆。夏初，麦穗黄了，农民欢悦地围住收割机，麦粒堆积在田间地头，形成一个个丘陵，闭了眼，仿佛看到一个个馒头。

玉米是在收获小麦后播种的。秋收时，玉米的气味清香扑鼻，混含着青草的香味儿。青翠挺拔的玉米犹如自己心爱的娃娃，豆荚躺在小床上构思着美好的梦想，笔直的高粱像少女第一次接吻羞红了脸，谷穗弯腰低头像谦虚的学者……

看到庄稼的模样，我想起与庄稼为邻，人会变得诚实、善良、温柔，并懂得知恩必报。

庄稼开花，并非为了炫耀自己，是为自己而开，却无意中把你的眼睛照亮了。庄稼终生在工作，即使埋在土里，它也不会忘记自己的责任。

我们无意洒落一滴水，庄稼来年会回报一朵花。

没有人告诉它生活的哲学，它的哲学导师就是深沉的土地。

水 稻

在家乡鲁西南，水稻是一种稀有的农作物，这主要是因地域限制。众所周知，水稻的种植离不开水。在济宁鱼台县一些乡镇，有些水源充足的地块种植水稻。

种植水稻前，首先要泡田，就是让地块喝足了水，然后再插秧。插秧最早全是人工进行，而今，时代进步了，有了插秧机，机器代替了人的劳动。

稻苗的生长是迅速的，没过几天，就有了整齐的样子。2011 年夏天，我和妻子因有一点事情，去浙江办事，列车进入皖南，绿油油的稻田就展现在眼前，一块一块的绿地毯，或大或小，或规则或奇异，从列车的车窗里望去，稻田在飞快地后退。

在我们的饭桌上，经常出现米饭的身影，晶莹剔透的米粒，紧密地挨着挤着，亲密无间。一股浓香的味道，在房间弥漫，升腾。

蒸米饭，熬米饭，蛋炒饭……是孩子们喜欢的食物。

夏天，水稻长势旺盛，雨水丰沛。“稻花香里说丰年，听取蛙声一片”是古人描述丰收年景的千古名句，花香与蛙声交相辉映，一幅江南水乡的画面映现在眼前。

在北方，水稻一年一熟，与江南水乡有所不同，江南一年两熟，甚至三熟。稻米的质量当然也就有差别了。

秋天，北方的稻米成熟，它们像谷穗一样，沉甸甸地展示自己的成熟。

在北方，大米是稀有粮食之一，在各大商场的超市里，各种形状各种色彩的米，摆放在显眼的位置，为购物者提供便利。在大米稀缺的日子里，小麦的收成也极为可怜，一亩地的产量就停留在三四百斤的数字上。物质极为匮乏的年月，我们对大米的渴望，对白面粉的渴望，是无法用文字表达的。

在20世纪70年代，我们村来了一支三五个人的打井队，村里请专人给他们做饭。那时候，馒头也稀罕，只有给他们烙发面饼，就是俗称的“火烧”，看着那一场景，我心里想着：我何时能吃上白面的火烧？大米饭，这种稀有的食物就更不用想了。因为我的家乡，全是靠天吃饭，水稻的种植要在水利条件好的地域进行，我们对大米的情感是可望而不可即的。

有一点历史知识的人都知道，我国是种植水稻最早的国家。在氏族公社时期，南方的河姆渡氏族，就广泛种植水稻，甚至更早。据《史记》记载，早在大禹时期，我们的祖先就曾广泛种植水稻。

水稻，在养育中华民族的历史上有着不可磨灭的贡献。几千年来，从江南水乡到北方平原，我们的民族曾经历苦难，饱受风霜，忍受饥寒，最终生存下来，生长，开花，结果。

水稻根系庞大，长期生活在深水之中，青蛙为它们歌唱，水草与它们做伴，水鸟为它们跳舞。水稻，不寂寞，不消沉，努力向上。

水稻，像其他作物一样，在经历孕育之后，逐日成长，逐日成熟。但它们也经历狂风，经历暴雨，经历虫灾，一些说不上来的灾难也可能会敲门而来，成为不速之客。水稻，面对种种灾难，没有低头，没有抱怨，没有流泪，更没有气馁。

在江南，水稻在庄稼的大舞台上扮演着不同的角色，时而小生，时而老旦；时而忧愁，时而兴奋。稻禾成塔成山，稻谷成丘成堆，正因为有这塔这山这丘这堆，餐桌上香喷喷的米饭，才能呈现在我们眼前，令我们不再饥饿难耐。

在北方，水稻怀揣着江南的梦，寻找着自己的落脚地，它们怀着美好的梦想，怀着一颗炽热的心，在北方的大地立足扎根，在陕西关中，在东北，找到了自己成长的乐园。于是，种子开始发芽、扎根、生长，一棵棵禾苗开始孕育自己的梦想。

在北方，在远离江南的温带区域，孩子们有白米饭的梦想不再遥远，远嫁北方的江南女子，找到了家乡的温暖，梦中浮现的家乡的山山水水、家乡的稻田、亲人们的身影，仿佛都在晶莹的米粒上映现：赤脚走在水田，低眉弯腰，抚摸翠绿欲滴的稻苗，满怀的喜悦如汹涌的波涛。

人的一生，应该像一株水稻，在土地的怀抱里生根，发芽，开花，结果。到成熟的时候，低下头颅，就能看到生养我们的土地，依旧是那样的谦卑、宽厚、隐忍和真实。

难怪，水稻在中国人的心目中占有如此重要的地位，不只是历史悠久，更是因为它养育着一代又一代的中国人。

小　麦

今年的小麦播种非常艰难。三个多月没有降过一场透雨，大地被撕裂，裂缝像一条条血管无限伸展。

玉米没有成熟就垂下了叶子，像睡不醒的人，无精打采，奄奄一息。农民没有办法，只有收获即将死去的玉米，在收获期间，天空仍是滴雨未降，天气好，收获自然快。

对土地的耕作，难以要求精耕细作。小麦的播种，一直处在农民的期待中，对雨水的渴求不亚于对生存的期盼。寒露、霜降，每一节气都在期盼；9 月 9 日、9 月 13 日，传说中降雨的日子，农民手搭凉棚，遥望天边的云朵，依然没有降雨的迹象。

偶尔，来一场雨，也只是清新了一会儿空气，打湿了地面。一场北风刮过，雨水又被带回了天空。

心急的农民带着一丝希望，干脆就在没有水分的土地上播种小麦，这时，小麦只有在干枯的土壤里躺着睡觉。7 天、10 天、15 天……仍然不见麦苗露出小脑袋。

一场小雨，又一场小雨，仍是无济于事。

浇水，找不到水源。两眼机井，昼夜抽水，也难以应对干渴的土地。浇地的水管从 300 米、500 米、800 米、1000 米、1500 米……无限延伸，曲曲折折，像一条从天而降的长龙，紧贴着地面缓缓地爬行。

地下水毕竟有限，水管的长度毕竟有限。

田野间，只有星星点点的绿色。干旱的田间，麦种依然没有生机。

或许是雨水的积攒，或许是霜露的积存。湿润的地方，小麦苗从土壤的缝隙里钻出来，露出尖尖的小脑袋。

小麦在这个日子，进入宽广的土地，开始了三十多周的生长。土地有宽广的胸怀，容纳各种调皮的种子。劲头足的种子，约一周的工夫，就钻出地面，露出尖脑袋。鹅黄的叶片顶着露珠，在播种机写下的诗行里，成了一个个字符，成为秋末大地上的诗句。

诗句或长或短，篇幅或大或小，都是大地上绿色的诗行、篇章。在空旷的大地上，只有小麦在天地间成长。

与玉米相比，小麦是长寿的老者。我们知道，小麦的寿命是玉米寿命的两倍。尤其是在黄河流域以北的广大区域，种植着不同种类的冬小麦，严冬腊月，唯有小麦在野外忍受寒冷的侵袭。我们对小麦的敬佩来源于此。

麦种也格外受到人们的重视，小麦的越冬性、抗旱性、抗病性、抗倒伏性……都要通过仔细阅读品种说明书才能知道。麦种的价格是普通小麦的两倍，也许正因为这样人们似乎更看重麦种。麦种刚入地，人们心中就充满了丰收的希望。

经过一周的生长，小麦有了模样，我们顺着麦垄看上去，绿色呈一条线，一直延伸到远方。

今年，自从小麦播种之后，鲁西南广大的地域不断降雨，地块原有的水分充足，所以小麦生长快。恰巧，我种植小麦的地块，小麦出苗率高，不像往年，要补种几次仍不见好转。曾经有一块地，我和妻子补种两次，效果依然不理想。那一年，我将希望寄托在降雨上，然而，苦等一场也只能望天兴叹。如今，好于往年。

农民看到希望，农民有了精神。

明年小麦的收成，就在农民的期盼中一点一点地积存在几寸长的麦穗上，成就农民生存的希望。

麦子对人具有什么样的意义，似乎只有真正经历过饥荒的人才能够说得清楚。饥饿面前没有道德，没有制度，没有人性，只有生死。麦子的汁液进入人的肠胃，分解成血脉肌体，这是麦子作为人的主食之一后所具有的作用。让人安闲，必生思虑，也是这麦性的热力。整个人类的战争，从某种意义上讲，也算得上是麦芒的战争。而一个人的幸福，是不是也可以叫作麦香之福——麦香里，有安然的、温和的令人陶醉的气息。

记得姜夔《扬州慢·淮左名都》里“过春风十里，尽荠麦青青”的句子，乱国飘零，废池冷月，“桥边红药，年年知为谁生的”的黍离之悲。我以为，一切尽去的光阴中还有一点儿回声的，正是这“过春风十里，尽荠麦青青”的荠麦里飘出的一点生意，苍凉景色里的死暗和“荠麦青青”的一种生的气息，才更让人觉得自己身处世间，不知去向何处的苍凉。

我是个生在麦垛里的人，小时候，跟着大人亲手抛撒过麦种到黄沙扑面的土地里，在雨落大地的时候，在一片片葱绿的田间奔跑过，经历过寒风落雪的季节。春天，我在日日堆积起来的绿色麦浪里飞快地飘过；夏日，我跌入了麦芒的神话里。

我用童年稚嫩的手拂过绿色的麦苗时，湿露的冷和细叶的柔软，让我喜欢上清晨和夜晚变幻不定的自然。当少年的手掌拂过金色的麦芒时，我的脑海里记住了那点深藏不露的骚动和一丝丝对未知世界的茫然，也感觉到看不见的生机在某个地方涌动。

小麦是庄稼家族中的忠厚长者。它一生经历冬的煎熬、春的滋养、夏的孕育，最终成就沉甸甸的希望。

玉 米

玉米是与小麦相续的作物，它们就像亲兄弟，在鲁西南乡村大地上，轮流演唱，一个上场，一个退场，相互交替，相互搭配，几十年来都是如此。

土地没了休息的空当，于是发泄着不满。玉米的收成，一年比一年低；玉米的灾害，一年比一年多。蚜虫、钻心虫各种害虫日益增多，白斑病、矮株病各种病症接踵而来，侵害着玉米原本健康的身躯，就像许多种类的癌症一样，时而侵蚀胃脏，时而侵蚀肝脏，甚至连血液也不放过，折磨着一个原本健康的人，欲死不能，欲生难为。

在鲁西南，玉米是夏天的孩子。收获小麦之后，农民就着急播种玉米。前几年，等待雨水降临播种，近两年，忙完小麦的收割，就开始运用机器播种。机器在田野间撒欢、奔跑，玉米在地下度过黑暗的时光，或许是五天、十天、十五天，乃至一个月，这要看天气的变化。玉米粒就像一粒虫卵，等待时机萌发而动。

玉米钻出地面，露出脑袋，它是以卷叶的姿态见到阳光的，露珠挂在嫩叶上，晶莹透亮。

几天不见，玉米苗的绿色身影就在田野间摇曳了。一行行的新绿，站立在田野，微风吹过，摇晃着身体。

一场透雨过后，农民在田野间查苗、补苗，这时玉米早就成形，在田间长得有模有样。早期的日子，降水丰沛，雨水充足，农民给它追肥，忙活几天，消停一阵儿，玉米也消停了。

接下来的日子，天气和庄稼作对，持续高温近一个月，且滴雨不见，农民心里燃起一团火，玉米耷拉着叶子。幸好是玉米，如果是人，早就干渴死了。大地没有一滴水分，玉米依靠身体里所储蓄的水分顽强地生长着。

在这一点上，我非常敬佩玉米的耐受力。看看如今的人吧，遇到一点儿困难就喊苦叫累。今年夏天的高温，我记忆犹新，35℃的高温天气持续一周，对于玉米，是最艰难的考验，生长、授粉，关键的阶段都赶上了高温，它没有喊，也没有叫，只是默默地承受，默默地承担，为了不负农民的付出，它更加辛苦地成长。这一点，人做不到，而玉米做到了。

有时候，庄稼是人类的榜样，飞禽走兽也是人类的榜样。人世间，有抛弃子女的父母，却几乎没有抱空窝的玉米，在几千株里，偶尔遇见一株，也必有缘由。飞禽走兽也是如此，它们深爱着自己的子女。

玉米的一生，也是委屈的一生。干旱侵扰，一度影响它生长，玉米只是默默地抗争着。三天，五天，十五天，白天的叶片全卷起来，晚上吸一点水分，再舒展开与干旱搏斗，展示自己的坚强。默默地等待，耐心地等待，雨水来了，又努力拔节，弥补干旱时的损失。人们看在眼里，从来不曾忘记它的功绩。抽穗的时候，它要传粉，而蚜虫却来侵袭它，爬满它的枝头，弄得它灰头土脸，本来高大的它却要忍受还不如芝麻大的蚜虫的肆虐。花粉受粉就是为了有一个好收成，一个沉甸甸的报答，一个喜悦的满足。好在它是坚忍不屈的，终于战胜了蚜虫。

秋天，是它最光彩的季节，它以威武的姿态展现在人们面前。抽穗、扬花，积蓄果实。秋末，玉米完成生长的使命，人们面带喜悦开始收获，收获一种成熟，一种心情，一种踏实，一种满足，一种辛苦后的快感。

冬天的乡村，玉米爆花的香味儿，从一个村庄弥散到另一个村庄，从一个胡同香透另一个胡同。一群人围绕着一团烟火，一架火炉，一位老人，一个孩子跟随着一个大人，等待着“砰”的一声巨响，一团白色的烟雾像蘑菇云一样散开，一股浓浓的香味儿向空中散去，大人敞开口袋盛放香酥的玉米花，那是乡村孩子的高级食品。在玉米歉收的年月，那几乎是奢侈品。如今，城里有了各式各样的玉米爆花，可乡村爆响的玉米爆花依然令人难忘，那香味儿，那烟火味儿，那人情味儿，凝聚在一把干酥、香甜的玉米爆花之间。

等待爆玉米花的那会儿，谁家先爆出来了，都会抓上一把给等待的孩子尝鲜，没有人计较那一把玉米花，更多的是在意邻里间的一种情意，也不会让孩子等得没了耐心。一把玉米花，一种真情意，一种新风尚，一种新观念，一种新和谐，一种时代的体现，一种人性的反映。

玉米不因自己是粗粮，而改变性格。干旱也罢，涝灾也好，它都不计较自己的得失，旱了涝了，玉米粒小了，依然要挺直腰杆儿，显示出一种华夏儿女所具有的顽强与不屈。人们嫌它不重要，没有小麦的地位高，看不起它，它也无怨无悔，始终生活在大地上，从冰冷的东北到四季如夏的海南岛，都有玉米的身影。从来到华夏大地那一刻起，它就养育了一代又一代炎黄子孙，走过了几千年的文明与兴衰。

我是一个标准的农民，我有自己的土地，耕耘一方黑土地，收获沉甸甸、金灿灿的希望。玉米是我们眼中的金子，我们生活的希望。玉米的肤色和我们的一样，具有民族一样的肤色，它从遥远的美洲来到华夏大地，在我们民族生息繁衍的几千年里养育了上亿华夏儿女，具有不可磨灭的功绩。

玉米，与人类一样，经历顺境，也经历逆境。玉米在顺境时，站立；在逆境时，依然站立。

人类的民族中，却有跪着求生的民族。不是吗？

大　豆

大豆和玉米几乎是同时播种，只是在不同的地块，有时也有间作套种的时候，随着除草剂的出现，随着农民惰性的膨胀，套种的情形越发少见了。

在秋季，玉米是唱主角的，而大豆则是一个配角。从夏初到秋末，到处是玉米的身影，大豆则在田野的一角，孤独地生长。

大豆没有高大的身躯，枝叶相连，覆盖着地面，成为绿色的原野。

大豆的花朵，虽说不上鲜艳，但也是田间的鲜花，花朵虽小，但成串的花朵在绿叶间闪耀。

夏日的清晨，我扒开大豆的枝叶，蹲下身仔细端详大豆的花朵，紫红的、洁白的，在枝条上升高，在茎叶间绚丽。一股淡淡的香味儿钻入鼻孔，渗入肌体，此刻，我仿佛看到豆荚在风中摇曳，鼓鼓囊囊地挂在枝条上，像一个又一个小刀片。偶尔，我发现一两只小虫子，在豆叶上爬行，它们头前行，身体紧跟着隆起来，尾部就跟上了，就这样，在那狭小的天地里，寻找自己的生活空间。其他小虫，在田地里唧唧鸣唱，一阵低音，一阵高音，就像长音节和短音节搭配好的一样。

夏日，雨水来了。大豆张开怀抱迎接雨水的到来，农民常说“豆子开花，捞鱼摸虾”，也就是说，大豆开花时节，正是需要雨水的时候。大豆要想有一个好收成，夏季的雨水至关重要。

秋天到了，大豆历经夏日的积淀，走向成熟。豆荚从一个小刀片，变成一张待发的弓箭。

秋末，大豆成熟，田野一片金黄，豆荚在秋风中摇晃着风铃，田野间，玉米像一名名卫士守护着成熟的大豆。

大豆的一生，是委屈的一生。它们要生长只有依靠自己。大豆努力地根扎大地，就是为了有一个健壮的身体，结出一身饱满的风铃似的豆荚，造就一个沉甸甸的收获，实现一个黄灿灿的梦想。不然，它活着还有什么意义呢？为了这样的目的，大豆早就练出一身特别的本领。它们在贫瘠的土地里寻找自己可利用的营养成分，甚至自己合成养分，这主要体现在它的根上，它的根长满了一颗颗瘤子。那里面盛满了它们所需的氮肥。

成熟后，也不轻易耗掉，而是留在土地里。难以想象，这么一粒一粒的装满了肥料的瘤子，大豆们是怎样积累起来的呢？

回顾大豆的一生，很少能有意气风发的时候，从长出小小的叶子开始，就生活在玉米的影子下，玉米砍倒了，大豆也收割了。可是，大豆一年也没有气馁，也没有半途而废。

一粒大豆的种子，长出一粒粒饱满的大豆。从豆荚中脱颖而出，那么金黄，那么安详，那么富有光泽。这些大豆除留下种子外，剩下的不是变成白嫩的豆腐，就是变成我们的食用油。

最不成用的豆饼也成了农人饲养牲畜的好饲料。我是从农人行列里走出来的，大豆滋养我长大，富有深厚腐殖质的黑土地，适宜播种像大豆一样能滋养人一生一世的庄稼。我是一个标准的农人，我一会儿也离不开土地，黑土地需要我，有一双眼睛渴求着我，时时躬身于那片年年耕种、年年收获的热土。黄土地把我抚养成一个高贵的黄皮肤黑头发的男子汉，我的肤色是黄土地一样的颜色，与大豆同色，黄土地，黄皮肤，黄种人，都秉承大豆一样的心肠，生，根扎大地，死，也被土地所容纳。

大豆，对土地索取极少，却给予人很多的恩惠。在这一点上，比有些人的品格高尚。那些人只知道一味索取，而不知道回报。

雾霾天气的频频发生，在森林的废墟上构建所谓的项目，地面被一次次覆膜，就像教科书的封面一样光滑，土地也一次次被掠夺废掉了耕作，化肥成分的降低，除草剂的伤害，翻耕的简单应付……无不对我们的环境造成了伤害。

觉醒的人类，在破坏与挽救同时并行中实施补救计划。这时，我想起一句俗话："病来如山倒，病去如抽丝。"得病容易，医治难！

大豆表情温和，不像人那样喜怒无常，它总是以一种心态对待人，持一种感恩的态度对待精心的农人，持一种秋后的希望报答辛苦的农人，它是宽宏大度的，不会计较个人得失，对于实在不像话的人，戏弄了它，它偶尔也会戏弄人，秋收时不给他"好果子"吃。自然灾害侵袭它，它会努力保住自己。开花时节，干旱旱它；雨水时节，大水淹它。它都会想方设法排旱除涝，一心想着农人，牵挂着农人的辛苦，即使旱得不成样子，它也力争生长下去，最终结出干瘪的果实，算是给农人精神上最好的报答。涝天，即使水泡上三五天，它也会顽强地活下去，实在没有办法，最后才枯萎死掉，死后的豆棵依然站立着，给农人一种向上的力量和信心。

大豆有根瘤菌，对本身好，对土壤也好。不像别的作物，板结土地，掠夺土地资源。大豆不是，它是释放能量，恩惠大地。如果人类也如大豆那样，我们的资源、环境就不会像今天这样。

我是这样认为的，不知别人的观点如何。

高　粱

高粱，在农作物中是一种点缀。在过去，我们能看到大片大片的高粱地，而今，高粱只是庄稼地边上的一道风景，一种点缀，一个缩影。

我每年春季都会种植一点儿高粱，或多或少，或许是情感的难以割舍，或许是其他因素在心头萦绕盘旋。

春天，雨水过后，就可以点播春高粱，不几日，柔弱的高粱苗就拱出地面，露出小脑袋，像芊芊细草，给人一种弱不禁风的感觉，太阳日日升高，气温逐日回升，高粱苗在温暖的阳光下一天一个样。

高粱是一种容易成活的庄稼，偶尔有缺苗断垄的，趁阴雨天，赶紧移栽上几株，不几天就与其他的一样健壮了。

夏日里，高粱在迎风成长，一节一节地攀升，每升高一节，高粱都要做一个明显的标记，算作成长的足迹，生命的印痕，前进的动力，升高的喜悦。

五黄六月，高粱在自己的地盘，头顶着烈日照射，经受着大地的炙烤，却依然在努力生长，依然在完善自己。

往年的夏日，高粱汤是一种高档的饮料。红红的高粱汤，掺和着一点高粱米，映出人的笑脸，抓起提勺，仰起脖子，一饮而尽，那叫一个痛快。

如今，高粱被冷落了，农民嫌它产量低，用途少，不如小麦、玉米产量高，经济效益高。

被冷落的高粱，依然站立在田野的一角，展现自己高傲的风骨。它的骨子里并没有骄傲的因子，成熟后，它依然脸庞彤红，羞愧地展现自己的成果。

几乎被人遗忘的高粱，没有因此颓废，没有因此悲伤，没有因此失落。只要有农民记起它，它就依然挺立在山坡，展示自己的傲骨。

秋后，高粱成熟，红彤彤的脸庞像待嫁的新娘，等待农民的收割，此时它也从不狂妄，从不自大，而是低下头，向养育它的大地表示深深的谢意。

高粱，全身是宝。叶子是上等的食料，秫秸是修缮房屋的上好材料，高粱米，更是一种稀有粮食，当今，人们讲究吃粗粮，吃含有微量元素的食品，高粱米就是主治脾虚湿困、消化不良、湿热下痢及小便不利等症的良药。高粱的蛋白质中赖氨酸含量较低，属于半完全蛋白质。高粱的烟酸含量也不如玉米多，但能为人体所吸收，因此，以高粱为主食的地区很少发生“癞皮病”。

高粱，从春到秋，从幼小到成熟，定格在农民的心里，亘古不变。

花　生

花生，是在谷雨后开始播种的。农民在空闲的春茬地块，播下一粒粒微小的希望，等待秋后收获沉甸甸的成熟。

在贫困的年月，农民是难以吃上花生的，花生是昂贵的油料作物，在粮食作物不能满足的年月，农民无法种植花生，玉米、小麦、地瓜等作物每年的收成都很少，每年春季，粮食都接应不上，只有靠野菜充饥。

春天的山坡，大小地块都点播上花生，一周后，花生拱出地面，形成一个个小土包，不久，绿油油的花生有了模样，成行成垄的花生在空白的地块上有了新绿色。

转眼间，到了夏天，原来空白的黄土地很快被绿色的花生所占领，细碎的小黄花，深藏在枝叶间，形成一种鲜艳的点缀。细心的花蝴蝶，在花生旁盘旋飞舞，它们时而升高，时而低旋，时而远离，时而靠近，带着一种亲切的情感。夏夜来临，蝴蝶回家了，花生也闭上眼睛开始做着甜蜜的美梦，梦到孩子在吵，在闹，在蹦，在跳……

眨眼间，梦醒了，孩子们争着吵着闹着要拱出地面见世界。在地下，酣睡了一个夏季的孩子们，一个个白胖娃娃，在农家院里热闹一番，堆放着，拥挤着，在院子里嬉笑着，玩耍着……

在农家院里，一股清香的花生气味在空中弥散，久久挥之不去，好像有一股从孩子们身上散发出的奶香气，难怪孩子们钟情于“花生牛奶”，一点花生味就吸引了全国成千上万孩子的眼球。白胖胖的花生，躺在水盆里洗完澡后，乳白色的身躯，被清香味儿包裹着，一种不可名状的情愫，在心底汩汩流淌……

回想年幼的岁月，外祖母的那个村子，很早就种植了花生。每到收获的季节，大量的花生堆放在生产队的场院里，恰好场院离外祖母家最近，每到这时，妇女们就在场院里摘花生，一堆一堆的花生像小山似的，堆放在场院。在学生可以放秋假的日子里，我会去外祖母家小住几日，我是小客人，大家都对我非常客气，加之我本家的舅舅是生产队长，别人对我就更加客气了，外祖母和舅舅对我说：“你可以用衣兜往家里带花生，没有人在意你，可以借故口渴和肚子饿多回家几趟，可以多带回家花生。”那时候，幼稚、单纯、懵懂，根本不理会这一套，只顾着玩耍。如今的孩子就不同了。

时代瞬息万变。

入夏，绿茵茵的花生盖满了地面，再过几日，黄色的小花就要在长长的茎条上开放了。

一根根长针钻入地面，如果雨水丰沛，用不了多久，一个个果实就诞生了。

成熟的季节，一个个果实呈现在农民的眼前，农民的脸上露出喜悦的笑容，满是皱纹的脸立刻舒展开了。

花生，在我的家乡又名“长果”，取“长寿之果”之意。在四川有一位高寿的老太太，她高寿的秘籍就是每天吃一定数量的花生，从小就吃，每天也不间断，如今，年龄大了，她让孙媳给她用石臼捣碎了吃。由此看来，花生含有大量蛋白质以及对人体有益的微量元素，长期吃花生会健脑补肾，延年益寿。

一种散发着清香味儿的花生，一种带着泥土味儿的花生，一种带着辛苦味儿的花生。

而今，花生又开始新的生涯，春天的时节，雨水稀少，花生在忍受着苦难的煎熬，雨水稀少的季节，黄色的花朵也显得稀少，结果实的根须坚强地钻入地面，为了一个个丰硕的果实，拼尽全力汲取养料，壮大自己的身躯，只为成就一个殷实的秋天。

植物对阳光的珍惜，在花生身上最为明显，白天，花生舒展叶子，吸取阳光的温暖；夜晚，花生收拢叶子，保留温暖的余热。

在这一点上，花生能做到，别的植物是难以做到的，这是花生与其他植物的区别吧。

花生，在我们心中的位子虽然微乎其微，但我们没有忘记那一片片绿色，没有忘记那一朵朵黄花，没有忘记地下的那一粒粒果实。

花生和红薯一样，是一种果实成熟也暗藏地下、不愿意表露和炫耀的作物。从春到秋，完全埋伏在泥土下，慢慢地生长，在漫长的黑暗里沉默和成长，从土地里走出来的日子，就是它们成熟的时刻。

这样的作物，值得我们敬仰，不是吗？

谷　子

谷子，在夏初播种，秋后收割，谷子去皮，就是小米。

小米，我们并不陌生，是一种营养价值极高的农作物。

收割完小麦后，一场雨水来临，谷子就可以播种了。播种完谷子，为了出苗好，就要让疏松的土地变得紧实，大集体时代，用石墩统统轧过一遍，如今，农民用双脚踩上一遍也就可以了，一来为了出苗好，二来也能保持水分，谷子是容易成活的庄稼。

像野草一样的谷苗，在田野成行成垄，郁郁葱葱。谷子属草性，生长特别快，只要雨水跟得上，可以说，一天一个样，十天变模样，即使十天半月没有雨水降落，白天奄奄一息的谷苗，夜间也会强打起精神，挺直腰杆，拿出一株禾苗该有的样子。

谷苗的生命力极强，在地块的每一个角落，偶尔，有缺苗断垄的地方，一场雨水过后，就会长出新的谷苗。

夏末，谷苗齐刷刷地成长，不会像田间的杂草那样，丧命在农民的手中，对待杂草，与对待谷苗不同，杂草最容易影响谷苗生长。有一种杂草，长相很像谷苗，如果不认真区分，很难辨出真伪，幸好谷苗的全身都是绿色，而那种杂草不是，它的根部是一种特有的红色，有经验的农民都能区分开来。微风过后，谷苗像层层波浪，绿色的波浪，连绵不断。

秋末，谷子在温暖的光照下，孕育出沉甸甸的果实，这时，谦虚的谷穗，弯下腰，低下头，向农民展示着自己的果实。

谷子，不像其他作物那样爱炫耀。它就像低调、谦虚的人一样，虚怀若谷，有着不爱张扬的个性。

近年来，谷子在我的家乡的播种面积越来越少，甚至在春夏季节，难以见到它们的身影。小米，我们只能从超市里购买，烧出的小米粥，当然也没有往日的香味儿。不知是存放的时间久了，还是谷子的生长地发生了质的变化。

谷子在自然里，是一把沉甸甸的穗子，以春来青苗而依风摇摇，以热暑时分而迎风弯腰。小时候，记得外婆炖的金黄色的小米粥，坐在炕头上，沿着黑瓷碗边一勺一勺地瓢着来喝，全没想到我喝的不仅是自然之实，而且也有悲怆灵歌的缭绕生气。

几千年，是谷子养育了一代又一代中国人，正因如此，中国人的肤色就是黄色，是谷子的颜色，是小米的颜色。

谷子，我们不能忘记你，在艰难的岁月，我们靠小米粥度过贫困的岁月，是你挽救一个又一个生命。

谷子，我们终生不能忘记你。

红 薯

在家乡的春天，有栽红薯的惯例，红薯又名地瓜。它和土豆、花生一样，都是果实在地下成熟的作物，是一种含而不露的农作物。

栽地瓜，说起来比较麻烦，最先要育苗，就是用去年的地瓜，用炕育苗。我的家乡一带一般用地炕，用石头或砖头垒成一个长方形的炕，炕里排上地瓜，然后盖上一层薄薄的土或细沙，再用塑料布盖上，二十天左右地瓜就出苗了，当然这中间要加一两次水，以免晒坏地瓜苗。

地瓜出苗后，先透风透气，然后再全部晾晒，三五天之后，育出的地瓜苗就可以栽种了。

地瓜苗栽下后，三五天就成活了，叶片返青，老叶褪去，叶芽部分长出新叶，不久，一个鸟巢样的地瓜禾苗就呈现在了农民的眼前。

地瓜，是耐干旱的农作物。春末夏初，我的家乡——鲁西南是经常干旱的地区，在这个时节，地瓜叶奄奄一息，却仍在顽强地生长，贴着地面，伸出干渴的舌头，高喊着前进。我曾亲眼见过地瓜叶的形象，正午过后，我到农田锄草，长长的地瓜秧已经支撑不起叶面，叶柄也没了力气，水分就是血液，然而在这一刻，血液似乎被强烈的阳光榨干了。

夜间，叶面吸足空气中的水分，叶柄撑起宽阔的叶面，脉络上清晰地显现出微弱的水分，像人体的血管一样，在不停地循环流动。

挺过干旱的日子，地瓜渐渐恢复元气，田垄上也渐渐隆起凸凹不平的地面。

地瓜秧在无限地延伸，无限地伸长手臂，向着秋天深处……

收获地瓜的日子，是农民最为繁忙的日子。在大集体那会儿，白天，生产队长组织男女劳力把地瓜刨完，晚上，队长就组织专人将地瓜分给每家每户，一堆一堆，大小不等，排放在场院或是空旷的田野间。这时，家家户户的夜战就开始了，马灯闪闪，忽明忽暗，在田野间切地瓜片，只有切片晒干的地瓜，才能成为农民的粮食，农民才能果腹，才能温饱，才不至于挨饿。

在晾晒地瓜干的时候，农民最担心天气的变化，当然最怕的是阴雨天气，只要淋雨，地瓜干就会变质或变色，吃不好吃，卖也卖不上好价钱。有时雨淋之后，地瓜干长出长长的黑毛，看到就让人反胃，更别说吃了。

回想阴雨天，农民一看到下雨就马上拿上筐和篮奔向晾晒地瓜干的地方，不干也要抢收，总比雨淋强，往往是越抢越乱，越乱越抢不到手，加之，雨水淋在上面，黏糊糊的，手就更不利索了。大人、孩子齐上阵抢夺地瓜干的场面，是一场人与自然的速度较量。

在那个年月，小麦产量低，农民只有靠地瓜干来充饥，遇到饥荒年，若秋季雨水多，地瓜干也吃不上，这样的年份，吃发霉的地瓜干也是常事。

如今，地瓜成为稀客，是城市或乡村的贵宾。在我的家乡，栽种地瓜的田地几乎见不到了，玉米、棉花、花生、绿豆渐渐增多，且占有一定的分量和比重。

秋收时节，每当听到街道上地瓜的叫卖声，一种亲切感油然而生。

每当我们走在城市的街道上，一股烤地瓜的香味儿扑鼻而来时，一种从心底滋生的情感就在悄悄地膨胀，直到永远……

棉　花

“五一”劳动节前后的日子，是棉花播种的好时节，此后，气温逐日增高，地温也日日上升。对我来说，这是正值长假的日子，我可以趁此时机播种棉花。播种时节，雨水稀少，天气干燥。水源需要人力车辆或机动车辆运往播种的地块，棉花播种的地块，分布在山的周围，地块大小不等。这些地块，土壤肥力较差，土层浅薄，是无法播种冬小麦的，春末，就被用来播种棉花。

光洁而匀称的棉种，被温水浸透后，粒粒饱满，躺在大小均匀的棉花坑里，像一粒粒受孕的卵子，等待大地母亲的孕育。一行一株，都是写在大地上的文字符号。

在这播种的季节，一只鸟，一根草，一株禾苗，都是那么庄重的事情。对棉花的情感，从此，就在心里扎下了根。

七天后，棉花苗钻出地面，露出白色的椭圆形脑袋，棉花壳，有的未褪尽，褪尽的是双叶抱头的鹅黄色嫩芽，清晨会有霜色样的水汽包裹着头颅。

这时，有懒惰的棉苗，贪婪地躺在大地的被窝里睡懒觉，伙伴们也不忍心打扰小懒虫的美梦。

这时，心急气躁的人，会掀起它们的被子，打破它们的美梦。

然而，襁褓中的婴儿，生命是脆弱的，也是弱小的。嫩黄的叶芽，受到春风的惊扰，弱小的生命便以枯萎结束。

农民在焦急中等待，等待棉苗一天天地生长。

这时，农民要做的事情，是清除田地的小草，棉苗刚露出地面，小草也紧跟着钻出来，用手轻轻地拔下寥寥无几的小草，田地便焕然一新。

小草是极少数的，棉苗是成行的绿色。

棉苗，离开地面开始生长，叶片也逐日长大，颜色由嫩黄变成深绿。细心的人，开始给它们喷洒农药，主要是极少量的辛硫磷或氧化乐果，兑水喷洒，提高棉苗的成活率。

此后，侍弄棉花的日子来了，松土，也就是锄地，锄地能通风透气，利于棉花的生长，棉花是不怕反复锄的，农民有句俗话："棉花锄八遍，棉桃如鸭蛋。"下一回雨，就要锄一回，纵横地锄，左右地锄。锄一遍，有一遍的效果；锄一遍，有一遍的收获。

这时，棉苗的生命脆弱。稍有不慎，棉苗一窝一窝地死去，看其纤细的根，呈现褐色，有干枯的趋势。原来齐全的棉苗开始枯死，一大片一大片地死去，农民看着心疼，看着心急，却找不出其中原因。看看地下，没有害虫，若有土蚕也好对付，然而看不到土蚕，心里就着急。再锄几遍，看看情况，仍不见好转，只好听天由命。实在没有办法，农民又买来棉种，重新补种，播种一种新的希望。

夏季的棉花，本身就是一道风景。棉花开花，或乳白色，或淡黄色，或浅红色，子房孕育成果实，称棉铃或棉桃。五十天左右成熟，铃壳裂开，吐出籽棉，种子上附着纤维，就是人们常说的棉花。

绿叶间绽放着乳白、淡黄、浅红……五彩缤纷的花朵，摆放在大小不等的几何图形上。远远看上去，舒心，惬意。

棉花也是蜜蜂的采蜜源。

棉花是“花”中最仁慈的花，给人温暖。

棉花，在山腰间随微风舞动，一如起伏的田田荷叶，一如波纹起伏的涟漪。

农民看到洁白的棉絮，敬佩棉花的品格，心潮涌动。棉衣，其貌不扬，却温暖心底；纱衣，轻柔华丽，却极不自在。

棉花是平凡的作物，而它的平凡中透射着伟大的光芒。没有温暖的棉花，农民的躯体将饱受寒冷的侵袭，农民的冬天将不再温暖、踏实。虽然有高档的羽绒衣可以抵御寒冷，但它们没有棉衣温暖、实在。棉衣、棉被，在太阳的照射下，蕴含着一股浓浓的太阳味儿，给人母亲般的温暖。

芝　麻

农民种芝麻，就是一种象征，意味着每年的日子，像芝麻开花一样节节高。种下芝麻，日子就有希望；种下芝麻，日子就有奔头。

春天，难得一场雨水，有心的农民就在这场雨水后，种下芝麻。

芝麻、花生和大豆，是农民心中的油料作物。农民对待芝麻，格外关注，格外小心，格外慎重。

芝麻是多胞胎来到世间的作物，兄弟姊妹一齐探出小脑袋打探世界。

幼小的芝麻贴着地面直不起腰，抬不起头，它们与广阔的原野相比，实在是太渺小了。它们在原地不动，吸阳光之辉，沐朝露之润，它们不自卑，不颓废，不妥协，它们在山的角落，暗自向上拔节成长。

一场春风，一场春雨，芝麻几经风雨，几经洗礼，修炼成一个修长、苗条的美少女。

洁白的花，在芝麻的茎秆上不停地攀爬上升。清晨，花朵带着露水，洁白透明，偶尔，几只蝴蝶从远处飞来，亲吻花朵，极不对称的花朵，交替上升。

蝴蝶栖息在花朵上，是采花；蜜蜂停留在花朵上，是酿蜜。

在一旁锄草的农民看到此景，脸上乐开了花，是幸福之花。他心想：今年的芝麻肯定有个好收成，香油有着落了，中秋、春节肯定都是香飘四溢的节日。

芝麻是一种耐旱的农作物，就像贫瘠的土地上生存的干渴的农民，它们不计较个人得失，不计较个人恩怨，对土壤没有更高的要求，而回报的是金灿灿的希望。

夏季，天气多变，雨水时而多，时而少，清晨，一场大雾来临，这对芝麻来说，无疑就是一场灾难，经验丰富的农民都知道，芝麻最害怕大雾天气，雾气中的水汽对芝麻的成长极为不利。

芝麻，是农民眼中金贵的农作物，春天怕旱着，夏天怕淹着，农民小心翼翼地侍弄芝麻，它们每一个叶片的生长，每一朵花的绽放，每一个果实的长成，农民都记挂在心。

秋季到来，芝麻花升到最顶端，刀片似的叶子，渐渐失去水分，绿叶渐渐老去，黄叶逐日多起来，但果实在芝麻壳里渐渐地丰硕起来。

春节来临时，街道上常有“卖香油——卖香油——”的叫卖声，此时，我想起：在山坡上风餐露宿的芝麻，在经历磨难之后，经历粉身碎骨后，留给我们的是浓香。

有句话是“木秀于林，风必摧之”，芝麻是细高秆作物，在历经风雨时其苦难程度只有芝麻本身清楚，在成熟的日子，芝麻耗尽精力，耗尽心血，为了果实，最后弯腰低垂，甚至扑倒在地面，回报大地，回报农民。

在各大商场超市，各式各样的香油瓶摆放在柜台的显眼处，招揽着顾客。

乡野之地，芝麻生长在最偏僻的贫瘠土壤中，而它没有抱怨，没有愤恨，却年年郁郁葱葱地生长着……

绿　豆

绿豆，是农民心中的小不点儿。在山坡的小地块上，种上绿豆，只是为了调节饭桌上的色彩和味道。

绿豆的生长期短，两个月就能收获，在雨水降临不及时的季节，农民就种植绿豆，来补充耽搁下来的空闲地。

绿豆是比较容易成活的作物，春季或夏初，雨水降临后，匆匆地种上就可以等待收成了。换句话说，绿豆是好伺候的作物。

不几日，绿豆苗就探出了头，两片小叶子，伸向两个方向，在微风中不停摇摆。

不久，浅黄色的花朵挂在茎条上，像槐花的品格，不繁华，不耀眼，却质朴、实在。

果实挂在茎条上，从绿色到褐色，再到黑色，绿豆便成熟了。农民手拿提篮或布袋到田野摘下成串成串的果实，像鸟爪样的果实，在绿豆禾苗上摇曳摆动。

这时，山坡上，南瓜成熟了，一个个像小婴儿一样卧在山坡上，农民摘完绿豆，回家的路上，顺手摘上几个南瓜，中午，饭桌上就出现南瓜、绿豆稀饭的美食。

酷暑季节，补充汗水的佳品就是绿豆汤。暗红的液体里绿豆被熬开了花，光滑的绿豆在沸水中不停地翻滚，在趵突泉似的沸水里，开花的绿豆和沸水完全融合成为一个整体，成为一种避暑的上好饮料。

绿豆，一天天成熟，绿豆秧却失去往日的风茂，一步一步向中年走去，绿装换成浅黄色，秋意渐浓，绿豆秧渐渐走向衰老。

往昔，我们视小麦为主粮，而绿豆为杂粮，一个“杂”字决定了绿豆的命运。但绿豆不为命运所控制，依靠自己，努力地根扎大地。夏末，天气炎热，而雨水稀少，绿豆苗在煎熬中依然顽强地成长，在阳光的照射下，从来没有一点儿奄奄一息的模样，枝叶展开，浅黄的花朵一串一串地挂满每根枝条，只有这样，才能结出长长短短的果实。

回顾绿豆的一生，很少能有意气风发的时候，从长出小小的叶子开始，就生活在玉米影子的对比之下，玉米砍倒了，绿豆也收获了。可是，绿豆一年也没有气馁，也没有半途而废。

雨水丰沛时节，绿豆在雨雾蒙蒙的笼罩下，尽力绽放花朵，蝴蝶来了，它们不厌烦；蜜蜂来了，它们不寂寞；瓢虫来了，它们不排斥；蚜虫来了，它们不低头。它们在寂寞的日子里，抗拒烦躁，抗拒骚扰。

成熟的日子里，它们不炫耀，身穿黑色外衣，包裹着成熟的梦想。

成熟的日子里，它们不夸张，伸出手掌，放飞春日的梦想。

成熟的日子里，它们不狂妄，胸怀硕果，成就了往日的梦想。

一粒小小的绿豆种子，长出一粒粒饱满的绿豆。从豆荚中脱颖而出，那么墨绿，那么安详，那么富有光泽。

我们不因绿豆的渺小，而忽视它们的伟大；我们不因绿豆的产量，而抱怨它们的功绩；我们不因绿豆的身形，而忽视它们的恩德。

我们深知：绿豆的营养价值，是其他作物无法相比的，但它们从不炫耀自己的伟大，也不炫耀自己的功绩，更不跟人提起自己的恩德。它们依然在农民的土地上施展自己的才华，无怨无悔，从不计较个人得失与恩怨。

况且，长过一季绿豆的土地，也因绿豆的无私而变得热闹非凡。就这一点，我们心里最清楚最明白。不然，绿豆不会年年郁郁葱葱地生长在农民的心里。

大 麦

收获小麦的时候，我们经常看到几株大麦，在麦田里显得极为扎眼，有的农民早早除去了它，以免碍眼，有心的农民，尤其是妇人，则是再等一段时间，等到它们成熟了，就收回家，炒熟，再配上山楂片、鸡内金等，制成治疗厌食的小偏方。

后来读农业方面的书籍，我了解到，大麦在中国是个古老的作物。据考证，早在新石器时代就开始种植大麦，古羌族（居住在青海）也早在黄河上游开始栽培大麦，距今已有5000多年的历史。

现如今，大麦在我国各地都有栽培，其主要产区相对集中，主要分布在长江流域、黄河流域和青藏高原。随着啤酒工业的发展，人们对大麦原料的需求日益加剧，西北和黑龙江等地啤酒产量大，大麦需求量发展较快，甚至有供不应求的势头。

在我的家乡，也曾经栽培过大麦，在我年幼的时候，春季开始栽培春大麦，此时雨水刚过，农民就在湿润的季节播种大麦，大麦种有极其坚硬的外壳，播种后要用石墩轧上一番，不然，大麦种无法吸足水分，难以生长麦苗。

出生的麦苗，汲取土地之营养，阳光之温暖，迅速成长。春日气温日日增高，麦苗开始疯长，一天一个模样，十天就是另一番景象。

长够身高的麦苗，伸出长长的穗头，在微风中轻轻地荡漾，青草的气味儿与麦穗的气味儿混合在一起，在山坡的土地上弥散、升腾、扩散……

春末夏初，大麦眼看成熟，长长的麦芒，包含着成熟饱满的颗粒，在春风中摇曳，在阳光下闪着光芒。

在当时贫困的岁月里，大麦也是用来充饥的粮食，贫苦的农民用石碾去掉其坚硬的外壳，大麦就露出它们本来的面目。饥渴的农民在大麦面前显示自己的虔诚，手捧大麦颗粒，一种喜悦之情在心间荡漾，指缝间是循环不尽的颗粒，一种满足的喜悦写在脸上，飘香的味道在鼻间回荡。

而今，大麦一般不会成为我们的主粮，我们靠小麦、玉米来搭配调剂一日三餐，在城市高档的宾馆酒店偶尔有大麦面馒头出现。

这样的大麦不同于啤酒麦，它和小麦一样播种，秋日里气温降低，正是播种大麦的好时机，秋阳高照，土地湿润。

大麦，在温床上做着一个又一个美梦。土壤是一个美丽的温室，是大麦的美好家园，在这里，大麦孕育了一个又一个美好而殷实的丰收画面。

冬日里，雪花是厚厚的棉被，它们躺在棉被下美美地睡上一个冬季，性急的就露出脑袋，打探大地上的同伴。

物以稀为贵，在鲁西南的家乡，虽说现在看不到成片成片的大麦田，但对大麦的爱，时刻记挂在每个农民的心坎里。

进城的小麦

乡村的小麦，在田地经历风，经历雨，经历严寒，经历风霜，在初夏，阳光和煦的时节，抽穗、扬花、成熟，清新的空气里处处洋溢着美妙的芳香味儿。

眼下，小麦苗在乡村田野铺展，形成绿色图案。大大小小，一片连着一片，一直连到山边，不是墨绿，而是一种新绿，或者说是浅绿。在初冬时节，阅读绿色，本身就是一种享受，一种愉悦，一种过滤，一种净化，一种提升。经过两场冬雨的滋润，麦苗更是鲜嫩、水灵。

想起去年，鲁西南的干旱，延续了一个冬日。人们渴盼天空的雨水，而希望却化为了泡影。

地下水，成为唯一的期盼，机井成为唯一的指望。一眼机井，日夜不停地浇灌着干渴的土地，白花花的水像一条巨龙，喷出一个水柱，喷向土地，人们站在水中，脸上溢出笑容。

我浇灌麦地时，正值夜间，凉风夹杂着凉水，在田地间随着水流，一步步前行，不时拿起手电筒查看有无遗留的空白，水的珍贵在干旱的日子里比血液、食用油金贵不知多少倍。几个小时的夜战，疲劳是毋庸多言的，在水和泥的混合物中，我艰难地行走，时而弯下腰，掐断水管，时而直起身，休憩一会儿。几百米长的地块，进行几个小时的前行，速度比蜗牛的快一点点。

麦苗拱出地面，算是对我们的辛苦付出给了一个圆满的交代。

我们精心侍弄小麦，就像对待自己的子女，一点儿不敢放松。干旱的冬天，就盼望着一场雪的来临，盼望大雪，没有大雪，哪怕一场小雪也可以满足一下人们干渴的心灵，满足一下小麦干渴的内脏。

小麦在春日里焕发精神，人们在春日里为它除去杂草，帮助它消灭敌人，它就在和平的环境中做着美梦。

小麦就像乡村的青年男女，向往着城里的灯红酒绿。乡村固然美好，走向城市也是小麦的追求。丰收了，成熟了，就要体现自己的身价。

进城的小麦，就像一棵大树，伸展出无数大大小小的枝丫，为行人留下一片绿荫，是爱的绿荫。

在乡村长大的人，他们在小麦的滋养下，像一株株小麦苗，慢慢地成长，经历秋的凉爽、冬的严寒、春的温暖、夏的火热，从绿色蜕变成金黄色，从一粒种子，变成无数粒粮食，艰难程度只有他们内心最为清楚。看到小麦，他们感到亲近，就像在城市找到亲人。

进城的小麦，变成面粉后就像孙悟空一样，具有万般变化。有时在天空仙界逍遥，有时在花果山与猴儿们嬉戏。星级酒店也好，街头地摊也好，它始终保持一种滋养人的秉性，无论被如何对待，没有一点怨言，从没有因自己的身价高低而炫耀和自卑，它来自乡村的黑土地，漂泊再远、漂泊再久始终保持黑土地的胸怀，一个母亲的胸怀，养育子女繁衍后代。

小麦躲进面包里，香味儿一圈一圈地荡漾开来；小麦藏在馒头深处，香味儿一层一层地荡漾出来。初夏时节，楝子花开，花香味儿透着麦香味儿，在乡村荡漾，香味儿浓郁，从乡村传到城市的每一条大街小巷，连城里人也醉倒在路旁。

进城的小麦，像一位母亲，变换着方式养育我们，是呀，母亲就怕孩子吃不饱，今天蒸馒头，明日擀面条，把她的爱揉进面粉里，有滋有味。

在我八岁生日那天，本来不富裕的家庭剩下的小麦只够过春节了，而我，这时最想吃的就是母亲做的手擀面。那天，母亲早早地起床，淘稀小麦，等到晒干，再用石碾碾出面粉，揉成面团，擀成面条，忙活大半天，当我吃上热腾腾的面条时，母亲坐在凳子上露出欣慰的笑容。

母亲老了，自己的生日也不挂在心上，生活富裕了，而手擀面的味道依然如旧。或许，一种亘古不变的爱，就蕴含在那千万条手擀面条的缝隙间。

小麦，在乡村，在城市，都像一位母亲，养育千家万户的子女。母亲变着花样养育孩子，她变化的内容一刻也没有离开过小麦。

小麦的形象和母亲时刻连在一起，在我饥饿的时候，眼前晃动的是母亲的身影，她时而高大，时而渺小；时而在田野间手搭凉棚观看小麦的成长，时而在田垄间拾起被丢弃的麦穗。成片成片的小麦田间，一会儿有母亲的身影，一会儿是小麦摇曳的身影，时而重叠，时而交叉，时而分离。

在城里，小麦有时变成香味儿，有时变成甜味儿，有时香味儿甜味儿兼有。

进城的小麦，没有因身份的改变，而忘记自己的本性；没有因身份的改变，而忘记自己的家园。它没有因进城而觉得高贵，不像有些人，进城后就忘记养育他的土地，却不知他的血液里依然流淌着乡村人的血，他的举止、他的步履、他的肤色、他的饮食、他的口味、他的话语，依然带有浓浓的乡村味儿。即使是大都市，也改变不掉挥之不去的印记，就像商品的标签，早就烙印在人们的内心深处。小麦无论是在城里还是在乡村，它始终保持一颗善良的心，对待每一位善待它的人，它也深深地知晓，有人爱惜它，有人浪费它，有人糟蹋它，有人破坏它，甚至有人看不起它，还有人想脱离它。

小麦，在我们的心目中，无论在乡村，还是在城里，都是养育我们的母亲。不然，它不会每年都生机勃勃地生长着，成为我们心中永远不变的风景。

辑六　大地行走

野兔的欲望

在冬日，野兔看不到朋友的身影，心里感到孤单，田野间，一片苍凉，只有难得一见的绿色。此时，野兔心里生出阵阵悲凉。

梭罗在《瓦尔登湖》中写道：“要是没有兔子和鹧鸪，一个田野还成什么田野呢？它们是最简单的土生土长的动物；古时候，跟现在一样，就有了这类古老而可敬的动物；与大自然同色彩，同性质，和树叶，和土地是最亲密的联盟——彼此之间也是联盟；既不是靠翅膀的飞禽，又不是靠脚的走兽。看到兔子和鹧鸪跑掉的时候，你不觉得它们是禽兽，它们是大自然的一部分，仿佛飒飒的木叶一样。不管发生怎样的革命，兔子和鹧鸪一定可以永存，像土生土长的人一样。如果森林被砍伐了，矮枝和嫩叶还可以藏起它们，它们还会更加繁殖呢。不能维持一只兔子的生活的田野一定是贫瘠无比的。”

天气日日转凉，山鸡很少在田间鸣唱，刺猬也不见身影，狗獾躲进洞穴里几乎不再出门。野兔没有去处，白日躲在沟壑深处，或是干枯的野草丛中，一动也懒得动，饥肠辘辘，身边没有什么可食的植物。

野兔的眼睛里充满了对食物的渴望。春天，野草萌发，万物复苏。它们的好日子来了。夏天，虽然炎热，依然可以有阴凉的去处，至少不至于饥肠辘辘。秋天是野兔活动的最佳时节，庄稼成熟，草木丰盛，谷物飘香。它们想去哪里就去哪里，想吃什么就吃什么，在那个季节，它们是田野间的皇帝，比农民幸福百倍，它们不劳而获，有辛劳的农民为它们劳作，它们坐享其成。

冬天是它们悲哀的季节。寒冷、饥饿、恐惧……像凶神恶煞一样袭来，野兔连夜间也睡不了一个安稳觉。夜晚，在空旷的野地上，就有人领着猎狗，带着矿灯，搜寻野兔的踪迹，他们用强烈的光柱在田野的每一个角落仔细搜寻，即使野兔卧在最隐蔽的地方，也会受到威胁。他们像对付敌人一样，或合围，或堵截，或用布口袋……用尽各种办法。野兔的眼里充满求生的欲望与淡淡的悲哀，猎枪没有了，而猎狗还在；弓箭没有了，而套子还在。野兔生命的危机，一刻也没有停息。

冬天来了，野兔没有藏身之地。它们回忆春天的温暖，夏日的热闹，秋日的丰硕。它们在渴盼，在期待，在梦想……往日的美好时光。野兔心里焦渴地盼望着温暖的春天，热闹的夏天，丰硕的秋天，那是它们生长的季节，繁衍的季节，安全的季节，有梦想的季节，放飞希望的季节，收获梦想的季节。

野兔的欲望，在冬天的日子里，越来越膨胀……

人的欲望，也在冬天的日子里，越来越膨胀……

山　鸡

清晨，在去单位的路上，时常听到山鸡的鸣叫，低沉而短促，继而，我巡视它的踪影，在田野间，它像是在散步，抑或是晨练，昂扬着头，羽毛整齐鲜艳而有光泽，好像是一位英俊的少年。

在沟壑边，田埂上，时常有山鸡在觅食，田间的谷物，嫩绿的麦苗、草籽，新鲜的草叶……都是它们的佳肴。它们是田野间的生灵，自然就成了人们心目中的野味，于是，在田野间，无聊的人就拉起大网捕获山鸡。山鸡性情活泼，善于奔走而不善飞行，奔跑速度快，高飞能力差，只能短距离低飞并且不能持久，所以，它们常常被捕获，成为人们酒桌上的美味佳肴。

我去单位时，尤其是清晨，总盼望能遇见山鸡，远远地，看见它在田间散步抑或奔跑，心里总有说不出的高兴和满足。一日，在去单位的路上，发现一根雄鸡尾巴上的翎毛，长四十多厘米，黑褐相间，自然是美丽的，我捡起来精心放好，带回单位放在办公桌的笔筒里。办公累了，读书倦了，总是凝视一番羽毛，或轻轻地用手梳理一番羽毛，这样的日子过了许久。后来，我怕别人在不经意间弄坏它，总是放心不下，最后又带回了家，放在书房的笔筒里，心里才算放下对羽毛的牵挂。

一个雨天早晨，我去单位上班，刚到村口就看见：一个人手里提着一只被雨水淋湿的山鸡，原来漂亮的羽毛全被雨水打湿了，山鸡还活着，眼睛里充满求生的渴望，那分明是一种渴求的目光。我的目光停滞在山鸡身上，短暂的几分钟，心里就盛满了山鸡的祈求。

走过好一段路，我依然在想：山鸡迅速奔跑的本领，在雨天没有施展的空间。待会儿，山鸡的下场会如何，我不敢想象。脑子里一片空白，不知过了多久，来到单位，心里总是感到不安。

山鸡的命运，在一个雨天，掌控在人们的股掌间，我们的命运会有什么变故呢？我不敢想……

狗獾

北方的獾，主要是狗獾。我们村北的田野里，有一片坟地，具体说，是我们家族的坟地，三百余年的家族历史，坟头像一个又一个馒头，散落在田野间，这样就给狗獾提供了生存的场所。狗獾前肢发达，爪子长，善于掘洞。它们就常在坟墓、溪流近旁、堤坝等人迹罕至的地方挖洞而居。我曾发现，狗獾的洞深达数米洞内光滑整洁，有几个洞互相连通，巢位于穴道末端。秋季，我本族的三叔，闲来无事，天一黑，他就带上棉大衣到坟地里去捉狗獾，狗獾胆小，但遇危险也会凶猛顽抗。

三叔摸准狗獾的活动规律，秋季活动最盛，每晚八九点钟出洞活动捕食，拂晓回洞穴。三叔就夜夜在坟地里守着，等着狗獾出来寻找食物。

狗獾的食性很杂，主要以植物的根、茎，玉米、杂豆、花生，以及瓜类等为食，因而，它们对农作物十分有害。三叔是一个本分的庄稼人，对狗獾破坏庄稼的行为甚是痛恨。秋季粮食作物多，当然，它们出来活动也频繁，它们瞄准秋季是一个收获的季节，就出来啃食玉米、大豆、花生、瓜果等。狗獾除了啃食农作物外，偶尔也捕食昆虫、蠕虫、蛙类、小爬行类、鸟和啮齿类小兽等。因此秋季的狗獾经济价值最高，毛皮质量最好，狗獾油还是治疗烫伤的良药。狗獾在外面吃饱后，再带回洞穴里一些，储存起来，它们有半冬眠习性，每年 11—12 月入洞，翌年 2—3 月冬眠醒来出洞活动，三叔对它们的生活规律早已了如指掌。

一次，三叔蹲在坟地里抽着旱烟，火光在夜色里忽明忽暗，过了好一会儿，三叔的双腿蹲得发麻，正起身要走，忽听见一阵窸窸窣窣的声音，他心想狗獾出洞了。他不敢吭声，竖起耳朵，仔细听狗獾的动静。当时，他一定是只看见狗獾迅速地向外逃蹿，可还没有来得及张开布袋罩住洞穴口，狗獾就逃离了出来。虽说狗獾秋季肥胖，脂肪多，但身体依然灵活，三叔最后徒劳而归。

三叔在捕获野兔、山鸡、黄鼠狼等野兽上，是高手，但在对付狗獾上，三叔是一位失败者。

为此，三叔将他用过的铁夹子、鸟网子、套子、筒子等捕获工具，统统丢弃在坟地边的沟壑里。

从此，三叔挥舞着牧羊鞭，哼着小曲，落得悠闲自在。

刺　猬

夏日里，在柏油路上行走，偶尔，我们会看到一条蛇或一只刺猬的尸体，被汽车轧扁，躺在柏油路的中间。虽说我们对蛇的印象不好，一般人见到蛇总是害怕，浑身起鸡皮疙瘩，心里自然不舒服。而对刺猬倒还友善，我们总觉得刺猬挺好玩的，自然喜欢。

夏日里，一次雨水过后，在草丛里、沟壑边、田埂上，总会遇见一只憨态可掬的刺猬，大人也好，孩子也罢，都会戏弄一番，拿上一个小木棒，用力戳刺猬的身体，它就自然地缩成一个圆球，身上的刺立刻竖起来，准备攻击对方。时间久了，刺猬发现对方并无恶意，又恢复原样，舒展躯体，人们便会再一次戏弄，如此反复地折腾刺猬，人们玩腻了，好心人放过刺猬，不再理会它；怀有恶意的人戏弄够，又将刺猬带回家，关在笼子里，说得好听是喂养，其实是找时间折腾着玩。

刺猬虽是弱小的动物，却也像野兔的幼崽一样，关在笼子里，它会不吃不喝，拼死抵抗。有人说：它有野性，供养不活。

山鸡也是如此，关进笼子里，它会碰得满头是血。身体日日消瘦，最后绝食而亡。

刺猬是杂食性动物，在野外主要靠捕食各种无脊椎动物和小型脊椎动物以及以草根、瓜果为生。显而易见：刺猬是有益动物，正如池塘、沟壑里的青蛙一样，而有人依然将魔掌伸向它们，扼杀它们的生命。

野兔也好，山鸡也罢，人们对它们的抗争置之不理，最后，又将它们烹调成餐桌上的一道野味。

世上有第一个吃螃蟹的人，也有第一个吃西红柿的人，依次类推，世上也有第一个吃刺猬的人。

听说是用稀黄泥将刺猬包裹严实，放在火里烧，待黄泥烧干，掰开黄泥，刺猬的皮就自然掉了，一个肉团就出来了，一股浓郁的香味儿扑鼻而来。

饥荒年代过去了，粮食丰收了，物质丰富了。馒头坊、煎饼店、面包铺，在各地林立。商店、超市的食品更是一应俱全，就连比萨饼、三明治人们都已经吃腻了。大大小小的肉铺，更是随处可见。

此时，他们的眼光就盯上了田野里的生灵们。猎枪收缴了，猎狗来了，铁夹子出现了，鸟网有了。狡兔死了，走狗未烹。

贪欲，一旦占据人的全部思维，人会变得比任何动物都可怕。而人一旦成为捕获动物的工具，手段比任何工具都高明十倍、百倍，乃至上千倍。

贪欲，是人类最大的杀手，也是最厉害的武器。

贪欲控制着人们，让人们残忍地对付野生动物，其手段比有形的猎枪、铁夹子、鸟网子、套子、筒子……更为可怕。

人们在绞尽脑汁或想方设法对付野生动物时，就不曾想过：有朝一日，当人类被盯上时，后果将会如何？命运将会如何呢？

与鸟雀为邻

在乡村居住，与鸟雀为邻，是我的幸福。

清晨，天刚亮，麻雀就站在窗棂上喊我起床。

春天的气息刚刚降临大地，燕子就从遥远的南国飞来，到我家的房檐下筑巢做窝，生儿育女。喜鹊也在窗外高大的杨树上筑了巢。斑鸠在房顶上和我聊天。布谷鸟从不白食田野的粮食，它比平庸贪婪的人更关心大地上的事情。

黄鹂贪玩，玩出情致，柳树经它们一摇，就变成了绿色的诗。

白鹭高傲，爱在天上画一些雪白的弧线，这让我想起人们的爱情也曾经那样纯洁和高远。

麻雀是鸟类中的平民，勤劳、琐碎，一副土生土长的模样，它们是乡村的子孙，从来没有离开过乡村，有时候，它们爱和农民争食，善良的乡村人从来不曾责怪它们，乡村人知道，它们也是孩子，也是乡村人的一员。

鸟雀的叫声，动听优美，是乡村人爱听的乐曲。

鸟雀的叫声，是农耕的信息，布谷鸟来了，春耕的时节就来了。鸟雀与人类和平相处，从来不打扰人们，它们静悄悄地生活，静悄悄地离开。

鸟雀是万物生灵中最爱干净的。我们不曾见过一只肮脏的鸟儿，即使生病，或受伤的时候，也不忘清理自己的羽毛。疼痛可以忍受，但肮脏是它们无法接受的。

鸟雀预感自己即将死亡的时候，它们会用唾液舔净身上不洁、肮脏的地方，梳洗得干干净净离开人间，并且它们也从来不把多余的东西遗留在人间。

这一点，人类是无法与它们相比的。

在乡村居住，与鸟雀为邻，向它们学习，难道不快乐吗？

北方有雁阵

深秋时节，天高云淡。我总爱仰望天空，蓝的天，白的云。仰望头顶上的一种景象：一群大雁“咕咕嘎嘎”地叫着往南飞，一会儿排成个“人”字，一会儿排成个“一”字。成行的大雁，像胜利进军的队伍展翅南飞，互相呼应着一往直前。

仰望大雁飞过，就是聆听一种迷人的声音，那声音像孩童低语，像婴儿嬉笑，它们一会儿“人”字形，一会儿“一”字形，在秋夜，从我的乡村飞过，去江南度过冬天。

一种愿望在心里埋下萌发的种子。

晚霞染红了半边暗空，另半边则是沉静的青灰。一分为二的天空相互交染着，倾泻下异样的光辉，不知是光明还是黑暗。调乱的色调，绝妙的抽象画。它们倏地从草地中飞起，排着队飞上天空，像出征的战士，呼喊着，歌唱着，声音里充满了必胜的信念。

秋夜，有两种迷人的声音，有两种令人难忘的声音。一种是天空中大雁飞过的声音，在秋夜，从它们生活的乡村飞过，去度过它们的冬天，来年再回来，如此循环往复。另一种是马车在乡村路上走过的声音，马蹄发出的咔嗒声：不脆也不艮，不响也不闷，配着夜色，真是好听，真是悦耳。

雁阵就飞在这样的风景中。月亮与太阳同时闪耀，一片混乱而宏大的光明，充盈在无穷的天地中。就那样默默地拍打着翅膀，借着轻盈的风，以不变的节奏，渐行渐远。

我沉醉于这样的美妙风景中，被这样的景色深深地吸引，深深地感动，深深地诱惑。总渴望有一天，能近距离看到雁的阵容。

在一个深秋的下午，我和祖母在田野间闲逛，远远地，我们看到一群南飞的大雁落在沟畔，它们显得非常饥饿、疲惫，它们好像在做短暂的休整，灰黑色的羽毛，披在它们身上显得极为恰当。它们在雁奴的守护下，有的昂头挺立，有的在田间觅食，有的卧在地上休憩。我们静静地观赏着它们优美的姿态。

等到我们离开的时候，我是一步三回首，在如此深厚的黄昏的阴暗中，我穷极目力也无法看清它们的样子。我感觉到它们在颤动，在轻疾来去的习习夜风中。

我感到悲凉，感到孤独，感慨群雁的生活处境。它们在中国的南北方来回奔波，是季节的晴雨表。

时光如水，岁月匆匆。

又是一年秋季，在水边的一个沟畔，我见到一只腿部受伤的大雁，在沟畔的芦苇丛里，它一动不动地蹲在那里，雁儿望着西沉的太阳，情绪低落，昏昏欲睡。我小心地靠近雁儿，它没有反抗，我轻轻地将它捧在手中，受伤的雁儿，好沉重，好可怜，眼睛里充满哀求。

我把雁儿带回家，精心护理，为它起名小黑点。秋夜深沉，风声凄厉。小黑点的伤口在流血，它在流泪。

从远处，从不知名的地方，喷出一股火焰，铺天盖地的沙石打过来，于是，小黑点的腿部就被沙石击中，刹那间，小黑点便从天上掉进了无底的深渊。它慌忙地发出本能的警号：

“伙伴们，危险——”

雁阵一阵骚动，开始慌乱。可是大家谁也没有注意到：那古怪的声音和小黑点都不见了。就是这样，小黑点意外地遇上了我。或许，是一种机缘。

小黑点，又重新回到了雁阵，它是雁阵的救星，其他大雁知道小黑点的苦衷。这会儿，它们或许正在南飞的路上，我侧耳细听它们低语。

又到了深秋时节，仰望蓝天，总渴盼小黑点出现在头顶的蓝天之上。耳边却始终没有雁阵的鸣叫，只剩满腹的凄凉。

一个人，伫立在深秋的荒野，或是沟畔，或是水边，四周空旷寂静，只有月光浸润在潺潺的流水声中，我浸润在凄凉的夜色中，木然不动。秋风袭来，落叶飘旋着落到流淌的清泉里，游向不明的远方。听不到雁阵鸣叫，心中充满凄凉，人在秋风中，眼泪不觉闪烁……

北方的雁阵，在艰难地飞行，在秋风中，年复一年，点缀着季节的容颜。

我的麻雀邻居

每日清晨，麻雀蹲在窗户的横梁上，喊我起床：春夏时节，它们早一些叫醒我；秋冬时节，它们晚一些叫醒我，好像它们也懂得时令的长短。

在乡村，见到最多的就是麻雀，它们“叽叽喳喳”地到处飞舞。麻雀，是人类的朋友。它们与人朝夕相处，清晨，它们起得早，在窗前唤醒熟睡的人，或是懒惰的人。

在田间，我们看见麻雀在寻找食物，其实它们只有在找不到食物的情况下，才会对庄稼下手。我们有偏见，认为麻雀是害鸟，在糟蹋庄稼，这样其实是不公平的。

有时，胆大的麻雀在公路旁寻找食物，来来回回的车辆，从它们身旁飞驰而过，它们依然不慌不忙。

麻雀是勤劳的，每次见到它们时，它们都在忙碌。繁育幼鸟时，它们夫妻两个轮流守家，早出晚归，不辞辛苦寻找食物，养育子女。

麻雀在地面的时间比在树上的时间多。它们只是在吃饱后，才飞到树上。它们将短硬的喙像北方农妇在缸沿磨刀那样，在枝上反复擦拭。麻雀蹲在枝上啼鸣，如孩子骑在父亲的肩上高声喊叫，这声音蕴含着一种依赖、信任、幸福和安全感。麻雀在树上就和孩子们在地上一样，它们的蹦跳就是孩子们的奔跑。而树木伸展的愿望，是给鸟儿送来一个个广场。

屋檐下，石缝间，有它们温暖的巢穴。它们一家人，在狭小的空间里和睦相处。我们见过人类的战争、杀戮、掠夺，但类似的事情，我们在麻雀身上不曾见过。

在过去，我一直认为麻雀的行走只会向前蹦跳，因为我从未看到过它们像其他鸟类那样迈步。这种怪异的、仿佛两腿被绑住的行走方式也许是麻雀所独有的，我注意过比麻雀体形更小的鸟在地面行走时也是迈步。

一次，我在徐州候车时，正是清晨，旅客稀少，在候车大厅外面的广场上，我看到一只正在觅食的麻雀。我观察它，它啄一下，便抬一次头，警觉地向四周瞧瞧。我忽然发现它会迈步：当它移动幅度大时，它便蹦跳；而移动幅度小时，它则迈步。法布尔经过试验推翻了过去的昆虫学家“蝉没有听觉”的观点，此时，我感到我获得了一种法布尔式的喜悦和快感。

我想，作为一种在人类周围生息的“蓬间雀”，一种地面鸟，麻雀在危机四伏的环境里觅食需要大步快速走动，但是“企者不立，跨者不行”，由此便形成了它们像袋鼠般跳跃行走的习性。

麻雀习惯于双足蹦跳的行走方式，它们的样子，像孩童模仿大人的举止一样好笑。它们飞得很低，从不长时间停留在树上。它们是田野的精灵，它们停在田野，如果不走动，人们简直认不出它们。

在鸟雀中，麻雀是弱者，它们体型小，容易被其他鸟类欺负，在食物上，它们从不跟其他鸟儿抢夺。它们叽叽喳喳一通之后，再重新寻找食物。

我把麻雀看成鸟类中的“平民”，它们是鸟在世上的第一体现者。

它们的淳朴和生气，遍布整个大地。它们是人类卑微的邻居，在无视和伤害的历史里，繁衍不息。它们以无畏的献身精神，主动亲近变幻莫测的我们。没有哪一种鸟，肯与我们建立如此亲密的关系。在我对鸟类作了多次比较后，我发现我还是最喜爱它们。

在昨日，我猛然发现，麻雀多是两只一起飞行，它们或许是一对夫妻，一雄一雌，总是不离不弃，它们相隔的距离总是不会太远。我看到它们总是如此恩爱，它们不像人类那样，总是矛盾重重。

冬季，食物稀少，它们在草垛里寻找，在雪地里寻找，农家的秕谷，它们不嫌弃，狗的剩饭，它们也不嫌脏，鸡、鸭、鹅的剩饭，它们也衔去，填饱肚子，抵御严寒。

漫长的冬季，麻雀与我们共度。冷空气来了，雨雪来了，它们躲在巢穴里，呵护子女；暖阳来了，它们倾巢而出，迎接阳光，舒展羽毛。

麻雀与我们同在一个屋檐下，与我们共同抵御风雨的袭击，是我们忠实的朋友。

鲜艳的枸杞

深秋，田野里的庄稼收获了，唯有沟壑边沿鲜红的枸杞无比耀眼，一条条纤细的手臂上挂满了剔透的玛瑙，这是它在向我们展示自己的硕果。

我收工回家的路上，伸手摘一粒轻轻地放进嘴里，一点一点地品尝它的滋味，甜甜的，微酸的，甜里带酸，酸里有甜。

孩提时，不知其名，也不知其味，当然，也不敢轻易地品尝。枸杞依然在生长，在开花，在结果，等到来年春天依旧如此。

它从古走到今，没有人在意它的生生死死；它从春走到冬，没有人在意它的营养价值。

深秋初冬，天凉了，枸杞依然鲜嫩无比。它经历了春天的嫩翠，夏天的浓荫，秋天成了它最光彩的季节。

秋天，我在收工回家的路上，经过一段长长的沟壑，在沟壑的两侧，生长着无数的枸杞，一株挨着一株，大小不等，形状不一。在这样的季节，我身边早预备好了方便袋，鲜艳的枸杞就成了我的囊中之物，一种喜悦感在心头滋生暗长。

风干的枸杞，在我的茶杯里浮浮沉沉，就像我们在生活中经历的坎坎坷坷一样。

风干的枸杞，远不如宁夏枸杞王个儿头硕大，但我们的枸杞是在天然的条件下生长，汲取大自然的精华，它早吸大地之灵气，晚纳日月之光辉，是纯野生、纯天然、纯绿色的精品。它远离工业污染区，它依靠自然的力量生长，雨水来了，它生长；露珠来了，它滋润；霜花到了，它鲜艳。

枸杞，寂寞地成长，每一根枝条，都是她的手臂，手臂绿了，春天来了；手臂紫了，夏天到了；手臂红了，秋天到了；手臂干枯了，冬天来了。而风干的枸杞，挂在枝条上，像一个个红色的风铃。

枸杞是有智慧和情感的，只是我们人类不太懂，人类的力量对于它们来说太强大了，秋天，有人将它的手臂无情地斩断，轻易地获得了鲜艳的枸杞，而枸杞却成了残废，在肢体上、心灵上、灵魂上承受着莫大的痛苦。

人类在一念之间就轻易地残害它们的肢体，乃至生命，应该吗？

橘子黄了

北方的橘子树，是家庭的风景。我家的橘子树，就是一道亮丽风景。

每到秋季，花色的橘子挂在枝头，绿色中透着橘黄，与绿叶交相辉映，在庭院、在门前，就成为吸引眼球的景色。

我的橘子树生长在一个大花缸里，这是它的第三个安身之所。十几年前，我从集市上将它领回家，那时，它在一个大花盆里，个儿头矮小，没有几根枝干，几朵白色的花开在枝头，闻上去有淡淡的清香味儿。秋天，三个橘子成熟，缀在枝头，实在诱人。

转眼间，十几年过去了，橘子树的个儿头高了，枝条多了。春天，白色的花朵，绽放在枝头，惹来蜜蜂围着花朵飞转。蚂蚁对甜食最为敏感，伏在花朵上，吸食花的香味儿、甜味儿。白色的花朵，被黑色的蚂蚁沾染，色彩立刻暗淡了。

橘子树，在风雨、日光、虫蚁的考验下，一个个小小的橘子有了模样，一个个小玻璃球样的橘子，挂在枝头。绿叶间掩映果实，果实在绿叶间隐藏，橘子树获得了一种成功的喜悦。

秋天来了，橘子开始渐渐变色，绿色、浅绿、浅黄、橘黄，此时，橘黄色的橘子就缀在枝头，浓艳地点缀着秋色。

在北方的农家院，种一棵橘子树或许是出于对江南橘林的向往。

生活在江南的橘子树，在北方居然硕果累累，真是一种喜人的景象。每到秋季，到我家做客的亲友总是赞美一番，最后，摘上几个橘子品尝，果然有南方橘子的味道，酸里有甜味儿，甜中有酸味儿，典籍中云：“橘生淮南则为橘，生于淮北则为枳。”而我家的仍是橘子的味道。橘子树生长在江南，因为江南有广阔的酸性土壤，适宜橘子树安家生长，而我每年都会对橘子树施一些硫酸亚铁等酸性肥料，这样，橘子树在北方也能汲取自己所需的营养，橘子成熟后岂能变味？

在这一点上，我突然想到：自然界和人的内心世界在诸多方面是相通的。遥远的事物是美丽的，因为长距离为人们留下想象的空间，如悠悠的远山，沉沉的夜空；朦胧的事物是美丽的，因为它舍去了事物粗糙的外形而抽象出一个美的轮廓，如月光下的凤尾竹，灯影中的美人；短暂的事物是美丽的，因为它只截取最美的一瞬，如盛开的鲜花，偶然的邂逅。

秋天的橘子树，橘子缀满枝头，是农家院的美丽景观。橘子黄了，美丽诱人。

凤仙花

在乡村，凤仙花又名指甲花，多数人不知道凤仙花，而知道指甲花。

凤仙花，名字动听，命运卑贱，更谈不上金贵，在农家到处有它的身影，房前屋后，院里院外，比比皆是，就连妻子的菜地里也有两株，一株高大，一株矮小，相距不足五米。它和草一样，生命力顽强，记得有一年撒下过种子，从此以后，就年年有凤仙花长出了。

三月天，一场春雨过后，凤仙花就在原来撒种的附近露出嫩芽，隔上几日，稚嫩的秧苗就向我们示意问候了。

在乡村，有学问的家庭，就给自家的女孩儿取富有诗意的名字：凤仙。叫起来动听，意思也好表示一生无病无灾，年老之后，儿孙满堂，就像凤仙花的种子。

凤仙花红色的多见，白色的稀少，紫色的更为罕见。

红色的凤仙花开放时一朵挨着一朵，一朵比一朵开得高，有点像芝麻的花朵。夏天，正是凤仙花盛开的日子，女孩子们摘去大把大把的凤仙花，回家用木棒轻轻捣碎。从捣的音响可以判断出女孩子的心性，性急的音响急促，性缓的音响自然也缓。花儿捣出鸡血红的液汁后，加上明矾再捣，待明矾与花汁融为一体，成为液汁。

这液汁用来涂指甲，十个指甲一一涂上，然后用宽大植物的叶子包裹上，再用细线缠结实，过一夜，第二天解开叶子，十指红蔻丹，鲜艳无比，所以指甲花也叫蔻丹花。

不过现在的女孩子不再用指甲花涂指甲了，指甲油替代了凤仙花，她们不愿再浪费那个时间。凤仙花也就成为农家的一道风景了。

除是风景外，凤仙花还有一个好处，就是避蛇，这是大多数人所不知的。据说，蛇很怕凤仙花，远远地闻到花儿吐出的气息就会头晕、骨酥。明智的蛇就赶紧扭动腰身，掉头爬走。

人们常说：一物降一物。看来此话不假。多数人见了就怕的蛇，竟然会败在一种植物的香气面前，武功尽失，晕头转向，仔细想想，这大概就是自然界的相生相克吧。

金黄的野菊花

对于野菊花的关注，是近几年的事，年过不惑之后，血压有所偏高，请医生诊断，西医大夫建议药物治疗，说白了就是吃西药；中医大夫提议食疗降压，尤其要平肝明目，菊花是最佳的一味药。

去县城超市采购时，偶尔会买来菊花泡茶品饮。今年秋天到了，妻子提议去山坡采摘野菊花，天然、绿色、无污染的野菊花，是辅助降低高血压的良药。从中医大夫那里得知，野菊花是一味常见的中药，《本草汇言》称野菊花“破血疏肝，解疔散毒之药也。主妇人腹内宿血，解天行火毒丹疔……煮汤洗疮疥。又能去风杀虫”。

仲秋以后，野菊花就肆意汪洋地绽放了，路边、山坡、堰埂，处处皆是。

野菊花不择水土，花期也很长，从仲秋到深秋，延伸到冬至以后小寒之前。每年这个时节，我和妻子会拎着提篮到上坡采寻野菊花，妻子专挑未开的花苞采，她认为绽放的花朵不如花苞好。采下的野菊花摊放在院里的水泥地上晾晒，丧失水分后的野菊花变成深暗的棕色，不再是金黄色。妻子采野菊花是为了降我的血压，我体内虚火旺，野菊花能清热解毒，平肝明目，正和中医大夫的诊断相吻合，从而可以起到辅助降压的疗效。妻子叮嘱我泡茶时，放上两三朵野菊花，每日常饮。

晒干的野菊花泡在茶里，一股药香味儿，微苦，就像小时候喝的中药味儿，而我早已接受并喜欢上野菊花的味道了，在日久天长的品味中感受心气的平和与安宁。同时，我的内心也保持着一种天然的美好，保持着对自然界植物生命的感恩与爱。

苦菜苦　荠菜甜

冬夜微凉，围炉夜读《诗经》，读至“谁谓荼苦，其甘如荠。宴尔新昏，如兄如弟”（《邶风·谷风》）时，唇齿间溢出两种不同的味道，一种苦菜的苦味儿，一种荠菜的甜味儿。身置斗室，心仿佛飞到苦菜和荠菜相伴生长的野地。

《谷风》里那位哀怨遭弃的悲情女子，是个刻画细致传神的悲剧角色。读完《谷风》，为诗里的这个女子，不由心生哀怨与激愤。或许在有记载的诗中，《谷风》里遭无情丈夫遗弃的女子，是最让人难以忘怀的，因为她天性软弱，自己不能大喊质问。解读式的方法来理解文字里的虚构人物，一般来说是一种错误的理解文本的方法，这使得每一个读到这个女子经历的读者，心生压抑，而这正是写作者的目的，或者，这也是生活本身就潜藏的一种特质。因为在实际生活中，每个人都在按照非反省的方式，在自己的人生迷雾里穿行，这既是生活神秘的地方，也是生活无尽的苦涩之处。就如同被遗弃女子所说的，苦菜虽苦，但它的滋味也和荠菜一样的甘甜。字里行间，两千五百年后的今天，诗中依然透露着某种冷冷的笑，而且，必然的，这阴冷的笑声依然会随着时间和人的存在相伴下去。

植物学上属于菊科的苦菜和属于十字花科的荠菜都是我非常熟悉的野生植物，它们长在黄土坡地上。在我很小的时候，大人指着它们的名字让我知道，这个叫苦菜，那个叫荠菜，在我的印象里，自然便是能吃的了。鲁西南特色的面食里有一种浆水面，因为其独有的酸涩味，是一种只有这里的人才能吃得惯的美食，在酷暑季节吃起来，算得上是最舒坦、最酣畅淋漓的一种食物。做这种面的浆水，最平常的食材正是春夏时节长在山野上的苦菜，将苦菜过了滚烫的开水，捏成一个个菜疙瘩，从中挤出苦菜的苦汁来，然后再装入瓦缸，倒入熟面汤发酵，苦菜便成了酸涩清凉的浆水。盛夏，到窑洞里尝一瓢乳奶般清凉透心的浆水，是喝什么冰镇可乐、橙汁都望尘莫及的美事。小时候，发烧感冒，或者咽喉发炎了，只要病痛尚轻，母亲都会让先喝点浆水，一般来说，都能起到一些辅助疗效。

苦菜因其遍布山野，又含辛苦之味，所以从来都不是宫门里的食品。黄河大地上的老百姓，几千年来，遇上吉年便拿着苦菜做小菜，遇上荒年便拿苦菜当主食熬日子。从某种意义上讲，苦菜的韧性、辛苦、遍野得生，体现的不仅仅是植物本身的属性，也是中华文化衍生出的一部分基质。

野地里，苦菜生长的地方基本都有荠菜混生。青嫩的小朵，常被幼时的我摘来当家里桌上的青菜吃，而已经长得开了碎白小花的，则连根拔进笼子里做猪草。苦菜的嫩茎叶脉折断处，会流出白色的汁水，这汁水牢牢黏附在皮肤上，用清水很难洗掉。而荠菜是平和的，它既像个受气包，又像个淘气鬼，用太过平常的面目混在野外满地的绿色中间，似乎不希望让人轻易地分辨出它。荠菜可以独立做成一道主菜，清淡寡味，也可以入汤，还可以做其他菜的伴侣。它的身上有一种谦和的气息，吃进人的嘴里是甘甜的。

从古希腊到黑格尔，一般都认为，必然性是悲剧的要素之一，也就是，一个人物，从一开始，他或她的悲剧特色就已经开始了，并非到最终的惨绝人寰才显现出来。悲剧人物，不管他或她的最初人生怎样的辉煌迷人，最终，都会以荒凉告终。这和苦菜自身的性质不谋而合，在中国上古时代，苦菜就已登场，它从骨子里渗出的苦涩汁液，既是一种对外部侵害的免疫，却也有着某种悲剧的必然性。荠菜，则在融和的气氛里，呈现出关于自由、爱、浪漫和一切美好事物的总和。这是我对苦菜和荠菜属于美学上的一点不定性的认识。

如果没有《诗经·邶风·谷风》，我可能永远都想不到，这样两个平凡普通的植物身上，还在“悲苦”和“甘甜”的意象后面，显现出悲剧和喜剧的身影。想想《红楼梦》和《西厢记》，想想苦、荠两菜，既好玩，又有趣，两个那么大的人生舞台，可以只用简单的两个字来理解，而两棵小小的植物不仅连接了自然，也流露出无限的人生滋味。人生，不就一只脚踩在苦上，一只脚踏在甜中，并且在这样的交替当中走向某个必然的终点吗？

一株枸杞

抱着对野生植物的期盼，秋末，将一串串鲜艳的枸杞带回家，像辣椒种子一样的种子被种植在废弃的石槽里，一种新生的期盼就开始在心里默默滋生。

春天，万物萌发，弱小的枸杞种子，从石槽里的睡梦中苏醒，睁开眼，打探新家园。

一个又一个鲜嫩的枝条，让我不忍心触摸。

泛白，泛白，而后，鲜绿。枝条在不停地向上延伸。

夏季，或许是燥热，或许是干渴，或许是吵闹，枸杞的每一片叶，每一根枝条，都在延缓生长，枝条底端的叶子，开始变黄，最终落下，我有些伤感。一年，两年，三年，枸杞的身高，依然如故，我不急不躁。

沟壑边，枸杞在风雨中挺立生长，春天，枸杞的嫩叶是一道美味佳肴。夏天，枸杞在不起眼的小地方，默默地伸展手臂，一个又一个青色的小辣椒，挂在枝条上，在微风中自由地摇摆。

深秋，小枸杞色彩渐渐地发生转化，青青，淡青，浅红，深红，像一个又一个小红灯笼，可爱至极。急匆匆的行路人，停下脚步，手伸向一串又一串枸杞，我想，他们肯定是被鲜红的枸杞吸引，忘记了行程。在路边，清理杂草的人，手里也攥着一串又一串鲜红的枸杞，脸上溢满笑容。

每当我看见鲜艳的枸杞，心里就涌起一股说不出的喜悦，做着家务，观赏着废弃石槽里的枸杞，心里默默地期盼。我的梦里，枸杞早已爬上屋顶，形成纵横交错的枸杞网，夏日炎炎，枸杞的枝叶，时而稠密，时而稀疏，用瘦弱的身躯遮挡着夏日的阳光。

枸杞没有高大挺拔的身影，只有一刻不停成长的心情。枸杞不计较土壤是肥沃还是贫瘠，不计较干旱还是洪涝，不计较个人得失，不计较个人恩怨，依然春日萌发，夏日焕发，秋日成熟。

我曾反复阅读季老的《枸杞树》，从他的字里行间，我品咂出他对枸杞的情感，质朴、真挚的情意流淌在每一句每一字的行间撇捺细微之处。季老感情细腻，他对一个小动物，甚至对一草一木都散发着慈爱之心，季老对猫的情感超乎常人，对枸杞的那份情意更是超乎常人的。

难怪季老钟爱枸杞，枸杞全身是宝，补肾益精，养肝明目，补血安神，生津止渴。枸杞的功效远不止我们所熟知的这些。

如今，我们的庭院成了砖头、水泥、钢筋的结合体，夏日炎热时节，室内就像蒸笼，当人们走进的那一瞬间，汗水立刻从身体的每一个毛孔溢出，衣服和皮肤黏在一起，让人全身不爽快，如果枸杞能为我们遮阳蔽日，室内则会无比凉爽，那该是多么美好的事情呀！

我期待着，枸杞的日日成长，期待着枸杞像葡萄的藤条一样，纵横交织，为我们撑起一片阴凉。

一株益母草

益母草，就现代人看来，早已失去原有的地位。

益母草，是普通的野草，随地而生，春萌夏长秋熟冬枯，与其他野草没有区别。我却在前几天，亲手残害了一株矮小的益母草。暑假开学的前一天，我对茅厕里的混合物进行了一次清理。厕所外是一片很小的空地，妻子在狭小的空地上栽种了两垄辣椒，长势旺盛。辣椒东边的空地上长出一株益母草，彼时，益母草茎上缀满了粉红花朵，厕所里的水，没有别的去处，只能浇到益母草附近。益母草的灾难，随之降临了。

乡野间的益母草，是性喜向阳的唇形科草本植物，在民间的药理上，既可以调节病痛妇女的身心，又有益于女子养生育子。

在乡村深秋时节，我看到益母草，就不由自主地想起妻子生下儿子后，喝过益母草水，一股浓郁的气息在产房里弥散，能感觉到浓浓的母性气息，这种母性不是性别上的，更是文化基因里的。因为从益母草身上，我不由自主地联想到繁衍的生命和柔和的性情，自然万物和人心灵性的交会，让朴拙沉迷之心，在这浓郁的母性世界面前，有一点惊喜的诧异，这其中激荡人心的，正是我们时常觉得伟大，却又总是因为爱得深沉，而无法看清的母性的真相。

我国最早是一个母系氏族的国家，河姆渡氏族就是一个代表，一株灯火，一间草棚，一处人家，就此繁衍出一个伟大的民族，这是我们所公认的历史。

生长在我身边的益母草，本是疗养母性身心的草木，生命却断送在我的手里，一个无意的举动，让我成为一名刽子手，我是一个罪人，对不起母性的恩情，对不起益母草的恩情。

每逢深秋清晨，妻子总是踏着晨雾或露珠，去野外割成熟的益母草。成熟的益母草，这时显得高大、稳重。妻子背回一捆益母草，放在家里风干，等待乡邻前来寻觅。妻子不忍心看到益母草在北风里饱受摧残，在叹息声中枯萎死去，在无法疏解的哀号中逐渐风干，在黯然落泪中失去水色，成为没有生命的死物。我曾目睹其成为无生命的死物，绿色的叶子渐渐失去水分，无端地下垂，粉红色的花朵逐渐凋零，身体的病痛哪里抵得上心里的伤痛来得浓烈，来得绝望。

益母草，在双重伤痛之后，逐日干枯，我的心痛也日日加重，以至于痛恨落泪。

益母草，在《诗经·王风·中谷有蓷》中就有其地位，“中谷有蓷，暵其干矣。有女仳离，嘅其叹矣！嘅其叹矣，遇人之艰难矣！中谷有蓷，暵其脩矣。有女仳离，条其歗矣。条其歗矣，遇人之不淑矣！中谷有蓷，暵其湿矣。有女仳离，啜其泣矣。啜其泣矣，何嗟及矣！”在《毛诗品物图考》中也说：“传蓷，鵻也，集传叶似萑，方茎，白华，华生节间，即今益母草也。”

在乡村，益母草被喻为“神草”，一株株直立在乡村野地，它是情感抒发的起兴之物，也是母性悲惨身世的灵性之物，更是医治母性病痛的良药，亦是女子娇媚容颜的保养物。宫廷美容秘方《外台秘要》里，就详细记录了益母草配制美容秘方的方法和美容作用，由于武则天善用此法，故题名为“则天大圣皇后炼益母草留颜方”，由此可见益母草的传奇功效。

一株益母草，与我为邻，我突然的冲动，就断送了其性命。而附近一株不成样子的杏树，两岁大的梧桐树，都安然无恙，如果说，茅厕里的脏水，是多种元素的混合物，对弱小的杏树及爱干净的梧桐树，同样会有危害，会伤及性命的话，看来，益母草的生命更为娇嫩，更为柔弱，这正像女子，娇小、柔嫩，不堪伤害。

时值秋天，益母草正值成熟季节，粉红花的普通草木，高大方茎，白萼花生在枝叶节间，“益母”二字就是伴着世世代代母性的痛苦，穿透岁月的神秘，也正是母性伟大的体现。

一株野艾草

野艾草的气味，时刻充溢在乡野的每一个角落，每一个缝隙。远远地，就有一种奇异的味道，飘逸弥散……

初春时节，成片成片的野艾草就钻出地面，露出白绒绒的叶片，覆盖着地面的杂草以及脏污，在沟壑的边缘，常有它们的身影。几天的光景，艾草就有模有样，艾草低贱，长势迅速。气温升高，艾草在雨水的调理下，离开地面向上奋进。

年少时，每到雨水季节，艾草的香味儿奇特浓郁，与雨水的湿润黏合在一起，分不清雨水味儿还是草香味儿，我的心忍不住骚动，拔些艾草，栽到自家院子的一旁，年少的冲动，与艾草朝夕相恋，放飞懵懂的梦。

艾草，没有美丽的花朵，没有漂亮的外衣，只一心向上生长，在初夏，艾草就高达一米，在微风的吹拂下，像淡白色的波涛在不停地翻腾。

端午节，屈大夫的祭日，我们想起艾草，正和我们的先人一样，对艾草有一番特殊的感情。于是，我们家家户户的门楣上挂上艾草，在北方，在家乡的麦收季节，我们没有时间去包粽子，就去超市买来各式各样的精美粽子，来纪念这个具有特殊意义的节日。“举世皆浊我独清，众人皆醉我独醒”，在战乱年代，在楚国，他就像一株艾草，没有人理会，无数次劝谏，无数次阻拦，都被冷落，他寂寞如一株艾草，在田边、沟壑、山塬，孤芳自赏。

其实，他就是一株艾草，散发着奇异浓郁的香味儿，那正是他的气味儿，与当时污浊的气味儿难以融合在一起，世道、国家、君王、奸臣皆视他为另类。

端午过后，艾草被我们割下挂在门楣上，它们的命运正像我们先人一样，怀着满腔的愤懑抱石投身汨罗江。

艾草，能够再生，屈大夫没有再生的机会。传世的只有《离骚》和后人对他的怀念。

屈原离去了，每到端午节，我们记起他；艾草干枯了，当春季萌发，我们又想起它们，想起它们那满身的香味儿。

夏日，蚊虫盛行的日子，难以搜寻到艾蒿，我们在室内就点燃艾草，熏赶蚊虫。这是年少时的事情，而今，有大量的杀虫剂，人们对艾蒿、艾草的功效逐日淡忘了，早就不用这样的土法子了，回忆这些乡间旧事，只是心里觉得有些喜欢。

时至今日，艾草依然郁郁葱葱地生长在每个人的心里，而且香味儿浓郁，亘古不变。

甘　草

甘草，进入我的视线，是在我少年时。

在那个物质贫乏的岁月，家里人每到初夏，会买些甘草、金银花、白菊花之类的清热去火茶，度过一个炎热的盛夏。

后来，我在李时珍的《本草纲目》里找到了甘草的足迹，原来甘草多生长在陕西、山西、内蒙古、宁夏、甘肃一带干旱的内陆区域。甘草的根系发达，主根深入土壤。初春时节，甘草萌发青苗，槐叶似的叶子，在春风中摇摆。

懵懂的童年时，我们在北山坡上，曾一次又一次地带着小铲去寻觅甘草的踪影。我们跑遍山坡的每一个角落，发现的多是苦菜、蒲公英、车前草、柴胡的身影，而甘草，确实少见。

其实，甘草也是一种野草，它常常与车前草、冰草、苦苦菜一样，长在田间。

甘草根系发达，它不管土壤是贫瘠，还是肥沃；它不管土壤是酸，还是甜，它都直插土壤深层，换回一身甘甜。

甘草，在淡黄色的水中上下沉浮，大小不等的圆形甘草片，在水中上下游动，就像行人在路上遇到的上坡与下坡一样。

品一口含有淡甜味儿的甘草茶，常想起妻子亲手制作的苦菜茶。初春，妻子在山坡上剜来苦苦菜、蒲公英两种野草，当然，它们也是两种中药。洗净后，放在春日的阳光下晒干，切成小段，加入去年留下来的红枣，一起放在铁锅里，用柴火慢慢焙炒，静待水分从苦菜和蒲公英叶子里慢慢撤走，其间，洒入少许蜂蜜，待叶片炒至微黄，蜂蜜和大枣的甜香也早已弥散进新鲜的春茶里。一份散溢着淡淡清香的苦菜茶就新鲜出炉了。

就这样，每年我都能喝到妻子亲手炒制的苦菜茶，苦菜茶性凉败火，清热解毒，轻轻地啜一口，慢慢品咂，清淡微苦的气息便渐渐弥漫至全身，让人觉得沐浴在春风里。更令人欣喜不已的是，春季我嘴角生疮、流鼻血的毛病，在妻子苦菜茶的浸润里已经多年不见踪影。

在妻子关切的目光里，我小心地倒出一小撮苦菜茶，置入杯子，倒入开水，干瘦微黄的苦菜和蒲公英顿时鲜活起来，争先恐后地绽出片片嫩绿，愉悦而张扬，像午睡醒来的人痛快地舒展着腰肢，那些一度蔫掉的黄白小花也枯木逢春般再次绽放。

夜读《本草纲目》，发现甘草是山草类的“头号人物”，是我们的益友，尤其是它的根对我们的五脏六腑有百益而无一害。甘草，生长在干旱的西北，夏秋两季是其最佳生长期，浓绿的枝叶在野地、山坡、田间从容不迫地生长、结果，紫色的花朵，毛茸茸的荚果，甚是热闹。

手捧《诗经》，读到《国风·唐风·采苓》时，我发现古人曾以甘草为诗歌起兴之物，引出下文。在离我们遥远的时代，甘草就生长在这片古老的大地上。甘草，或许从那时起，就成了一种实实在在的植物。《采苓》开篇是：“采苓采苓，首阳之巅。人之为言，苟亦无信。舍旃舍旃，苟亦无然。人之为言，胡得焉?”有人专爱说谎话，一定不要听，甘草本身就是实心之木，从来不说谎话，它总是用实实在在的甘甜滋养人体器官，在西药尚未流通的年月里，正是甘草、黄芪、丹参、黄连等中草药拯救了无数人的性命。

甘草，是多年生植物，它与苦菜、荠菜不同。它的根，比黄土还黄，比黄河水还黄，比黄金还金贵。

甘草是有灵性的植物，它无法选择生长的土壤，自己要根扎土壤深处，它的根系就要伸向土壤湿润之处，如此，地表上的叶面才会更为宽阔，花朵才会更为鲜艳，果实才会更为丰硕。

甘草，既然要获取甘甜，就要敛迹苦难，不让懒惰者轻易得到根系，甘草就注定要经受艰辛，这是植物付出一生的代价换来的甘甜。

甘草的根，太甜，而懒惰者想得到它也非易事，须深挖两米才能得到主根。甘草根，带有一股浓浓的药腥味儿，嚼着嚼着，口里就会泛出一丝丝的甜味儿，从嘴里到心里都是甜津津的。

甘草，是草，是多年生植物。甘草也像人，一只脚踩在苦难上，一只脚踏入甘甜中，在这样的交替中走向终点。

野菜三章

苦苦菜

苦苦菜，俗名苦曲菜，是一种极平常的野生植物，北方的山地丘陵是其理想的生长地，在田间、路旁、水渠边等随处可见。它无须人工栽培，本能地吸收着雨露阳光，一丛丛，一片片，萋萋生长。在田野里，苦苦菜被视作危害禾苗的杂草，农民对它除之而后快，可它从来不为自己的命运而悲戚，一旦被人们捡回家来食用，就将全部的营养贡献出来。

每到早春4月初，苦苦菜便从土质不一的地里争先恐后地钻出来，绿了荒地，绿了山村，绿了山村人的心。

杨柳仍然畏惧着寒风躲在梦乡里，桃花唯唯诺诺不愿意探出头来绽放笑脸。残雪早已经告别了冬季，化为乳汁渗透到土层里去寻找种子。贪睡的青蛙在洞里盘算着要哪一天才出得洞去，只有苦苦菜听到了小燕子的声声呼唤，毅然决然地穿出了地皮……

苦苦菜有顽强的生命力。

在田间的小路上，我看见了嫩绿嫩绿的苦苦菜，它们在田间的黄土地上舒展筋骨。满目苍凉风沙肆虐，小燕子开始为苦苦菜担心。可是，苦苦菜没有感到凄凉，没有感到悲伤。春风走过来爱抚地问它："你感到冷吗？你后悔吗？你不怕被冻僵吗？"身材弱小的苦苦菜，它的回答感动了春风，感动了白云，感动了红日。"我不悔也不怕！在这个世界上总要有第一个，我要引领绿色一族来迎接你们啊！"春风送来了春雨，红日为它洗礼。夜，明月把银盔盖在它的身上；清风温柔地哄它入睡；群星为它唱着那首古老的摇篮曲……

苦苦菜一天天地长大了，伙伴们陆陆续续地穿出了土地。杏花红了，桃花开了，小溪在翠柳的伴奏下潺潺地歌唱，小草用身躯染绿了大地，苦苦菜早已为演唱会铺好了舞台。百鸟争鸣，百花齐放。那优美的舞姿，那动听的歌喉，博得群山起舞江河奔腾。

苦苦菜开花了，那黄色的小花既不显眼也不鲜艳。蜜蜂不来采访，彩蝶不来光顾，孤独常来欺凌，寂寞送来了嘲笑。悲伤的苦苦菜紧紧地贴着大地，晶莹的泪珠滑落浸入母体。“人们为什么要这样对待我？为什么在这个世界上要有世俗与偏见？为什么人们只爱红花而轻视绿草？”白云听见了为它落泪，大地听见了为它叹息！

在干旱的土地上，它带锯牙的叶子或墨绿或铁黑，但它毅然树立起绿色的旗帜，天天召唤着农家幸福的日子；苦苦菜就像生活在这里的老农一样，播种着绿色，播种着希望。

春天来了，我又开始了吃一个季节的野菜，这是我的爱好。

不必特意到山坡去寻找苦苦菜，果树空里、地堰上到处都是。天天上山干活儿，只要捎带一个小篓，一把小刀，干完活儿往家走，沿着地堰和土坡走一趟，苦苦菜就装满了小篓，天天剜也吃不完，人吃好的，剩下的就给鸡和兔子吃。

我小时候是从来不吃这东西的，即使每天放学都去剜，但主要是用来喂鸡和猪。只有母亲蘸酱吃，有一次我尝了一下，刚一嚼便吐了出来，我喜欢吃甜食，带苦味儿的食物和药物都咽不下，即使逼着自己咽下也会马上呕出来。我常常看到一些老太婆用苦苦菜蘸酱，吃得很有滋味，老人们边吃边说真好吃，怎么吃也吃不够，让我尝尝，我咂吧咂吧嘴却还是不敢尝。

我素来偏向吃凉拌菜，不爱吃熟菜。不论油菜大白菜，还是各种野菜，我都喜欢凉拌，像油菜、菠菜、苔菜等用开水焯好了，把蒜泥和调料放上去，用烧开的辣椒油浇上去，沸油烫出蒜蓉的香气，我总是吃得津津有味。不过苦苦菜我可不爱焯着吃。人们最爱吃的是把苦苦菜放在开水里烧，打上两个鸡蛋箍成块，放好调料，乡村人称之为美食，可是我仍是不敢吃，还是因为苦。

大多数乡村人是吃苦苦菜的。首先用开水烫过，再浸泡几个小时，颜色深的苦苦菜要多放凉水泡上几个钟头，然后调上油、盐、醋、蒜、葱、杏仁和芝麻酱等，一道精致可口的凉拌菜就做好了，吃一口，真是爽口极了。

十年前，乡村人都剜了苦苦菜到城里去卖，城里的亲戚们每年都回来剜苦苦菜带回去吃，说苦苦菜中含有丰富的胡萝卜素、维生素C，还具有清热解毒、杀菌消炎的作用。苦苦菜的好处我早就知道，但就是入口难以接受。我就想，城里人花钱买苦味儿，我这里俯拾皆是却不肯吃，不妨权当是吃药，反正它毒不死人，我也应学着咽下苦味儿，生活里的任何苦都能受，一棵苦苦菜就受不了了吗？

我试着用苦苦菜蘸甜面酱吃，起初还是咽不下，不知从何时，我发现一个窍门，吃一棵苦苦菜，就着几粒油炸花生一起嚼，花生的香气能解苦苦菜的苦味儿，不但感觉不到苦，反而越嚼越香。发明了这样一种专门适合我口味的吃法，每个春天我都对苦苦菜垂涎欲滴。

听奶奶说，我小时候经常感冒，嗓子发炎，咽喉肿大，总是去不了病根儿，乱求医时，被当地一位老中医用苦苦菜的偏方治好了。当时奶奶高兴地给了这个老中医半袋子米面。

回首往事，苦苦菜的恩情我们不能忘怀。现在我们生活好转了，可是每年春天我都照吃苦苦菜，这种生活并不苦涩，而是充满了幸福。吃苦苦菜，是在品尝一种生活，一种人生。以前吃苦苦菜是为了活命，现在吃苦苦菜是为了身体健康，从中品味新农村的田园生活。

蒲公英

春暖花开的季节，我时常到山野散步。每一次看到在草丛中默默开着黄花的蒲公英，心中总会萌生一种不可言状的情感。

早春三月，北方的冰雪刚刚融化，冷风习习，乍暖还寒。在那万物还未完全醒来的时刻，蒲公英却在落叶和枯草的掩护下，悄悄地把翠绿的嫩叶伸向春天。当大地渐渐复苏，小草刚刚吐出新绿，蒲公英却早已捷足先登，艳压群芳地绽放出黄茸茸的花朵，漫山遍野，把春天点缀得分外妖娆。

蒲公英，俗名婆婆丁，是一种多年生的草本植物。它的影子遍及各地，在岩缝间，在小溪旁，在马路边，在田埂上，人们到处都可见到它那微薄而不可轻视、弱小而不可凌辱的形象。

“婆婆丁，抱娃娃……”，奶奶一边教我们唱着儿歌，一边把开着黄花的蒲公英摘下一朵，黄色的花朵在阳光的映衬下显得金光闪闪。只见她把绿色的茎干折断一节，端口处立刻涌出奶白色的水儿，塞到我的嘴里，顿时有一种苦隐隐、甜滋滋的感觉。“像奶汁吗?”奶奶问我。我摇摇头，又点了点头。她让我把蒲公英的茎干含在嘴里一会儿，再拿出来一看，的确有了神奇的变化：只见细小的茎干开成好几股，卷曲着，像婴儿刚刚张开的娇嫩的手指，我才明白原来这就是“一抱一爬搽”。不过就是这小小的变化和欢快的儿歌却给我带来了无尽的愉悦，让我对这充满神秘色彩的蒲公英有了美好的回忆。“去玩去吧，孩子!”奶奶是不会让我干多少活儿的，于是我便像脱缰的野马在山野上奔驰……

温暖的阳光照在冰冻了一个冬天的土地上，迎面吹来和煦的风，昭示着春天即将到来。奶奶领着我和一伙儿妇女儿童挖野菜。奶奶走在前面吆三喝四地指挥着，山岗上、田野里到处都能听到她特殊的声音。她是一个大嗓门，喜欢唱歌。那时候兴唱样板戏，《沙家浜》《红灯记》里沙奶奶和李奶奶的唱段，奶奶都能唱得惟妙惟肖。而且她还知道许许多多野菜的名字及来历。什么“七七菜”“灯笼棵”“溜溜嘴”……奶奶知道得可多了。最使我难忘的还是她对“婆婆丁”的描述，后来我才知道，“婆婆丁”就是被无数文学家赞美和津津乐道的蒲公英!

我把开透了的像白色大绒球一样的蒲公英摘了一大把攥在手里，朝着风去的方向一吹，只见漫山遍野都是小小的像雪花一样的花絮在飘荡，我的心也荡漾开来，蒲公英开始寻找属于自己的家。

累了的时候，奶奶把我们拢在一起，听她讲有关蒲公英的故事：

相传古代洛阳有一蒲姓人家的千金小姐取名“公英”。有一天她发现右乳下长了一肿块，隐隐作痛，遂叫来一位江湖游医为其诊病。游医见公英长得花容月貌生了邪念，肆意调戏。公英忍无可忍，扇了他两记耳光。游医恼羞成怒，在外到处造谣中伤，说公英有失贞洁。公英有口难辩，好不委屈，心想以死洗刷清白。她悲愤地来到河边，万念俱灰，纵身往下一跳。千钧一发之际，一青年渔夫跳入河中，将她救起。

渔夫听了公英的遭遇，唏嘘不已，每天用一种长着锯齿长叶、开着绒花的野草让小姐内服外敷，精心调理。不久，公英的肿块竟奇迹般地消失了。两人日久生情，且救命之恩无以回报，公英便以身相许，与青年渔夫结为夫妻，成就百年之好。两人约定，把那为其治好了乳痈顽疾的野草取名“蒲公英”。从此，这种不知名的小草，便有了一个美丽动听的名字！

想不到一棵平凡的小草竟有这样神奇缠绵的故事。只觉得那位打鱼的青年真是幸运，托了蒲公英的福，找到一位美貌的姑娘，且是一位大户人家的千金。从此我就对这小草有了特殊的关注。

奶奶把挖来的蒲公英洗净，放上一点用石磨研细的花生和大豆汁糊，做成了蒲公英渣豆腐。在那时候，吃上一个地瓜面窝头，喝上一碗这样的渣豆腐，简直可以称得上八珍玉食，只可惜那种苦中带香，香中带甜的味道现在是感受不到了。

奶奶的为人也像那朴实无华的蒲公英，热情、善良、博爱，从不向困难低头，即使在那些最最艰难的日子，她也是保持着乐观的态度，始终不离不弃地守护和养育着我们。我们在幼小的心灵里默默地祈祷，希望自己快一点长大，让奶奶多活几年，好多报答她几年，让她享几年清福。

然而，命运没有给我们报答奶奶的机会，在我十八岁那年，奶奶因病永远地离开了我们。那个北风呼啸的下午，我跪在奶奶的灵前，泣不成声。苍天似乎在无情地捉弄我们，奶奶在我们即将长大成人的时候，悄悄地走了，只把无尽的依恋和思念留给了我们。

蒲公英不仅花朵娇艳美丽，更有其自身内在的完美和善良。无私奉献，默默无闻，牺牲自我，服务他人。虽然出身贫寒，经历艰难，命运苦涩，却把美好和幸福带给人间。在早春时节，它是北方人最早吃上的新鲜野菜，爽口开胃，营养丰富，是难得的美味佳肴。在大城市星级酒店的餐桌上，也经常出现它嫩绿高贵的身影。蒲公英还是一味苦口的良药，具有清热解毒、消肿散结和催乳的作用，兼有利尿、缓泻、退黄疸之功效，可食用，生吃、熟食俱佳。

蒲公英不仅知春早，报春快，是春天的使者，而且花期长，久开不败，更是春天的捍卫者。直到初冬来临，一次次的寒霜袭打，其他花草树木已经渐渐枯黄衰败，可蒲公英仍执着地追求着生命，迎着飞舞的雪花，依然碧绿苍翠，顽强生长，一朵朵黄色的小花坚强挺拔，傲霜斗雪，不屈不挠，就是不肯把春天放弃。

蒲公英虽然弱小，但性灵高远，志在四方，有顽强的生存和繁衍能力。花瓣儿凋零后，花茎上长出一团白色的绒球，这就是蒲公英坚定高傲的种子。每粒种子都有自己毛茸茸的翅膀，不愿做井底之蛙，不甘心寂寞，不满足于现状，心中怀着对外面世界的美好向往，在风的怂恿下，决心做一番生死拼搏，完成一次希望的旅行，实现生命的跨越，把理想放飞远方。

蒲公英，绿油油的叶，黄茸茸的花，凝聚着我孩提时深刻的记忆。我期待过，采挖过，吞食过。蒲公英，帮我充过饥，解过馋。在苦涩的滋味中，我品尝着那遥远的童年……

车前草

最早我是不知道什么是车前草的，只是知道一个俗名——猪耳朵草，后来上中学，读《诗经》，当我读到《国风·周南·芣苢》的诗句时，对车前草有了新的认识。

“采采芣苢，薄言采之。采采芣苢，薄言有之。采采芣苢，薄言掇之。采采芣苢，薄言捋之。采采芣苢，薄言袺之。采采芣苢，薄言襭之。”

长大后才知道，车前草，这名字带给我的联想，实在只是一种人为的美好意象，把它喻为一个弱女子似乎更为贴切。它不过是山道上的一棵草啊！脚下没有沃土的滋养，身后没有大树的庇荫。烈日炎炎的午后，灼热的大地令它焦渴难耐神情恹恹；月黑风高的夜晚，它那单薄的叶片，又怎敌晚来风急。在这寂寥的山道上，它千年等一回，守望着生命，薄雾正从山间飘过，西风正烈……它从尘埃里迎着车轮，迎着马蹄，迎着铺天盖地的滚滚红尘，任千斤重压碾过身躯轧轧而去。哪怕粉身碎骨，它的灵魂也会披着纯净的绿色霓裳，赤足走在田野上。

一片片绿叶的舞蹈，在风中幻化着它的宁静和淡泊，幻化着生命的沉重和轻盈。看啊！在山道上，在阳光下，在清凉如水的晨风中，那风中旋舞的叶片，摇曳生姿的草茎，一如桀骜遒劲的狂草，向着蓝天大地，向着桃红柳绿，轰轰烈烈地张扬着内心的不屈与豪气。如果你留意，绿叶的舞蹈宛若一个女子的舞蹈，与大地相融，与清风共舞，让它散发出淡雅的气息，那是怎样的一种美?!

清人方玉润《诗经原始》卷一云："读者试平心静气，涵泳此诗，恍听田家妇女，三三五五，于平原绣野，风和日丽中，群歌互答，余音袅袅，若远若近，忽断忽续，不知其情之何以移，而神之何以旷。则此诗不必细释而自得其妙焉。"这该是读此诗的一种境界了，这简短的诗里，不仅有音韵、节奏的自然转合，更有用几个动词白描出田园女子细致勤朴欢快的动感画面。

山野里、沟埂渠洼上遍地生长的车前草，在上古农耕时代传给我们的画面里，是欢快舒畅的歌韵在它的小小的淡绿叶面上跳动的音符。不管《国风·周南·芣苢》是农女劳作时自作的农事歌，还是婚嫁女在田间唱的祈子曲，其中，都有一种人和自然的对唱，有一种轻灵粗犷的音韵和将自己从生的杂乱中淘洗出来的清新感觉，在这样素净的诗里流淌。

走在静幽葱绿的自然里，让人不由自主地产生清澈和舒展之感，这不是属于哪个时代人们的专利，而应该是在人的基因里，藏着自身演进变化，得之自然的岁月源头。和自然亲之养之，这应该算是农业时代里人和自然之间的关系。今天，现代化所表现出来的生机勃发却将人与自然想要组成的和谐面目涂抹得模糊难辨。这中间既没有人类主宰的欢畅在，也没有清澈的自然气息在，而仅仅是人这样一种动物，在展示自身欲望的过程中得到的必然结果。生命演进，在动荡的节奏里，总有一种平衡的因子，其中孕育着要么和谐要么纷乱的历史场景，当我们上溯历史的时候，总能清晰地看到：古人，在田间采车前草时唱着欢歌。今人呢？在丢失了那种轻盈的传承后，是不是已经得到我们所追求的绚烂？

自然里的车前草，在我鲁西南的家乡也叫猪耳朵草，是小时候下午放学回家后去打猪草时，最常掇到竹靡篮子里的一类植物，它踏踏实实长在田间地头的样子，是一副和善的让人漠视的模样。不规则的粗厚小圆叶，摇曳在风里的小碎花，暗红的硬邦邦的碎种子，全都是经历千万年面不改色的深沉模样。现在，到野外去，在沙土地里见到些疯长的杂草，能从中轻易叫出名的，就有这车前草。它的名字让我回忆起童年里那个手里挎着个小篮子在田野里蹦蹦跳跳的无知无畏的小人儿。不知不觉间，让人对山鸣水叫的自然备感亲切起来。

年少的记忆里，碎花遍地的田埂上、小路边，到处都有它清癯的身影，一颗童心总是充满了许多的疑问。为什么它叫“车前草”，而不是“车后草”抑或“车旁草”呢？每次咀嚼它的芳名，情感深处总会升腾起满怀的敬仰，伴着我梦幻般奇妙的浮想。我曾描摹着在残阳笼罩枯树的幽静古刹旁，在西风掠起黄沙的山野古道上，它就是那个身披铠甲的车前将士，凌厉的目光如一道闪电裹挟着剑气，仅仅于无言的静默中，它那凛凛雄风已然退敌于千里之外，胜人于无形之间。

在这个如诗如梦的季节，花事喧闹地开了一场又一场，落了一重又一重。花香满径的阡陌上，唯有它，依旧是那小小的一丛，微不起眼，却给大地带来一片新绿，也给喧嚣的红尘点染了一抹清丽。从没有一种花草如你一样，在春天斑斓的原野上，如此地贴近泥土，几乎低到尘埃里。却用细瘦伶仃的草茎，高高擎起串串淡紫的花朵。那些点点如浓缩的米粒，若隐若现地挤在一起，仿佛寥寥晨星，又如爱的告白，欲语还休，却赤裸着自己全盘托付的心。

它从不奢望，只要些许的泥土立足，些许的雨水滋养，些许的阳光普照，就会铺展生命的诗意。车前草，它沉寂的心灵从不乞求多情的垂怜，却在岁月的磨砺中散发出阵阵清香。经历了春夏秋冬，吸吮了天地精华，挺过了风霜雨雪。它一直开在尘埃里，静静地仰望着春天，一丛一丛，在时间里埋下沉默与清愁。当岁月更迭季节变换，当百花飘零繁华落尽，它依然独立风中，郁郁葱葱成为不变的风景，成为紫陌红尘里那一抹永不凋谢的春光。

那是一种为了成全鲜花与大地的相映而甘做绿叶的大气之美；那是一种为了瞬间的精彩而不惜千年守候的相知之美；那是一种为了将一生凝聚的精华尽情展露而不惜粉身碎骨的悲壮之美……

车前草，它的内心一定充盈着这些大美，才能做到如此的恬淡与安然。它用生命的轨迹诠释了爱的真谛——爱是自然的，在不经意的凝重中蕴含着一份亘远的情愫。

草木三章

苍耳

几年前，一天中午，我在办公室里批阅学生的作文，一篇《苍耳草》在我眼前猛地一亮。于是，我的目光停留下来，仔细阅读，这位同学写道：“在花坛的边缘，由于长年的风吹雨打，裂开了一条细小的缝隙，而在这条细小的缝隙中，一株苍耳草细弱的茎上，竟然不甘寂寞地怒放出一朵小花。一阵风吹过，纤细的苍耳草飘摇不定，它竟然没有折断，依然挺立着、怒放着……它身后的群芳则随风摇曳，顾盼生姿，仿佛在展示着它们的娇容美姿，又似乎在嘲笑苍耳草的丑陋寒碜。的确，在万紫千红的百花丛前，苍耳草显得那么微不足道，它没有玉兰花的高雅，没有玫瑰的香艳，没有丁香的飘逸，更没有牡丹的华贵，然而，它毫不‘害羞’地执着地装扮着世界。”

读着学生的习作，勾起了我对苍耳草的敬意。一个暮春周末的下午，我去野外的山坡上，寻找苍耳草的身影，果然，在草滩上，发现了它的身影。

它的叶子，青白色，像胡荽，茎枝柔软蔓延生长，可煮着来吃，滑溜味淡。在四月中旬长成，形状像贵妇人的耳环；在八九月结果实，比桑葚短小且多刺。看着苍耳草的形状，我深切地感受到那位学生敏锐的观察力，而今，再读《国风·周南·卷耳》：“采采卷耳，不盈顷筐。嗟我怀人，置彼周行。”一种思念之情充满心胸，思念具有恒久的光，从心里透出来，落到眼前的苍耳上，就思念的人来说，那一刻她变得酥软了，就苍耳来说，它物化成魂，进入人心思虑的海洋里，不再仅仅是凡俗世界里的苍耳。自然和人，在这个时刻，同时产生了双重的意义，爱恋和寄托，物性和幻念。从诗的美学意义来说，吟读这句诗，可以让我们看到一个如水的妇人，在爱的光影的诱导下，如何由生活里的一个活泼形象化作一缕柔情缭绕的轻烟，缥缥缈缈地飘落到平凡自然的一个物件——苍耳身上。而苍耳，在静默时分，不再是个空间里单纯的自然形象，它被一种神秘之力开启了时间相连人心的通道，让一双痴迷的眼睛穿越地域阻隔，看到梦幻般的镜子里日思夜想的那个人，是如何行走在艰难的征途古道上。

就岁月所形成的席卷，我们现在身处的时代，极少将女子如水的形象看作生命里可以绽放的艳丽花朵，女人们多是想要重新将水化成坚硬的冰，挺着锋芒出现在世界的舞台上。但是读这样的诗，内心里飘然浮现的女子，依然让人感受着万般妖媚。这是中国的历史文化和新时代的西方社会发展特征之间产生了融合性的对抗力量。苍耳子上的短刺，体现的不是独立个体的个性特征，而是男女之间和谐关系所体现的一种普遍联系，一种不是外在利益形式上，而是一种内在心理的思念与柔和共振的情形。

真爱的久远，在这种如水柔情里深藏着，结合着日常生活中所要遭受的千回百转。然而，我们的世界里，脚下和人心上的节奏太快了，不管是男人还是女人，很少有人在冒险中舒缓地付出，不知道这是人们智慧了，还是更脆弱，更愚蠢了一些。

想着，在青草茫茫的山路边上，仿佛看到一个神情忧伤的柔媚女子，正站在一株苍耳旁，苍耳是弓，思念是箭，她指向的不是一瞬，而是永远被时间凝结的爱的永恒。

屈指算来，当初的那位学生如今已在省城一所大学读书。正如她当时的习作结尾："若有大师能作一国画，可取名《苍耳之思》，以寄托中国文化在一个女子，一份爱恋，一株苍耳身上千年时间里所积聚起来的人与自然之间看似相离、其实紧密相连的神秘关系。"

聪慧敏锐的她，在当时就写出如此富有哲理的语言，加以雕琢，他日，便会透出超人的智慧光芒。

蒺　藜

春夏时长出不着眼的微草，秋来时，随吹落枝头枯叶的寒风，一分五裂，随意跌落在风使它走到的地方，在不经意间，在奔忙疾走的脚底，在草丛和绿叶间探究生活。在这种完全没有料想，却突然到来的使人拧眉咬牙却又无法言说的刺激里，蒺藜便和跳动的经脉、暗流的血液、撕裂的筋肉，有了撕扯不断的联系。

《国风·鄘风·墙有茨》里云："墙有茨，不可埽也。中冓之言，不可道也。所可道也，言之丑也。"这是蒺藜在古老先民的文字里出现过的地方。"道傍布地而生，或生墙上，有小黄花，结芒刺"的蒺藜，无艳姿，无柳影，是天地万物中间，属于民众型的植物。但它随气候变换，在物竞天择的淘洗里，渐渐能果生暗刺，随着时间永生长存，这是它能够和人长久相处，并在相互间产生若有若无对话的原因。它说明了皇宫大院里，华美裘服和道貌岸然下不可晾晒在阳光之下的丑态。其实，在欲望之海漂浮的人的空间里，不管是宫墙还是百姓泥盆瓦砾的院落，哪里有绝对干净的地方？其中百姓之苦，在人世变幻中，身心上承受着苦中之最，缄默不言的乐人和让历史得以传吟不息的游吟诗人，在这些愤懑歌调和指斥文字里，为这些天下最苦之人内心的不满找到了得以流淌的出口，这或许是此诗的另一层深意，也是让治世者听到民有怨声的另一种表达。

坚硬的灰白色蒺藜，一果分成对称的五个分瓣，每个分瓣上，有长短棘刺各一对儿，在武林的仿生学里，是武术家暗器榜上“蒺藜子”的源头。一见到武侠小说里有蒺藜子出现，其后，总是一帮陪衬的短命人就要登场。对这些人，总让人心生不屑的念头，却很少去想，这不屑里是否也有自己的身影。

古人说：“夫树桃李者，夏得休息，秋得食焉。树蒺藜者，夏不得休息，秋得其刺焉。”这样的话，更进一步地说明了“种瓜得瓜，种豆得豆”的道理。但世间事总是后知后觉者多，说“种蒺藜，得刺焉”的，多已是走入局中的人自责的叹息。

秋实的一粒蒺藜上，在尖刺暗指的气息里，流云萦绕的是一幅幅人心跳动，却又让人感觉生命不在的画面。所谓生命自责幽怨的哀痛之美，或许该是蒺藜身上藏着的水墨画面里的那点意境吧。

我不喜欢自然里的蒺藜，但它总是在某个让我不经意的痛楚里引导我，让我把这种不喜欢转变成一种默视，并能有点混浊里的清醒。

野葡萄

在北方遍布四野的野葡萄，春末时开碎白花，秋末时，一串串黄豆粒大的绿果果，会变成绛紫色，果子里汁不多，味道酸里带着丝丝的甜。

小时候，下午放学后，挎着个小背篓到野山坡上打猪草的时候，总能采到满把满把这样的野葡萄，小小的葡萄籽会在小伙伴们抢着摘、抢着吃的游戏里，不知不觉中爬得鼻子下巴到处都是。这是生活里连接着我的童年的野葡萄。

童话里的野葡萄，存在于自然的灵性中间，它积聚了天人交会的灵气，藏在人迹罕至的古木旷草的幽密缝隙中间，只有极少数被神灵眷顾的开悟者，才知道它有怎样的人间医道所不能获得的神奇效果，并且知道用怎样坚韧不拔的性情支撑的纯爱至善才能够有幸获得它神力的眷顾。

童话里的野葡萄清凉甘甜，越是历经千年万年，就越是能够让人觉得它的神秘莫测。它在永恒的时间里，在安然地等着一双浸透了苦难，划开万里洪涛寻找它的手。神光环绕的野葡萄能赐予一个被黑暗之海淹没的盲人以光明的世界。从某种意义上，这是人类自身所处困境的一个隐喻，每个生命每天所追寻的，或许正是寻找“神奇野葡萄”的旅程。

和朋友一起喝过野葡萄酿的酒，是在大山深处的农家里。日常喝这种酒的是个在土地里刨挖生活的农民。他用黑色的瓷碗打了两碗酒，放到我们面前，脸上憨憨的笑里是一种歉疚，因为山林的小棚屋里再没有其他好东西了。酒入口之后生涩酸苦，留在嘴里的是一层层的粗粝，但是，这种粗粝在喝过一会儿后，能从嘴唇和舌尖上感觉到某种说不透的淳朴的甜味儿。在一些西洋的东方的有名无名的酒里，这种野葡萄酒的粗粝和连接它的热情憨厚的笑，是现代科技经过任何严格制程都过滤不出来的一种味道。如果说饮名酒能得一点虚荣和加深一点价值不大的自恋感的话，品这种酒，刚刚入口时的粗粝将会给味觉带来更多的层次感。这是说到酒时，总让我记起它来的一个原因。

遍布山野的野葡萄是再普通不过的一种植物了。生命越普通，就越具有神秘性，为什么会这样，答案就像一个谜一样。

茅草青　茅草黄

在乡村，茅草是最普通的一种野草，在山坡，在堰边，在沟沿……到处有它的身影。它，年复一年地生长，枯死。茅草青，茅草黄。

走在乡村田间的路上，便能瞥见它们低调地生长在那里。茅草是很不起眼的，大抵是因为它的足迹遍布乡间的每一个角落，处处能映入眼帘的缘故吧。

人世间，似乎总有这样的定律，事物多了，就显得自然，也就不再受人的青睐了。尽管如此，茅草依旧活得很好，用它那一簇簇的绿色点缀着一个又一个的乡间村落。

然而，我却对那些不起眼的茅草似乎有着与生俱来的亲近感。

很小的时候，我是一个十分娇弱的男孩儿，父亲和母亲也常常为我的身子骨发愁。每当我流鼻血时，他们就会拿出棉花团、碎棉布、卫生纸塞进我的鼻孔里，但依然无济于事。所以我每次流鼻血时，都要去医院。后来，我的祖母听一个老人说，用茅烟穗熬水喝，能治流鼻血，经常喝的话，慢慢就会根除。祖母自然是相信，后来我读医学书籍知道，茅草根具有凉血止血等功效。当时的祖母虽说没有读过什么医学书籍，但民间的传说依然是有一些道理的。

在以后的很长一段时间，我是每顿饭前都要喝茅烟水的。一开始，我很反感那水的味道，总会有一种干呕的感觉。然后祖母就苦口婆心地在我身边哄着我喝，说良药苦口利于病。一想到流鼻血时的痛苦，我就憋着气"咕咚咕咚"地喝下。的确，那痛苦也只有经历过的人才能理解：狠狠地用棉花塞着鼻孔，血却从嘴里流出来。那带着腥味儿的血在嘴里是咸的，像在吃着生鱼，那肮脏的血水堵在口里，却怎么也咽不下去。

慢慢地，我再也没流过鼻血，渐渐地摆脱了那种痛苦。然而，祖母还是会让我每天坚持喝上一碗。渐渐地，我也不觉得茅烟水苦了，那曾经令我干呕的味道还带着清香。以至于后来我都会主动地将一碗茅烟水一饮而尽，水下肚，有清凉的感觉。我发现我爱上了茅草，这爱里不只是对茅草的感谢，还有发自内心的敬佩。

乡村的土路两旁，草类繁多，茅草居多。那茂盛的草软柔柔的，用手轻轻一荡，很是细腻。茅草从不逆来顺受，它也有愤怒的时候，你需温柔地接近它，这样它才会将自己最美的一面展示给你；你若弄疼了它，它就会用那锋利的叶棱深深地刺伤你，那血滴留在草叶上，红绿相映的凝血似在告诫你。茅草和玫瑰在这点似有相同之处。茅草并非无情之物，刺伤人类并非在惩罚。茅草的叶子在轧碎后敷在割伤的口子上，一会儿就不会流血了。它有宽容和广博的心胸！

说起茅草，妻子曾说她给生产队割青草的事。生产队收青草是按斤计算工分的，花草是一种计算方式，茅草又是另一种计算方式，茅草是割不到根的，自然给的工分高，她就在花草里掺杂茅草得到高的工分，每天下午，她割一点儿茅草，把割的花草包装一下，显得像是茅草，加之她哥哥是生产队收草的人员，自然可以过关。

茅草的生长具有区域性。生长的地方可能是莽莽苍苍一片，而没有的地方，却很难寻找，即使有也是一两片草叶在微风中飘摇。茅草根在土层里不断延伸扩展，它们纵横延伸，左右伸展，几米、几十米……扩展延伸。妻子知道茅草生长的区域，为了割草多得工分她也不轻易告诉别人这个秘密。

其实，茅草赐予人类的另一种美在于它的根。土壤下，茅草的根并不美丽，甚至是丑陋的。弯弯曲曲的颈向两端延伸，末了还有一个针一样锋利的尖儿，颈上附有一层灰白色的有点儿霉味儿的毛须和鳞叶，这是茅草保护自己的一种方法。也许茅草懂得凡事要适度矜持的道理吧。用手剔除根表面的腐叶，我震惊了！雪白的如少女皮肤的茅草根儿透着耀眼的乳白，像小孩子生出的第一颗奶牙。那水嫩嫩的白上像是附了一层清露，水灵灵的，取一截，放入口中咀嚼，令人屈服。在乡村孩子没有糖吃的年月，茅草根，就是乡村孩子最有甜味儿的糖，弄一截茅草根塞进嘴里不停地咀嚼，一直到没有一点儿甜味儿也舍不得吐出来，在那时的感觉，没有比茅草根更有甜味儿的糖块了，今天的大白兔、金丝猴都比不过茅草根。清凉的甘甜浸入你的心房，你用一颗真挚的感恩的心来感激茅草对你的赏赐。那甘甜，甜到了心眼儿里，只一次，便终生难忘了。

饥荒的年月，祖母说，茅草的根可以帮我们度饥荒。青黄不接的夏初，村民的粮食接不下来，他们就刨茅草根吃，可以洗净直接吃，刨多了，就晒干了碾成面蒸窝头吃，一种黏滑的感觉，在村民的肠胃里行走。大便的时候，困难来了，大便干结，难以排出。在困难的年月，人们饱尝过种种煎熬。

青茅草，是儿时的一种甜食。春风一吹，春雨一洒，茅草便活活泼泼地钻出地面。嫩黄色的芽在阳光下欢快地生长着。只几天，便绿油油的一片片的，疏散在田埂上、山坡上，满眼都是这种美好的颜色。不过几天，茅草上便烟卷似的长出一个小尖点儿，慢慢地，由内向外鼓胀起来。小孩子们便齐刷刷地涌向田野，小心翼翼地拔下茅烟，扒开茅烟的皮，里面嫩嫩的穗显露在你的面前。剥下来，放在嘴里，一嚼，软软的，那乳汁一样的甘甜流进心里，遍及全身。伙伴们吃好了，便在田埂上撒起欢来，奔跑着，哼唱着："吃茅烟，生套子，给老爷，编帽子。"清脆爽朗的笑声飘在风里，流动在空气中。

再过几天，茅烟便长出了穗。风一吹，穗便齐齐地长出来，白茫茫一片，在风中起舞。有心的人们会用剪刀剪几大把，晾干，装在瓦罐里。若谁家的小孩流鼻血了，就熬点儿水喝，很快就会好。茅烟穗具有清凉解暑的功效。在收获季节，农人们习惯用茅烟穗熬一壶茶水放在地头，渴了便喝上几口，既解渴又解乏。

诗人杜甫曾有诗篇《茅屋为秋风所破歌》："八月秋高风怒号，卷我屋上三重茅。茅飞渡江洒江郊，高者挂罥长林梢，下者飘转沉塘坳。南村群童欺我老无力，忍能对面为盗贼。公然抱茅入竹去，唇焦口燥呼不得，归来倚杖自叹息。俄顷风定云墨色，秋天漠漠向昏黑。布衾多年冷似铁，娇儿恶卧踏里裂。床头屋漏无干处，雨脚如麻未断绝。自经丧乱少睡眠，长夜沾湿何由彻！安得广厦千万间，大庇天下寒士俱欢颜，风雨不动安如山。呜呼！何时眼前突兀见此屋，吾庐独破受冻死亦足！"

杜甫穷困潦倒，是茅草为他遮风挡雨，驱避寒冷。

对于农人们来说，茅草也是生活中的大功臣。茅草虽然不起眼，但在农人们的眼中，作用也是不小。农忙时，若来不及带绳子收庄稼，就在地埂上拔下几大把茅草，拧成一股绳，就可以捆庄稼了。而且茅草绳不易沤烂，来年还可以再用。拔茅草也是要讲究方法的。父亲总是先挽一大把，再猛地一逮，就连根拔起。茅草无法割伤父亲那布满老茧的粗糙大手，因为那上面布满了岁月的厚重。

深秋，茅草黄了，它像垂死的病人在风中摇摆。农人们用镰刀将它们割下来，在太阳底下一晒就可以用作柴火烧饭了。诗人杜甫就用它来苫盖自己的茅屋，贫穷的年月，乡村的人们也效仿杜甫苫盖房屋的方式，防寒保暖。如今，入冬后，茅草孤单地立在冬日里。只农人们的一把火，茅草便熊熊燃烧起来，中间夹杂着“噼里啪啦”的声响，像是过年放的鞭炮。火一灭，满埂满坡的焦灰。在疏雨中，它们融入泥中，成了很好的肥料。就这样，茅草枯荣了一季，最后回归黄土。由此，我不禁想到了人，从幼年、童年、青年、壮年、中年到老年，世世枯荣，代代轮回，循环往复。这就是宿命吧！只是这轮回没有终结，精神永不老去！

春日，冰雪渐融，风一吹，仍有些料峭。走在田埂上，不经意间发现，茅草已露出嫩黄色的芽。你不禁会惊叹于这顽强的生命，被雨雪寒冷侵袭的生命！偶尔，挖出一棵茅草，发现茅草是可以穿石的。它的根穿透了石头的心脏。它们又是团结的，根紧握在地下，簇拥着，如一家人般和谐。

与自然相比，我们都不过是人世间的一粒浮尘。然而，尽管如此，我们仍有自己的生活，看人间风云变幻，日出日落；听溪水涓涓，鸟鸣阵阵，享受自然赋予的美好。

而茅草，年复一年，青了黄，黄了又青，点缀着季节的容颜……

大白菜

在蔬菜的王国里，大白菜是最普通的公民。白露节气前后，人们纷纷栽种大白菜苗，几个叶片的大白菜，绿油油的，成行成垄的，有模样了。

几天的死去活来，大白菜苗真正活了。

大白菜的成长，离不开水的滋养。而这个季节，正是雨水稀少的时候，人们时刻不忘大白菜的这一需求，从自己的饮水中节省出来，输送给大白菜。

我们吃大白菜的时候，总是感到大白菜属于实力派，足够的个头，单凭这一点，别的蔬菜就无法与之相比。大白菜用叶脉撑开手掌形的叶子，清洗、切剁这些叶的时候，是我最感恩的时候，也是我的善良指数最高的时候，土地恩赐我，自然馈赠我，幸福眷顾我，草木养育我。

我见过妻子给大白菜浇水的全过程。

手掌形的大白菜叶，储存最多的就是水分，水分就是大白菜的血液，叶脉是血管，遍布整个叶片，所以，隔上三五日，就要给大白菜浇水，只要水源充足，大白菜的生长就会旺盛，不几日，一棵大白菜就立在了地面上。

大白菜是普通公民，它可以和多种蔬菜混合在一起，炒大白菜、炖大白菜、火锅里涮大白菜，大白菜的味道多变，甜味儿、酸味儿、辣味……大白菜都可以体现出来。

我们经历人生的酸甜苦辣，大白菜通过厨师的烹调，同样可以具备酸甜苦辣。

有时候，生活需要一种俭朴，那是向疲惫的心灵敬的一杯酒。大白菜就是我们生活中那道俭朴的菜肴，俭朴到随手切上几刀，撒上几勺盐，就是人间美味。它也可以变得昂贵，大白菜炖上羊肉，加上辣料，就身价倍增。大白菜依据主人的口味，可以变换角色，一会儿是低贱菜叶，一会儿是奢侈的菜肴。

它随人的变换而转变角色。

白岩松说："当下时代，最大的奢侈品，不是香车别墅，也不是金钱地位，而是心灵的宁静。”如是，大白菜在人心灵的天平上转换角色，寻找着心灵上的宁静。

南瓜

春天，妻子在山坡的荒滩处，播下南瓜种，不几日，种子破土而出，嫩绿的瓜苗，在春雨的滋润下，茁壮生长。

初夏，瓜藤贴着地面匍匐前进，以放射的姿态向四周蔓延。盛夏，瓜藤长到开花的长度，起初是谎花，黄色的花绽放在绿叶间，像一个个朝天的喇叭，奏响夏日的凯歌。开足谎花，顶着绒毛的南瓜花，在瓜藤上就有了雏形。

一个希望诞生了。

一个富有光泽的南瓜卧在草丛里，像熟睡的婴儿。日子在延伸，太阳在增高。南瓜叶遮住地面，小南瓜在瓜叶的遮挡下，迅速膨胀身体。身体的光泽日日褪去，身体的绒毛也不见踪影。南瓜长足个头儿，依然静静地躺在草丛里，躺在瓜叶与瓜藤的隐蔽处，不容易被人发现。

只有一直呵护着南瓜成长的细心主人，才知道南瓜的隐藏之处。

或许，南瓜知道：只有隐藏在深处，才不容易被世俗的人发现。南瓜，不善于张扬，不善于显摆，却有着极高的营养。南瓜内含有丰富的维生素和果胶，果胶有很好的吸附性，能黏结和消除体内细菌毒素以及其他有害物质，如对重金属中的铅、汞和放射性元素，能起到解毒作用。此外，南瓜还有保护胃黏膜、帮助消化，防治糖尿病、降低血糖，消除致癌物质亚硝胺的突变等功效。如此恩惠人类的瓜果，却善于隐藏在深处。

南瓜长成后，就隐藏起来，这是其自身的生长现象。妻子每次寻找南瓜时，多是拿镰刀，反复地在瓜藤与瓜叶间寻觅，当然，她记得雏瓜的大致方位，所以寻找起来比较容易。

南瓜，生长在贫瘠的土壤，对其生长来说，也算是一种逆境。即使在逆境的条件下，瓜藤也在荒草间穿越延伸，有时候，延伸的长度能达十几米，尔后，在草丛与瓜藤间，结下一个又一个小南瓜，一个个希望就此诞生了。

南瓜，没有漂亮的外表，也从不炫耀其资本，却全心全意地滋养人类，似乎是一个傻瓜。或许，傻瓜就是南瓜的代名词。

辑七　大地音符

春日短歌

一

春，脚步匆匆；春，脚步轻轻。

昨夜的枝条已绽放出新蕾，昨夜的薄冰已撕成激流……今晨的鸟鸣比昨日婉转，苍穹也宽阔高远。

大地间孕育着无数梦幻，所有的梦长出自己的双翼。草的梦，碧绿青翠；树的梦，参天挺拔；村庄的梦，小桥流水；都市的梦，异彩纷呈；婴儿的梦，放飞摇篮；母亲的梦，盘旋在家园。

一切都悄无声息；一切都瞬息万变。

在广漠宇宙和坚实大地间；在悠远历史和深邃未来间；在瑰丽自然和神秘心灵间……春，正以它轻柔的步履行进着，那么轻盈，那么迅疾。

春，更给我们闪电的昭示和春雷的惊动。

机场跑道昂起双翼；港湾扯起风帆；列车轰鸣出站……

春的脚步，响彻群山。

二

抖落风雪，抖落严寒，我跨步走进春天。

我倾听着——

太阳之波喧哗着迈向山岗，迈向江河，迈向大街小巷，迈向高楼大厦……

我注视——

丁香花开，迎春花开，蝴蝶花开，麦兰花开……处处是缤纷的画卷，处处是新生命诞生的诗篇。

我的耳膜鼓荡着太阳的涛声，我的心灵顿时亮丽灿烂起来。

我的双脚长满了根须，深深植入了土壤，吸吮着大地母亲的甘泉。

我的双臂长出翅膀，簇新的憧憬，似春燕飞向辽阔的蓝天。

千花竞秀，万木争荣……美在扩散，美在铺展。

乌黑的沃土在犁铧下尽情欢唱，崛起的脚手架抒写着明天的高度……收获在酝酿，希望在升腾。

乡村五月

五月的风，是香甜的；五月的雨，是细柔的；五月的水，是明澈的；五月的花，是多彩的。

乡村的五月，是明媚的日子。雄性山鸡，在麦田边发出短而急促的长鸣，令行路人猛地一惊，立马又回过神儿来；雌性山鸡，在田边静静地觅食，没有一点儿声响。灰色的鸽子也在水泥路边，一边散步，一边觅食。麦田是绿色的海洋，一眼望不到边际。

洋槐花，是五月的代表。洁白中透着晶莹，鲜艳欲滴。一串挨着一串，一朵接着一朵。香味儿，弥漫在整个村庄的每一个巷口。爱捣鼓吃的人，爬上树，弄下洋槐花，兑上面和鸡蛋，油炸酥饼就上桌了。

雨，是五月的精灵。淅淅沥沥，滋润大地，小麦有了样子，有了规模，树木张开绿叶，种下的棉花钻出地面，打探世界。南瓜、豆角、绿豆，也露出了脑袋。雨，不急不躁，不温不火，是春雨，而又比春雨火热，是夏雨，而没有夏雨浓烈。在和风中，一点一滴地落下，一副温柔可爱的模样。

人也精神多了。今年的冬天，一直拖到春天的尾巴上，到五月，一下子跳跃到夏天。单调的冬装，不见其踪影，瑟缩的身影舒展了，人仿佛忽然间宽阔了。大街上，老人的咳嗽声清晰可辨，妇人的说笑声在耳边响起。树荫下，老人有的在闲聊，有的在打瞌睡，有的在卷旱烟。孩子们逢双休日，在街上或是玩滑板，或是在用玩具枪打仗，双方对峙激烈，有不分胜负绝不罢休的意味。

五月的山，肥胖了，五月的江水，不再苗条了，像怀孕的女子，肚子一天一个样。五月的池塘，不再干涸了，一场雨水过后，水刚好盖住塘底。生命力顽强的泥鳅，被池塘的泥土滋润着光滑的躯体，好像是生命得到又一次蜕变，灵魂得到又一次升华。

不可数的菌类生物，丛生在山坡上、溪水旁，它们小者如豆，大者如碟；细者如银针，薄者如纱巾；赤者若玛瑙，绿者若翡翠……这些低矮细小的生命，在静默中散发着各自的芳香。太阳升高，满山遍野的杜鹃、蔷薇已缀满了踊跃开放的花朵，各种野花也耐不住性子，都在奋发绽开。

小麦在这时也开始灌浆了，楝子花开了，细碎的花布铺满大街小巷。夜晚，我们行走在街道上，月亮出来了。妻子说："现在鸟的叫声好像多起来了。"月光如水，鸟语沐之。在云雀的叫声里，小麦溢满了灌浆的醇香。此时，空气和月光被熏染得如醇醪似的馥郁。

五月，鸟雀的叫声此起彼伏，杜鹃的鸣叫，麻雀的叽喳声，布谷的声响，在空气中酝酿，在空气中扩散，在空气中升高。燕子轻捷的身影，在空中旋转。池塘、沟壑里的青蛙，在寂静的夜晚放开喉咙不停地唱歌，给宁静的夜增添一曲天籁之音。野兔伏在草丛或麦田的开阔处，静静地歇息，避开猎人的眼睛，躲在阴凉处享受。不知名的鸟，比麻雀稍大些，在沟壑的边沿觅食、踱步，头部上扇形的羽毛，吸引行路人驻足观赏。各种鸟雀，在这个季节开始孵育新生一代。夫妻相守一个安稳的家，雌的孵育，雄的奔走千里觅食，养育这个家。

飞禽走兽，为了自己的家，共同承担责任，用责任和爱心构筑温暖的家园，哺育子女成长。对于一个民族，对于一个国家，对于整个人类，也理应如此。

乡村五月，与城市相比，有着另一番景象。城市的五月，似乎比乡村来得早一些，年轻的女郎身穿漂亮的衣裙，行走在城市的街道，成为一道靓丽的风景线。城市的绿荫比乡村罕见，气温高出那么几度，在冬季没有感觉，在五月就有明显的感觉了。女孩着低胸的汗衫，高耸的山峰形成鲜明的鞍部，令想象力丰富的男孩心飞出了三尺外。五月的气息，在山峰的诱惑下，弥漫氤氲。

城市的超市里，碧绿的卷心菜、紫红的茄子、翠绿的芹菜……点缀成绿色世界。塑料大棚，打乱了蔬菜生长的季节界限，添加剂或瘦肉精，促使家禽、家畜生长。我们咀嚼着各种肉类，如同嚼蜡，感觉不到一丝的香味儿，吃鸡肉如同嚼朽木材一般。乡村的蔬菜，全靠天然生长，而且施的也是农家肥或豆饼肥，是纯正地道的绿色食品。油菜、辣椒、茄子、黄瓜，在自家的小菜地里疯长，饭前到菜地弄上一些，清水洗过，五颜六色的菜肴就摆放在我们的眼前——口水从嘴角流了下来。

乡村五月，小麦日渐成熟，菜地的瓜果日日肥硕起来，杏儿也褪去往日的绒毛，随着麦子的转黄，它们逐日走向市场。桃子的个头增大，南瓜的茎蔓顺着附着物向上攀登……

乡村五月，一个生机蓬勃的季节；乡村五月，一个香飘四溢的季节；乡村五月，一个绿荫如盖的季节；乡村五月，一个生命延续的季节；乡村五月，一个承前启后的季节；乡村五月，一个催人奋进的季节。

乡村之美，美在五月。

山野秋景

在四季中，我独爱秋。春，料峭；夏，燥热；冬，孤寒。唯有秋，充实而丰盈。

在夏日的催促下，秋天像一位待嫁的少女，走出闺房。它稳稳当当地走着，虽说没有刺骨的风，没有冰冷的雨，但让晨起晚归的人们感到阵阵寒意。

然而，太阳依旧是艳丽的，不失原有的热烈和奔放。秋分来临，早晨的草地上挂着露珠，只有一片温柔的阳光，一片明净的天空，给人一种日渐清凉的感觉。

秋天的脚步近了，秋色越来越重地挂在我们的窗棂和屋檐上。成行成串的玉米，黄灿灿地挂在阳光里，着实惹人喜爱。山野恬静得如山坳里那一潭幽深的秋水。溪流尽头是一片山垄田，玉米已收获完毕，空旷的田野里，几只洁白的鸽子在田野间觅食，显得更加悠闲。山野里，充盈着欢声笑语，红白黄蓝各种色彩，令人目不暇接。那些踏着阳光的经脉采摘酸枣的小孩、小伙和姑娘们，意气风发，笑意正浓。山野的小路边，还有几棵野果和几朵秋花。秋风中，许多野草已经憔悴了，野菊花正在悄悄地绽放，红黄紫白，星星点点，闪烁在青藤上，点缀在绿叶间。水塘旁边，几枝残留的芦花，在秋风中飘荡，旁边几块突兀嶙峋的石块上，爬满了绿茸茸的青藤，曲干虬枝的藤蔓垂落于碧水，构成一幅精美的图案。

田野里，五谷杂粮，在季节里竞相放彩。高粱，是易于生长的高秆作物，这时，火红的穗头在空中摇来晃去，就像一只只美丽的红鸟。割豆时，运气好，会碰上瓷亮瓷亮的鸟蛋，还有没有长齐毛的小鸟，正啄破蛋壳露出嫩黄的小嘴，等待送食的母亲。深秋时节，土地翻耕起来，站在田埂上，就能闻到泥土的清新气息，闭了眼，一股股粮食的味道随之而来。

沿着山野小径，行至深秋林间。秋阳在山野放歌，我寻找夏的燥热，回首春的料峭，感叹冬的孤寒。落叶的深秋，林间翻转飘零的叶子，厚厚地堆积起来，缤纷而凌乱。山林如此茂盛厚实，与小时候的那片山林截然不同，在我的记忆里，当时的山林全是秃秃的，人们为了过年备些柴草，可谓挖地三尺，连暴露在地表的树根也不放过。只要进入深秋，山林就会遭遇劫难。如今，生活条件好转了，山林也滋润了，自然厚实起来了。

丰腴的山村，被深秋的色彩装扮得分外妖娆，远远望去像一幅清秀的山水画。其实，山间秀色就是林间叶子新鲜的“绣”色，零星的红枫，加之层层的淡黄，夹带着斑斑的绿色，在夕阳的照耀下，一幅梦幻般的美景，令人神往，让人禁不住感叹大自然的造物和布景。

远山近树，村舍房屋，牛羊、蓝天、石桥、池塘、水鸟等景物，构成一幅多么美妙的水墨画呀!

乡村人，手捧瓷碗，攥几根大葱，几瓣儿蒜头，咀嚼一生一世的酸甜苦辣。

乡村的深秋，流溢着苦尽甘来的味道，蕴含着沉甸甸的成熟。

秋

不知何时，我抛弃了顽童时代所无限爱恋的春，而爱上了一个多梦的秋。

母亲说我性格古怪，不知何时爱上秋就如不知何时与哀怨的紫色结为朋友一样。我不再在春季用肥皂泡吹走一串串无忧无虑的大好时光，不再在夏季的夜幕下倚窗数星星取乐，而是漫步在秋季的树林中欣赏落叶的美景，回味美好的人生。

秋风歇，苍山捧出团团月。团团月斜照如雪，禁不住思绪叠叠。望着这片小树林，望着这回旋飘落的小树叶，我的身心早已与小树林融为了一体。淡淡的月光下，我觉得这片小树林比春季的诗意更浓，比夏季的色彩更浪漫，更丰富多彩，比冬季的落雪更富有美感。

叶一片片，无声无息，回旋而落，时而遮住我的眼睛，时而落在我的头上，仿佛故意引我注意。我则不断地捡，寻找着那片属于自己的落叶。

人们爱看春的青草，夏的荷花，冬的白雪。而我则爱观秋的落叶，我不认为落叶有凄凉的感觉。“落红不是无情物，化作春泥更护花”，我认为落叶是复苏的前提，为春的到来而自我牺牲。我认为每一片叶子都记叙着一个迷人的故事，一个美好的梦幻，我愿追寻它。

清凉的秋景下，我回想着自己的人生路途，想起过往不认真的态度，无限懊悔涌上了心头。清凉的风深情地吹来了，为我驱散烦闷抹去泪痕，令我重新扬起人生的风帆。因为在清凉的秋风中，世界是最远的，人是最清醒的，不会欺骗别人，也不会掩饰自己。

秋，一年之中的黄金季节，如诗如画。我不知欧阳修在《秋声赋》中为什么这样状秋：其色惨淡，其容清明，其气栗冽，其意萧条。这是何等苍凉、抑郁、失落啊！“秋风萧瑟天气凉，草木摇落露为霜。”这是对秋的直觉，是秋的一种表象，没有表达秋的内涵。硕果累累，梨橘耀金，稻穗沉甸，丹桂飘香，甘醇芬芳，是秋的真正内涵，是秋的风骨，是人生的梦境。

世人如果都能活到古稀之年，秋季是人生的黄金季节。那才是美丽的季节，多梦的季节。

冬日的原野

冬日，田埂斜坡上，往日的青草，失去容颜。干枯的茅草，像懒婆娘的头发，十多天没有梳，十多天也没有洗，没有一点整齐的迹象。

沟壑上，白杨树的叶子簌簌落下，无数枝干直插天空。树下的落叶随风起舞，有的落在水面上，像一只小船飘荡摇摆。牧羊人没有去处，在沟壑边追赶着羊群，白色的云朵散落在地面。

山坡上，干枯的野草，肢体残废，躺在地面上呻吟。高矮不等的玉米秸，像一个个醉汉，摇晃着东歪西斜的身体，表明自己的存在。羊群穿梭其间，远比鱼戏莲叶乏味。

田野里，麦苗失去原有的绿色，脱水后，颜色立刻黯淡下来，一如人的脸色失去了往日的红润。朔风一次次南下，麦苗的脸色渐渐失去光泽，像一个病恹恹的老人，没有一点儿生机，没有一点儿活力，没有一点儿精神，更没有一点儿朝气。

盗贼一样的牧羊人，脸皮比羊皮厚十倍，在麦苗生病的日子里，依然将羊群赶到田野，从这片濒死的田野上榨取油水，与落井下石没有什么区别。

其实，世上本就有厚颜无耻之人。

广袤的山丘上，茅草乱发蓬蓬，即使是冬日依然丰满，偶尔有白色穗头，夹在草叶间，即使颜色发生变化，干枯的草依然可以是羊群啃食的对象。虽说茅草在越来越深的季节，一天比一天憔悴，墨绿色的叶子也慢慢失去水分，苍白中有韧性，就是干枯些，也可以供羊群充饥，那也总强过像盗贼一样糟蹋麦苗的无耻行径。

山坡上，洋槐树的枝条上挂着蛇的外衣，胆小的人看过之后身上顿时布满鸡皮疙瘩。微风吹拂，蛇皮好像在蜿蜒游动……

树下有一片片黑色的污迹，在闭塞的山坡，在闭塞的乡村，禁止焚烧秸秆的指令如同虚设，黑色的蝴蝶依然在天空翩翩起舞……

在庭院的上空，黑色的蝴蝶在漫天飞舞，人们一直向往乡村的环境，其实，人们的愿望像肥皂泡一样日渐破灭。

冬日的山岗，是光秃秃的，像谢顶的青年人一样，与实际年龄极不相符，心里总感到不是滋味。

山岗上，土层被大型铲车揭去了皮层，裸露出厚厚的岩石，粉石机在冬日里发出隆隆巨响，偶尔，一两声放炮声震得房屋像发生 4 级地震一样，人在屋里就有一种恐惧感，走出房屋观看，田野上一层灰蒙蒙的粉尘弥漫开来。

初冬，白菜还在菜园里生长，菜叶上全是白色的粉尘，绿色的白菜立刻变了样子，成了真正的白菜。岂不可笑？

冬日的原野，我们看见晨练的人们，他们在树林里，或跑步，或活动筋骨，或慢跑行走……

他们在田野间穿行，在树林中行走，唯独不见在山岗间，吸清晨之朝露，呼夕阳之余晖。

他们失落，他们无奈，他们惆怅，他们茫然……

夕阳，是播撒在田野的黄金；露珠，是散落在田野的珍珠；白霜，是雕镀在田野的白银；雪花，是镌刻在田野的梅花。

冬日的原野，虽说没有秋日的喧嚣，却应该拥有超脱喧嚣的宁静。

冬日的原野，虽说没有夏日的热烈，却应该拥有超脱热烈的寂寞。

冬日的原野，虽说没有春日的温暖，却应该拥有超脱温暖的闲适。

宁静的冬日原野，应该拥有比喧嚣的秋日更富有的内涵。

寂寞的冬日原野，应该拥有比热烈的夏日更富有的外延。

闲适的冬日原野，应该拥有比温暖的春日更富有的精髓。

冬日的原野，宽广的胸怀里，秉承着春日的温暖，我们在温暖的胸怀里呓语不断……

冬日的原野，博大的胸怀里，秉承着夏日的热烈，我们在热烈的胸怀里点燃希望……

冬日的原野，旷阔的胸怀里，秉承秋日的喧嚣，我们在喧嚣的胸怀里放飞梦想……

如此美妙的冬日原野，怎能让人不爱呢？

田野上的事

冬日的田野，比秋日的单调、乏味，显得空旷，显得宽广，显得辽远。绿色，一望无际，是田野的内容。清晨，嫩绿的小麦叶片上凝结着霜花，沟壑的水显得宁静，一两只水鸟，盘旋几圈，站在芦苇上，向四周观望，芦苇花顶着洁白的头饰，在微风中摇曳。

嘴里叼着旱烟的老人走出村外，走向晨曦，虽然草原并不辽阔，但是在他们眼中就是理想之地。他们日日如此往复。

有朝一日，他们也要走进田野的一隅。田野上，隆起一座新坟头，一座座隆起的坟头，就是他们最后的归宿。宽厚仁慈的地母啊！有宽广的胸怀，接纳所有的人。在人世间，善良也好，作恶也罢，最终，都要回到地母的怀抱，就像回到母亲的怀抱一样。母亲有宽广的胸怀，永远都会宽恕自己的孩子。

太阳下山之后，田野里的人渐渐地少了，老年女人们拿出早已准备好的方便袋，就开始用双手往方便袋里装麦苗。天黑之后，她们回到家，饥饿的兔子就有了鲜美的佳肴。

冬日里，鸟雀减少，偶尔有几只在田野上空飞过，落在另一块麦田，在那里踱步寻觅一番，再飞向别处，鸟雀没有人的耐性，它们不会在一个地方长期逗留。

雨雪少的冬日，小麦干枯严重。北方的大地，雨雪的年份是不稳定的，时常多，时常少。

田野上，给小麦浇水的人，他们忍受着冬日的凉意，将一个个同心圆巧妙地铺展成一条条线段，尔后，迅速对接成一条笔直的线段，线段迅速成为一条水龙，在田野间来来回回地涌动。

雪是冬日的精灵，它在考验人的耐性。人是有耐性的，三五十日，是能耐得住的。雪熬不住，就在冬夜纷纷落下，不急不躁，不温不火，如行云流水一般，悠悠地带着一种禅意。

天亮了，田野突然一下子全白了。麦苗只露出一点顶尖，就像一个在睡袋里熟睡的婴儿，只露着一个小脑袋。雪地里，野兔的脚印、山鸡印下的竹叶图、野猫的梅花图、流浪狗的足迹……全展示在洁白的宣纸之上。獾是最狡猾的动物，即使雪天，它也躲在坟头里，那里是它最安全的家。

深冬时节，田野里冷清了许多，追赶着白色希望的人，也由初冬的一日两次，改为一日一次。清晨，他们蜷曲在家里，等待日上竿头，才迟迟动身。蹲在墙根下“吧嗒吧嗒”抽旱烟的老人，他们没有力气去追赶希望，只有蹲在避风的墙根一带，一明一暗照亮生活之路，走最后的路程，他们不会因乡村的贫穷而拒绝生活。

春天，太阳日日升高。田野沉睡了一个冬天，打一个哈欠，伸一个懒腰，苏醒了过来。

小麦逐日褪去叶片上的干枯，新绿在不断地分蘖出来，匍匐在地面的叶子，也挺直身躯。

沟壑的两旁，小草露出喜人的笑脸。沟壑里的水，明显比往日苗条了，面容有些微笑。

追赶希望的人，再也没有时间奔向田野了，他们心里也装着一架天平，知道孰重孰轻。这时，他们在沟壑的两旁，挥舞着弧线，吆喝着希望之歌。偶尔，他们也追赶着梦想到山坡上，去寻觅初春的味道。

田野里，人渐渐地多了，多是留守在家的女人，他们到自己的农田里，发现春日的新希望，新梦想。

初春，小草从麦垄间钻出地面，来和小麦凑热闹，比身高。勤快的妻子耍出倔脾气，看不惯小草的性子，就和它对着干，不让它和小麦比身高。最后，它比不过小麦，就自觉地退场了，小草真的识趣。

春意一天比一天浓，田野也一天比一天热闹。荒芜了一个冬天的田地，在女人手中转眼间成为另一种模样。

炊烟，佝偻着苗条的身躯，在乡村的上空，一辈子也没有走出去。

田野，在女人的手中内容丰富了，棉花、绿豆、高粱、谷子、花生、地瓜，在不规则的田野上，有的挺直腰杆，有的延伸手臂，有的在地下积蓄希望。

初夏的麦收将夏日的田野推向高潮。这时，麦浪像手风琴一样，起起伏伏。田野上黑夜和白昼的界限似乎被打破了。机器的轰鸣声远远超过雄鸡的鸣叫声。收割机是田野里的庞然大物，它在田野间来来回回地释放着烟雾，在远处就可以看见，一场没有枪声的战争在进行着，不一会儿，田野间出现一个山头，一场攻打山头的战争在悄声中拉开战线，你帮我，我帮你，流汗了，用手摸一把，猛地一甩。一会儿的工夫，一个山头不见了，一场战争结束了。一会儿，新的战争又开始了。就这样，循环往复，战争持续进行，接连不断。

夏播，是在雨水降临前进行的。玉米、大豆，是在那场紧张激烈的战争完全结束之后才能进行。雨水来临之后，田野上热闹几天，立刻又恢复了往日的宁静。

夏夜里，在乡村与田野的边缘，看到斜躺在天空的银河水，潮起潮落，月圆月缺，露从今夜白，月是故乡明。风起时，树叶哗哗作响，一声声蛙鸣伏在挂历的页面上，正在向秋天爬去。

这时，男人们就离开家门，到本省或邻省打工养家，剩余的农活儿全交给在家的女人们了。

玉米、大豆，在田野间自然地成长。灭草剂是小草的克星，它们比女人们的脾气更倔，对小草下手狠毒，不留一点儿情面。女人们自然轻松了。施肥是一个简易的活儿，几个女人合伙儿，用轻便的耩子在田垄间来回几趟，事情就在女人的笑声中轻松完成了。

棉田是女人们的侍弄对象，棉花费工、费时。间苗，锄地，打药，打杈，一个活儿接着一个活儿。得到了勤快女人的照料，棉花自然生长得好。

到夏日炎炎时，玉米、大豆也有了身高。棉花就更需要管理了。

秋日里，在外打工的男人们陆陆续续地回家了。一车车黄澄澄的希望从田野驶向农家。玉米秸，在机器的轰鸣声中粉身碎骨。小麦的种子，转眼间回到大地的怀抱。

田野上那些事，在电脑上敲击出的文字里，时而重复内容，时而更换主题，时而变化篇幅，而唯一不变的是：在田野上生息繁衍的一代代人，他们是田野上那些事的主人，在人世间，好像演绎着一场场戏剧，他们扮演着不同的角色，喜剧也好，悲剧也罢。后人自有评说。

杨花落尽子规啼

谷雨节前，布谷鸟就开始啼叫，在离我家不远的那排白杨树上，从午夜一直叫到黎明，而后，又从黎明叫到午夜。

喜爱布谷鸟的叫声，是因为它唤醒了我心中储蓄多年的乡情。

初夏，我的家乡——杨树屯，淡紫色的楝子花透着氤氲的香气，此时，一股麦香味儿也从田边蔓延而来。每到麦穗儿由青变黄的时节，我的耳畔就响起布谷鸟的啼叫声。

听我们杨树屯的老人说：布谷鸟又名子规。古代蜀国国王杜宇死后仍惦念着农时，化为子规。飞过田野和乡村，昼夜啼叫，催促农民“赶快播谷”。在布谷鸟的叫声中，农民三三两两走向集市买回农忙必备品：镰刀、杈耙、木锨、扫帚，准备收麦。妇女们把自家的粮囤彻底打扫干净，准备新粮入囤归仓。孩子们更是高兴，跟随着布谷鸟的叫声，从村东跑到村西，偶尔，也学布谷鸟叫上几声，他们就像地面上的布谷鸟。布谷鸟叫一声“赶快播谷”，他们就很快地应一声“我要吃粮”。楝子花完全绽放时，家家户户都要采上些鲜麦穗，除去麦芒和麦梗，每家每户飘出一股股鲜麦香味儿。大人、孩子的手心里有一种鲜绿的印痕，那是麦熟的标识。

端午时节，田野一片金黄。布谷鸟的叫声时远时近，好像就在麦田上空飘荡着。开镰了，割麦了，俗话说，“麦到芒种自老”“麦熟一晌，蚕老一时”，田野里，到处是收割麦子的人群，男人、妇女齐头并进，一手拿镰刀，一手扶麦子，几镰刀下去，麦子就倒下一大片。脸上的汗珠，“啪啪”地往下掉，实在掉不下，汗水就顺着脖子往下流，脸上也立马锃亮起来了。麦子成熟，一般五天就能收割完毕，只有收割完毕，农民心里才踏实，才放心。到口的东西，不能糟蹋了。麦熟时节，天气也像孩子的脸，说变就变，一场暴雨，农民辛辛苦苦的劳动，就会成为泡影，农民的血汗将付诸东流。

每当此时，家家户户鸡叫头遍就起床，这时，天刚蒙蒙亮。妇女们就起床准备一天的干粮，左邻右舍的门都在响动，烙饼、烧水、煮鸡蛋，为全家人准备一天的伙食。男人就手拿镰刀奔向田野。现如今，收割机的普遍使用，解放了辛苦割麦的农民。每当麦收时节，回想往日的情景，仍能感受到麦收时的腰酸腿疼，麦芒刺着手臂又痒又疼，太阳炙烤着麦地，热气从脚底直往头顶冒。此时如果能在树荫下歇歇，比如今的三伏天走进空调屋的感觉还惬意。

在杨树屯，抢场夺粮妇孺皆知，麦子一天不归仓，心便一天不安稳。

整个麦季，农民最怕下雨。遇到雨天，麦子倒伏，收割带来困难，雨水打落麦粒在田里，口粮就化为乌有。老天爷阴沉着脸，空气沉闷，风雨即将来临。没有收完麦子的农户，心里就像着火一样，焦急万分，满村求人，求亲告友，寻求帮助。麦收时节的关口，大家都闻声赶来，伸出援助之手。一时间，抢收的队伍出发了，他们围着麦田割倒麦子，捆好、垛好、盖好，系上绳子，坠上石块，保证麦子不受风雨的袭击，然后，才拖着疲惫的身体各自回家，尽管疲惫，可他们心里感到极大的满足和安慰。被帮的农户心存感激，挨家道谢，而农民们一致的话语是："别当回事儿，谁家都会遇到难事儿"。温馨的话语，善良的人性，令我们心生敬意，邻里间淡淡的交往，不是酒肉关系，不是浓茶香槟的关系，更像一杯清澈见底的水，纯洁而厚道，杨树屯的乡亲们用实际行动为后世子孙的生存创造着一种比金钱更为珍贵的人文环境。

这就是杨树屯的乡情，这就是我至今还魂牵梦萦的乡情。

春雨断想

在春风不停地呼唤下，一场春雨现身了。

干渴了一个冬天的北方大地，终于有滋润嗓子的机会了。耷拉着脑袋的麦苗，立马又来了精神，容光焕发，面黄肌瘦的模样，没了踪影。

农民脸上多日的褶皱，今日舒展开了，见面就说："这场雨，金贵!""'春雨贵如油'在理，还是老俗话在理。"说完嘿嘿地笑几声离开了。

在村中央，一个偌大的水塘，塘底的泥土，卷起一个又一个泥饼，比晒干的鱼鳞不知大多少倍。一夜之间，水塘真的蓄满了水，虽说水是土色的，是混浊的；虽说水塘的漂浮物，像变了样的浮萍在游荡；虽说水一时半会儿难以澄清，无法给人以真面目，但农民面对着满塘的水，依然没有丝毫的厌烦之意。

春天的威力，就是如此强大。

如今这场春雨来了，我想过不了多久，地面上就会呈现出一幅立体动态的自然景象。

布谷鸟，在田野间鸣叫，麦子在布谷鸟的乐声中，一天一个模样，一天一个变化。不久，麦子就会拔节，野兔更能够隐藏身体了，土地也像一位骄傲的父亲一样，通过麦子的生长感受着自己的伟岸。冬天旷野里醒目的褐色鹊巢，已被树木像档案馆对待自己的秘密一样用叶子悉心掩藏起来。远处树丛中响起啄木鸟那可欣赏而无法模仿的疾速叩击枯木的声音，对于啄木鸟的鸣叫，我始终认为，它劳动时所创造的这首音量由强而弱、频率由快而慢的乐曲更为美妙动人。

如果没有这场春雨的到来，我们不知何时才能体会到这声音——啄木鸟疾速叩击枯木的声音竟是如此美妙动人呢？

树　殇

有树的地方，构成一道风景，乡村是树的集合地。树，构成一片田园风景。我站在乡村的暮色中与一棵树遥遥相对。一棵树随心所欲地站在旷野里，每天陪伴着它的是自己忠实而孤独的影子。我们在彼此的身影中读出了孤独。

家乡牧仙山的那株老柏树，孤独地站立着，周围除了在寂寞中生长的杂草和野花外，只剩下飞鸟的影子和鸣叫。这是深秋的一幅画面：在高远、苍凉的背景下，树的样子更简单明了，它高大挺拔的身姿是旷野里一个巨大而有力的惊叹号。它伸出无数的手臂和热情拥抱着蓝天白云，拥抱着奔跑的风，拥抱着大地母亲。它已经很老很老了，连年纪最大的村民也说不清它的年龄。高耸入云，遮蔽着大片土地。它的分枝细密如一张网。它身边没有一棵树，在寂寞中挨过了无数年头。它苍老了，躯体已经空洞，活着的只是一张皮，根部朽出了一个大洞，孩子们从洞口钻进去，从树杈上钻出来，它任凭孩子们戏弄。它老得疲倦了，没有力气跟孩子们说话，可是它依然活着，大部分树枝终年绿着。然而，有一天，孩子们在洞里烤红薯，引燃了它，火焰和浓烟冲上天，一天一夜之后，柏树彻底结束了生命，从这个世界上消失了。我常常觉得树也有世系，也有一个社会。一代代的树出生了，长大了，老了，死去了，而新一代的树又开始轮回。在树的生命日复一日地延续中，时光将沧桑刻在树的身上。我曾经在外地见过一棵树，从粗壮的树干以及沟壑一般布满的纹理上可以断定，这是一棵有着很多年轮的树。最初的一刹那，我的心被一种莫名的力量震撼了——树干扭曲着，枝条虬结，带叶的树冠向后倾斜，仿佛一个在痛苦中挣扎的人，头发纷披，挥舞着臂膀，仰天长啸。

世界上不能没有树，树也是有生命的，与人短暂而脆弱的生命相比，树更久远更坚强，生命的空间也更为广阔。树有两个天空：一个是树叶迎接的上方；另一个是根须伸展的足下。天地合一，树具备了某种无限，树不会行走，而人永远在不停地漂泊，综观文书典籍，我们会看到许多关于树的记载和言论。秦始皇焚书，却保留种树农耕之书。孔子一生东奔西走，却没忘记在老家栽上一棵桧树，这棵桧树在孔府活了两千多年。胶州市有一株古老奇异的银杏树，树龄达 1100 余年。人栽下了树，树却比人更长寿。在我看来，它们已经不单单是一棵树，而是对迷雾弥漫的历史的无言实证。两千年的岁月太久远，孔子的面容对于今天的人们来说早已模糊，发黄的书页又脆弱又诡谲，令人生疑，只有看到这棵老桧，才能窥伺到一点历史深处的灵魂之影，触到一点孔老夫子曾有的生命温度。大概孔子不太相信碑碣、牌坊、宫殿或陵墓之类的人造之物，它们没有生命，当然也不能表达人的生命；只有树，具有与人类相似的生命演化过程。

2003 年 4 月，山东教育社在曲阜杏坛宾馆召开中学生记者站会议，我有幸参加，会后我们游览曲阜“三孔”，我真正认识到孔林面积的庞大、树种的繁多，几千种树木让我大开眼界。我们可以看到：高大的乔木、低矮的藤本植物互相缠绕，互相依附，一同生长，就像一个家族在生活着，孔氏家族，七十余代孙，遍及世界各地，生息繁衍几千年，一点儿也不足为奇了。

一个人独处丛林，耳之所触，目之所及，无非树的絮语，树的沉静，树的素朴，树的安详，树的善良，以及丛林之树的博大深邃。树也许是造物者用来救助人类德行的密语。谁会注意到这种宝贵的密语呢？我们能像远古的人那样去全心全意地倾听吗？认真说来，农民与树更贴近，更具有直接的依存关系。在封建农耕社会，种树与种粮同等重要。北魏孝文帝实行“均田制”，男丁除授露田用于种粮外，还授桑田二十亩用于种树，可种桑五十株，枣五株，榆三株。桑田为永业田，可以传给子孙。树与农民生活关系之重要由此可见。

树木具有人间永恒的景色。

“坎坎伐檀兮，置之河之干兮。河水清且涟漪。”“绿树村边合，青山郭外斜。”“天边树若荠，江畔洲如月。”树与那时的人多么亲近，多么友善，在他们心中是多么美好。现代社会发展变化快，人类的生活场景总是在变换，社会远离了太古时代的景象。我们见多了公路两旁一个个圆形的树桩，在风雨中腐朽而去，树木整齐有序地排放在树贩门前，像一具具尸首，令人揪心疼痛，目不忍视。树少了，当年的风景也不在了，少年时常听老人说“前人栽树，后人乘凉”，如今，很少有人再提起这句话了。人类生存环境一天天恶化，树与人遭遇着同一命运。

关于树，我还能说些什么呢？

疯嫂荷花

荷花嫂是赤身裸体死在蓖麻坡的。在秋天的一个清晨，淡淡的阳光照射着她洁白的肌肤，如同一朵盛开的荷花。

那是一具完全耗尽青春液汁的女人的裸尸，一具干瘦如柴的裸尸。她同族的几位女人，为她穿衣，遮挡女人不轻易示人的隐秘。她女儿扑到母亲身上："娘，你疯了十年，我看了你十年，还是没有看住你，你还是出来了……"

荷花嫂被草草地埋在婆家的坟地。她女儿长叹一口气，轻松了，整个山村也似乎轻松了。荷花嫂的死，表面上看是山村少了个疯女人，而真正的根源，又有谁会去刨根问底呢？

荷花嫂是在"大跃进"那年嫁过来的，那年她十八岁，模样长得漂亮，皮肤白嫩，手脚勤快，干活儿利索。集体的农活儿难不住她，割麦子、刨地瓜、翻地、间苗、抬土……样样是好手。两个或几个媳妇搭配干活儿，媳妇们都乐意和她一组。她肯吃苦，能卖力，生产队年底评奖，她总在其列，围巾、毛巾、肥皂……紧缺的生活用品，总有她的份儿。

时间久了，嫉妒的毒瘤就生出来了。长舌妇们说她风流，说她凭着自己漂亮的脸蛋和队长相好，勾引队长，说她勾走了队长的魂儿。荷花嫂对于风言风语不理不睬，她认定身正不怕影子斜。偶尔，丈夫出工，漫漫长夜，荷花嫂一次又一次地打退无赖光棍们的进攻。

荷花嫂就好比荷花，荷花是水中君子，"出淤泥而不染，濯清涟而不妖"。

一晃二十年，荷花嫂生育了两对儿女，四个孩子台阶似的成长，生活日日不见宽裕，日日不见希望。

荷花嫂的丈夫愚昧痴迷，稀里糊涂地加入了反动会道门组织，却导致了她一生厄祸。在破获反动会道门组织后，公安部门在镇中学操场公开批斗她丈夫，她的丈夫被迫一次又一次地挂牌游街示众。后来，她丈夫在游街的路途中，趁押解人员不注意，撞死在柏油路上。强烈的打击以及多日来的压抑一并暴发，荷花嫂疯了似的在大街上乱跑。

她的小叔子，为顾及她家，安慰她，照顾她，在一天深夜，不顾她的痛苦强奸了她，占据了她，她成了他性发泄的工具。

在丈夫死后的某一天，荷花嫂真的疯了。她的眉头舒展了，脸上也没了往日的痛苦。她常常一丝不挂地在街上乱跑，在街上自言自语。孩子们见了她，个个吓得疯跑："疯婆子来了！疯婆子来了！"远远地躲起来，用石头或砖头砸她，大人见了她，转过脸去，快速跑开。

荷花嫂疯了，而小叔子没有忘记对她变着花样地霸占，当年的光棍们，他也是其中的一员。当荷花嫂在蓖麻坡生下她小叔子的第一个男婴时，她的大脑还是时而清醒，时而疯癫。婆婆时常和她一起出门，为的就是看护她肚子里的孩子。清醒的荷花嫂，躺在蓖麻坡里生下孩子，一动不动，或许是产后的虚弱，或许是满心的羞辱，她也不正眼看婆婆怀里的孩子，她清楚地知道，她是躲她的孩子们才来这蓖麻坡生产的。宽大的蓖麻叶能遮挡住她满脸的羞辱，却遮挡不住她内心的羞辱，内心的痛苦，女性的悲哀。

一年后，荷花嫂在蓖麻坡又生下一个孩子，当然，也是她小叔子的。这次她彻底疯了，疯得失去人的本性。她婆婆赶到蓖麻坡时，荷花嫂用割草的镰刀，砍死了自己的孩子，奄奄一息的一个男婴，躺在零乱的蓖麻叶上，静静地，静静地，荷花嫂嘴里念叨着："罪孽罪孽，呸呸呸呸呸！羞羞羞羞羞羞！"她闭着眼睛，脸色苍白，没有一丝血色，身子下有一摊血水的痕迹。

荷花嫂一辈子伺候了两个男人，生下六个孩子，养活成人五个，直到她疯死。

荷花嫂是乡野村妇，她带着女人的羞辱感离去了。

陪侍帝王的女人，被誉为“母仪天下”者少，被视为“红颜祸水”者多。西施、杨玉环是祸水，西施沉江，杨玉环缢杀。这两个女人在帝王身边走红之际，没有一人敢当帝王之面挑明“祸水”一词。西施对吴国是祸水，对越国是功臣，而越国灭吴国之后，却将西施沉江，这怎能给后人一个解释呢？

贵妃杨玉环羞花之容貌，而今成了马嵬坡里的一撮黄土，谁人识得旧佳人。白居易的那首《长恨歌》，那才是一曲真正的千古绝唱，“一骑红尘妃子笑，无人知是荔枝来”的美好时光化为泡影，随时代的水流汩汩而去。倾城倾国的贵妃在唐玄宗怀里享受盛宠十六年，欢笑十六年，激越十六年。

我们看这些女性：陈朝美女张丽华、后蜀的花蕊夫人、汉朝美女赵飞燕、明朝美女陈圆圆……都被“祸水”的魔光笼罩。

历史上，不是“祸水”的女性，往往也是命运坎坷悲惨。

和亲使者王昭君，下嫁呼韩邪单于，被敬为带来安宁的皇后，可惜的是，王昭君的欢愉生活只是短暂的昙花一现。呼韩邪单于不久后衰老病故，留下芳华正茂、孤苦伶仃的她带着两个年幼的儿子度日。令她万分恐惧的是，按照匈奴部落原始的风俗，她要嫁给呼韩邪单于与原先妻子所生的长子。一个生长在长江岸边的汉族姑娘怎能接受这样落后的规则呢？怎能接受违背文明伦理的规则呢？她惊恐不安，立即向汉成帝刘骜上书，要求回归祖国，而汉朝统治者的答复是必须遵从当地的风俗行事。对她来说，这种精神上的打击，致使她很快忧郁地死去。

王昭君，和亲使者，我不想探究她亡故的原因，或许只有她自己可以做出准确的回答，然而，长眠地下的她又怎能够告诉后人呢？

祥林嫂是我们熟悉的女人。祥林嫂的丈夫死后，她改嫁贺老六，贺老六死后，祥林嫂又回到鲁镇，人们仍叫她祥林嫂。

祥林嫂啊！你从鲁迅先生笔下走出的那天起，就注定要被后人这样称呼了，无论你是后来嫁给贺老六，还是王老六，你仍是“祥林嫂”。

回头看看李清照，她的前半生和丈夫赵明诚一起，恩爱幸福，她赋辞章，他识金石。两人相濡以沫。

然而天有不测风云。公元 1129 年，赵明诚在赴任湖州知州的途中，染病不治，撒手人寰。上苍何以如此无情？李清照悲恸欲绝。可恨的是，苦命人祸不单行。此时，有人诬陷李清照居青州时曾以贵重文物玉壶赠送金人通敌杀身之祸降临到这位柔弱女子身上。李清照又惊又急，准备将家中所有文物悉数献给朝廷，以表心迹。后来，幸有好心人代她辩解，澄清事实，助她躲过灭顶之灾。

丈夫病故，国破，家亡，夫亡，己病。满腹绝望的李清照，走上了再嫁之路，然而再嫁不久，张汝舟就露出贪婪的嘴脸，贪婪必凶残，张汝舟想用花言巧语骗取她收藏的金石书画，此招不成，便对她拳脚相加，她的苦难没有止境。共同生活百日后的她，一个柔弱女子触动坐牢之刑律，告发丈夫，试想，一个病中的柔弱女子再婚离婚，独自承受着身败名裂的人生结局，其承受的社会压力、煎熬、诽谤与唾弃，何用言说呢？

写得天下一等好词的“易安”女子，她的后二十年人生历史，几乎是一片空白，连死于何年何月都没有一个定论。

徒留“莫道不消魂，帘卷西风，人比黄花瘦”的凄清哀怨，令人伤感。

在历史上，有着悲惨命运的女人，何止荷花嫂一个？

孤雁舐血

在乡下，一棵小草，一丛野花，一条小溪……都在山脚下生长着、盛开着、奔跑着……

每日清晨徒步走过，蹲下身与小草叶面上的露珠打个照面，稚气的笑容也像露珠一样清澈透明，人和露珠显得更加晶莹剔透，没有一丝杂色，纯净得像二八少女的心。似乎有一股清新的味道，在山间洋溢着、扩散着……

穿行在野花弥漫的山间小道，与小溪同向而去，逆向而归，清澈的水流像流动的玻璃，没有一点杂色。

我工作的单位就在一个小山脚下，一个极为普通的农村中学，在离家不远的邻村，短短十分钟的路程，徒步而行极为方便。

冬日，大地收起了往日的景色，干枯的野草在朔风中瑟瑟而动，野花也失去了往日的鲜艳，白色显得更加苍白，黄色也失去水分，少了金色的光芒。唯有小麦，在点缀着大地单调的颜色，当雪覆盖大地的时候，小溪冰面上反射着耀眼的白光，干尖儿的小麦苗，在冬日的阳光下，露出黛青色，与岸边的树木，似乎融为一体，到了密不可分的境界。

今年的冬日，与“霾”字紧密相连，从城市到农村，从农村再到城市，到处流动着一个“霾”字，北京、济南、聊城等大中小城市，都笼罩在“霾”的阴影下。天空不再蔚蓝，雾蒙蒙一片，像一层特殊的面纱，挡住我们的视线。

往日的语文课堂上，几乎与“霾”不挂面，偶尔，与几场大雾相遇，太阳高照，雾也就很快散去，太阳露出喜人的笑脸。

今日，太阳也失去了往日的笑脸，躲在“霾”的背后，偷偷地哭泣。太阳没有错，它也在哭泣；天空没有错，它也在叹息；树木没有错，它也在抽咽。

错在何处？罪魁祸首躲藏在何方？

秋日，成熟的脚步与我的脚步拼命地赛跑，洁白的棉絮，躲藏在绿褐色的棉叶间，散发着熠熠的光亮。

大豆的身体似乎肥胖了几倍，往昔苗条的身段已经消退。微风吹来，风铃一般的响声伴随着我的步伐，也显得更有节奏，更有意味，更有韵律。

谷穗早就低下了头，不知是害羞，还是在回报大地的滋养之恩。高粱也在这个时节，羞红了脸庞，像少女脸上的红晕，带着美的滋养，富有弹性的肌肤，在高粱上能找到痕迹。

地瓜秧贴着地面，匍匐着，秋日，它们的劲头儿日渐消退了，瓜秧上碧绿的叶子透露出黄色的叶片，板结的土地呈现出或大或小的缝隙，透过缝隙，我们看到地瓜的肌肤，光滑而有纹理。它并不张扬，喜欢深藏而不愿意显露，是我思想的化身。

在或大或小的单位，跌打滚爬几十年，我一直都是一个无名小卒，没有过任何的荣光，也没有被任何的光环所笼罩过，不谙世事，不会迎风巴结，不会人前一套背后一套，不会卑躬屈膝，鲜红的证书好像是有眼睛，自然也不会降落在我的身上。

三间父亲亲手修建的瓦房，坐落在乡村的一角，与田野，与大地，与乡邻，紧密相连。山鸡啼鸣，就是我起床的钟声；野兔狂奔，是我观赏的飞箭疾驰；雄鹰盘旋，是我头顶的云朵；秋雁南飞，是我崇拜的偶像。

我曾经有过欢笑，有过哭泣，有过悲痛，有过难以忍受的伤痛，甜的痛，在时光中咀嚼品尝，慢慢地咽下，苦的滋味在肠道，在胃部，来来回回地翻滚，“五味瓶”或许只是一个名词。而我，品尝到的不是一个名词，而是名词中包含着的个中滋味。

夏日，就在这样的滋味中，一点一点地挨过，光阴在一寸一寸地消退。年龄也在日日加长，眨眼间，进入中年的行列，成为中年里一个低调的角色。

夏日，清脆而洗练的蝉鸣无处不在，粘在绿色的树梢上，染在古老的青灰色瓦片上，贴在平整的墙面上，趴在通风的窗棂上……有阳光和树木的地方便有蝉鸣，蝉鸣随着小山丘起伏回荡，空谷传响，连绵不绝，让树木柔软，让山峦激越，蝉鸣随着小溪流淌回旋，波光粼粼，婉转悦耳，让阳光生动，让少女迷恋。

蝉是夏天最清亮的诗句，是悠长的笛音，是跳跃的音符，是呢喃的情话，韵律和谐，平仄有致。用心聆听，方知整整一个盛夏，只有蝉的声音最为美妙动听。

徒步而行，春日的变化，在小路的两旁发生着微妙的变化。苦菜花、蒲公英，贴着地面的花朵，就像一个不起眼的我，在地面的一角孤芳自赏，自生自灭。

绿色的田野上总能看到几只雪白的肥羊，在缓缓地游动。它们好像就为专门点缀画面而来，我也说不上是国画，还是工笔画，不像我的好友秋寒那样，是工笔画高手，但它们洁净得纤尘不染。灰色的乡村坐落在田野上，每隔一两公里就有一座，像童话里的城堡建筑，不再懵懂的日子里，才知道那就是一个又一个的乡村，而不是什么童话里的城堡，那里面也盛放着一个又一个幸福与苦难并存的人。

在路上穿行十几年，景象就像电脑里的图片，在不停地翻新，在不停地播放，在不停地被复制，在不停地被粘贴，而最后，往日的小路被阻隔，被栅栏围住。一个新的生态庄园，立刻浮现在眼前。

昼夜灯火通明，电子监控设备，从四面八方射向庄园。春的萌动，夏的蝉鸣，秋的飘香，冬的收藏，在此时此刻，显得无比渺小，甚至已日渐消亡。

风景不再是往日的风景，物是人非，既有野草又有树木的山丘，正在机器的轰鸣声中变得矮小，有一天，就会被夷为平地，这或许就是一个建设生态庄园与破坏生态环境与日并进的时代。

一个又一个高标准的大棚，在庄园的两侧并排着，新鲜的蔬菜在温室里生长，在或立或挂的架上攀爬着，一个又一个肥硕的果实悬挂在温室的每一个角落，成为一道亮丽的风景。

宽阔的水泥路绕山而行，逶迤盘旋，大大小小的车辆疾驰而过，一片又一片的尘埃像无色的花朵，绽放在车辆的屁股后面，没有一点惊喜，却带来无尽的思索和无限的悲凉。光亮的水泥路面，给人们的出行带来了方便，缩短了时间，速度上来了，利益下来了；行为上去了，思想下来了；精神上去了，道德下来了；交通便利了，我们的粮食下来了……

新生一代将来看到的是另一番景象，在往日的田野间，几乎同样的狗尾巴草从根上生长出来，终于给往日的绝妙美景披上一层外衣，而我的绝妙美景又去哪里寻找呢？

这些天，我苦恼着，寻觅着，失落着，孤独着，彷徨着，徘徊着，犹豫着……

我像一只离群的孤雁，又被射伤，伤口还在滴血，又该去何处疗伤呢？

我舔舐着滴血，舔舐着……我在舔舐中昏睡，又在舔舐中品尝到血液的那股腥味儿……

后 记

本书是我近二十年来，相继出版几部散文集后，又陆续写出的散文，经黄志坚先生精心筛选后结集而成。本书的大部分篇目发表于《散文百家》《散文家》《安徽文学》《山东文学》《人民日报》《大众日报》等刊物，部分作品曾获省级奖项，本人喜悦之余，对为此付出辛勤工作的编辑人员深表感谢。

本书中的文章，是以乡村、村庄散文为主体，乡村是我生命的源头，是我文学的来源，是我生命的归宿地。我用乡村人的眼光审视现代文明，把反叛的情感转化为平和淡雅的文字。我清楚地认识到：完全真实的乡村，我无法还原；纯真质朴的乡村，我无法还原；清新自然的乡村，我亦无法还原。我对乡村进行照相式的写实，期望建造一座人性本真的神庙。

鲁西南的乡村，是我记忆最深刻、最活跃、最明晰的区域。乡村，是一口深井，所有的景致、人物、风情、情感都珍藏在这口井之中，不停地闪烁着智慧的光芒。正是由于生命与乡村的水乳交融，才有我闪烁在记忆里的乡村散文，才有我这本集子的诞生。

在鲁西南大地上，我刚刚起步，刚刚上路，我在乡村的道路上，握住手中的秃笔，像乡村人紧握锄头那样，我不会再东刨西耪，我要掘一口深井，来滋润生活、灵魂和情感。

作为本书的作者，我才疏学浅，辞藻粗陋之处，还望读者朋友们多多批评指正。

感谢殷允岭先生拨冗为本书作序，在此，也感谢喜爱此书的读者们！

作者记于清雅居

2018 年 5 月 30 日